我欲醉眠芳草

张继果——著

中国文史出版社
CHINA CULTURAL AND HISTORICAL PRESS

图书在版编目（ＣＩＰ）数据

我欲醉眠芳草 / 张继果著 .-- 北京：中国文史出版社 , 2024.8
ISBN 978-7-5205-4751-2

Ⅰ .I267

中国国家版本馆 CIP 数据核字第 2024VE5256 号

责任编辑：徐玉霞

出版发行：中国文史出版社

社　　址：北京市海淀区西八里庄路 69 号院　邮编：100142
电　　话：010-81136606 81136602 81136603（发行部）
传　　真：010-81136655
印　　装：河北京平诚乾印刷有限公司
经　　销：全国新华书店
开　　本：1/32
印　　张：10
字　　数：200 千字
版　　次：2025 年 3 月北京第 1 版
印　　次：2025 年 3 月第 1 次印刷
定　　价：58.00 元

序一

继果的散文作品，我已断断续续读了100余篇，最近又读了10多篇，感受颇多。

他是新闻记者，除了采写新闻报道之外，也将自己采访、调研时的所见所闻所感写了下来，于是便有了散文集《我欲醉眠芳草》。

在中国古代，凡是除韵文和骈文之外的一切文章，都称散文。到了近代，又将诗歌之外的文学作品归于散文。随着时代的变迁，散文的概念变成了题材广泛、形式灵活、写法自由、情文并茂、篇幅短小的文学形式。既有叙事性散文和抒情性散文，亦有议论性散文。

《我欲醉眠芳草》文集中的这些散文作品，大都是叙事性散文和抒情性散文。这些作品篇幅短小，文字简洁，有较好的艺术感染力。如《秦俑》一文中，虽然只有976个字，却穿越2000多年的历史烟云，让读者看到惊艳世界的秦代兵马俑，还看到那位跪射俑右脚上穿的鞋子，鞋底是清晰可见的"千层底"！作者由此想起母亲为他缝制的鞋子就是"千层底"布鞋，读过之后，让人有了想象的空间。

选题是散文创作构思的重要环节。散文的题材十分广

泛，天上地下，古往今来，从自然到社会，从天下大事到市
井见闻，从山川风物到花草树木、鸟兽虫鱼，皆是散文选材
的对象。这正如郁达夫所说的："一粒沙里看世界，半瓣花
上说人情。"《我欲醉眠芳草》散文集中的人物，既有作者
青春时代的伙伴、同学，又有家人亲友、左邻右舍，他们都
是生活中的芸芸众生，如《新民发屋》中的老板张新民，人
物形象真实、生动，有一种普通人身上的真善美。

　　散文的特点是"散"，作者可随兴所至，信笔写来，
运笔如风，不拘一格。但散文之散并非散漫无章，而是形
散神不散，如《登岳阳楼》结尾的一段文字："岳阳楼留
在我们中华民族厚重而沉痛的历史里，留在我们奔流不息
的血脉里！"

　　这就是散文的"形散，神不散"。

　　散文集中的审美情趣幽默诙谐，谈笑风生，趣味盎然，
语言明畅凝练，清新自然，加上接地气的口语，都为作品增
色不少。

鄂州市文联原主席　刘敬堂

序二

继果给我的印象总是憨憨的。这个憨人现在要做一件大事：他要出书了。他在电话中说要出书时，我大吃一惊：他竟然在悄悄写作！当他把这本书稿传给我时，我又是大吃一惊：他竟默默地写了这么多文字！等到我读完他的书稿时，更是大吃一惊：他的文字之好出乎我的意料！原来，他曾是一个写诗的文艺青年。

我和继果相识 8 年，他在多年前进入传媒行业，我算半个文学中人，但我们之间从没有谈过文学，也没交流过写作。他是一个人默默在写。感谢他的信任，我现在是他这本书最早的读者之一。在这里，我就谈谈继果的为人和为文。

继果是火热的。继果现已进入不惑之年，但他的青春年代是火热的，这本文集里留下了他诸多的青春印记，有中学时的好姐姐，有大学时爱慕过的女生，还有聊过天的知心网友，不管是有名有姓，还是一笔带过，都可能曾在他的心里刮过风，下过雨，或者洒过阳光。沧海已成曾经，有些人的身影在岁月的风沙中已经消失在天涯，但这股火热在岁月里是真真实实存在过。青春是一首不老的歌。没有一点回忆的人生，不是完整的人生。

继果是坦荡的。看到继果曾经有过的那些酸涩的回忆，我曾提醒他，这些篇目收到书里出版，其中的故事会不会让他的家里掀起什么波澜？继果说，自己也曾犹豫过，但这些早已走出了自己的生活，所以不会担心家人有过激的反应。这是继果的坦荡，也是他的自信。再说，谁的青春不曾有过风中起舞？谁的青春又不曾有过迷茫跌宕呢？把它写出来，也是一种忘却。

继果是真诚的。继果把这本书的相当篇幅给了家乡的人、家乡的事、家乡的习俗。通过继果的文字，我们认识了有深夜游荡习惯的苦孩子小阵，有喝酒把脑子喝坏了的"他"；有孑然一身的"小猫"；有耍大刀的玉来；有终其一生未走出过村庄的"七老实"……他们都生活在鲁西南一个叫"刘土墩"的村庄。继果写那些人、那些事、那些习俗时，内心真诚，笔调冷静。如果这个叫"土墩"的村庄将来要是给村人作传，有很多人物的传记在这里都是现成的。多年以后，鲁西南人说起某些消失的习俗时，也许还要到继果的这本书里来找。

继果是热忱的。他爱家人，爱美食，爱睡觉，也爱出游。他的这些热爱都呈现在笔下的文字中。继果的体重有些超标。他说，爱睡觉是胖子的共性。难得的是，他喜欢到处走走，时常还会去挑战某座山。他先是走遍了鄂州的山山水水，然后不断地从长江边的这个城市出发，向南、向北、向东、向西，哪怕是冰封大地的寒冬，哪怕是无人相伴的孤独之旅。前路，可能是知名的景点，也可能是一处不知名的山村，在他看来，走着走着，花就开了。正如我在和他的一些工作接触中看到的那样，他的心中始终有股暖流，即使遇到困难时，他也不抱怨，不退缩。只有内心热忱的人，才能用这股暖流让自己的人生丰盈起来。

继果是勤奋的。在我看来，体重超标的人身子重，一坐下就不想站起来，还谈何勤奋呢？但继果用自己的行动打破了我的偏见。这本书收有继果写的100篇文章，这年头除了以写作为职业的人外，还有多少人在几乎难以看到回报的情况下，能坚持一篇篇、一年年地写下来？但继果做到了，且是在繁忙的工作之余做到的，这只能说他是一个勤奋的人，一个极其自律的人。

继果写这本书，时间跨度十几年。写作曾经让他迷茫，迷茫又让他写作。他放不下对文字的这份眷恋。应该说，他是享受文字生长的这种滋味，如同他多年前在故乡的大地上聆听麦苗拔节的声音。对于写作，他有了新的认识：写作不仅仅是记录过去，也是让自己沉淀下来，去思考未来的路怎么走。现在，继果完成了自己的一个小目标，这也将成为他人生中的一个新起点。

古人说，憨人有憨福。就让我们一起跟着继果那些朴实、简洁的文字，重回青春的岁月，重回遥遥相望的故乡，一起跋山涉水，看一路花开。

《帅作文》报执行主编　黄　宏

目录

第一章　青春如歌

夜来香

　　傍晚时分，当柔和的夕阳亲吻大地的时候，我的夜来香就悄然开放了。每次看到它都有一种惊喜。小小的粉红的花傲然挺立在枝头，仿佛一个跳芭蕾舞的女孩那般优雅轻盈。

　　她们是那么出众，一点光艳的色彩，让这个季节不再单调；一缕清香，让这个世界不再乏味。其实，人的心灵又何尝不需要一丝点缀？久痛之后，我们多么希望笑容的安慰，如风雨过后渴望阳光带来的光明和温暖。

　　我是多么渴望心灵深处也有那么一株夜来香啊！它在每个夜晚来临时悄然开放，平复了我的心情，让疲惫的灵魂得以安眠。

　　回首再一次看看我的夜来香，它们依然开得那么灿烂。夜幕也将来临，它们会被隐去那美丽的色彩。

　　然而，无论在我的心中，还是梦中，都会有它们袅袅余香的陪伴！

这是我22年前写的一篇散文，这么多年，被我小心珍藏。夜来香不是什么名贵的花，它们曾生长在我家的院子里，每到夏天的傍晚都会盛开。那一年，也是我人生最迷茫的时候。我觉得没有比我更失败的了，我甚至恐惧每一个夜晚。

在那个夏季的黄昏，一簇簇夜来香悄然开放，如同亭亭玉立的少女，触动人心。我回到堂屋，趴在破旧的书桌上，写下那短短的三百多个字，没想到却让我的人生走向新的方向。

当我准备出一本文集的时候，我毫不犹豫地把这篇文章放在了第一章，它太短小了，在所有我写的散文里，显得格格不入，但我不舍得删掉。

在我人生的寒冬，就是这么一朵朵的小花，每每在我准备放弃一切的时候，都能让我安静下来，再一次拿起笔，继续追寻自己的梦想。我熬过每一个深夜，用文字整理自己的思想，我在写作中想象着，或虚构着自己美好的未来。

也是从那时起，我学会用时间和梦想，来解决我遇到的任何困难。作为一个追梦者，尽管我付出了更多的时间和代价，但我一直朝着人生的方向前行。

人到中年，再回首，曾经所有的痛苦与彷徨，都成过眼云烟。虽然没有什么可以让自己骄傲的成就，但我一直做着自己喜欢的工作，也得到了自己想要的生活。我感谢夜来香给我的那一丝感动，让我没有远离人生的航向。

如今，我似乎有许多感悟，和青年交流，我的话总是滔滔不绝。我告诉他们，在迷茫的时候，眼睛要望着前方，如果望不到，踮着脚尖也要望，切莫躺平放弃自我。因为我走过他们的路，也走过他们的迷茫。

　　我给自己的散文集取名《我欲醉眠芳草》。我从一朵卑微的小花开始写起，写自己经历的点点滴滴，写自己难忘的心路历程。我多么希望有一天也能醉眠芳草，感受那杜鹃声声的春晓。

　　人生的路还要继续走下去，我的心里将永远装着那朵朵夜来香，装着那一份幽香和美好。

写信给我的女孩

无意中翻看自己曾经写过的日志，发现写了不少回忆美女的文章，好像我的情感经历很丰富似的。其实，不然。

在复制这篇文章，准备进一步编入我的文集时，还生怕老婆看了生气，内心有点小波澜。但是，看看自己的大肚腩，想想自己一米六的身高，一百八十斤的体重，无论身材和长相都令人遗憾时，还是各自安心吧。

那是流行用 QQ 聊天的时代，伴随着"嘀嘀嘀"的声响，头像闪动，让多少人痴迷。某一天，我第一次在网吧通宵上网的时候，偶然认识了海玲。不记得谁先加的谁，我坐在屏幕前，和在千里之外的她聊天。

我对电脑很生疏，网吧的机子我玩哪台，哪台必死机，那晚我们聊得有些遗憾。

大学生活多么无聊，别人拥抱女朋友温存时，我却经历着失恋的痛苦。

海玲是个可爱的高中生，整个人洋溢着青春的美丽。

通过光纤，我们表达着彼此的渴望。

那时候很流行网恋，但我觉得我们很盲从，就像那时的青年都喜欢把头发染成黄色，或者做成"洗剪吹"的模样，很多人都跟风，并以此为时尚。

她的信如云一般从远方飘来，带着她的热情，和青春的美好想象。在那些恋爱的人面前，我好像也有了爱人。那些寂寞的日子啊，因为有了她，我的心如春天般有了生机。

那时候，除了上网聊天，我还喜欢周末去网吧看电影。网吧里大部分人在玩游戏，我却戴着耳机静静地看完了徐静蕾导演的《一个陌生女人的来信》。我有些另类，就像别人中午都吃米饭，我却啃馒头一样。

那时候，海玲写的信很多，但我回信很少，有时候我真的不知道该写些什么。

当我写下这些文字时，我真的不知道我的文章该如何结尾。我也不知道为何要写下那么久远的故事，正如我不知道为何能够遇到一个叫海玲的女孩一样。

人生短暂，谁都有一些难以忘怀的美好往事。我是多么幸运能遇到那么善良的人，她从我身边走过，给我祝福和鼓励，然后悄然离去，消失在茫茫人海中。

无法归还的 80 元

最近不知道为什么，突然想起智慧姐，想起我欠她的 80 元钱。那应该是 1997 年的事情吧。

智慧姐人如其名，是一个漂亮、文静的女孩子。那时候，我转学到一所学校读初三，和她正好在一个班。我是学期中段转到这里的，对周围的一切都很陌生。我们离家都比较远，有二三十里路吧。记得那时候，我们都很少回家，大概一个月回一次，其实回一次家也很不容易，我骑着一个破旧自行车，回一次家要花一个多小时。

我不记得和智慧姐是怎么熟识的了。大概是偶尔交谈时，我们知道彼此离家都比较远，突然间有了那么一点惺惺相惜。她的名字很有意思，她姓智名慧，让人听一次就永远不会忘。

有一次学校放假，我们相约一起回家。那是多么美好的一段旅程啊！和一个美丽的女孩在乡村道路上同行，一路交谈，带着回家的渴望和幸福，荡漾耳旁的是朗朗的笑语……

在学校，智慧姐给了我很多帮助，我的钱花完了，她总是把自己的钱借给我用。我以前学校的同学来找我玩，智慧姐也逐渐跟他们熟悉了，并且都成了很好的朋友。

记得那一年，我和另外两位同学去菏泽看望好友，就借了智慧姐 80 元钱。

后来我才知道，那是她一个月的生活费，真不知道她把钱借给我以后，那一个月是怎么度过的！最后一个学期她突然退学了。此后来过学校一次，我送她一支钢笔，她好像回赠了我礼物，但我已经记不清了。

那一次相见后，我再也没有她的音信。此后我一直读书，还她那80元钱成了我的一个心愿。以前我家影集里还有她的相片，如今却怎么也找不到了。

……

离别那么久，不知道智慧姐现在何方，也不知道她过得怎么样。几年前，和一位老同学见面，提及智慧姐，他说想过很多方法找寻，但都没有结果。

"她来了，缘聚；她走了，缘散；你找她，缘起；你不找她，缘灭。找到了是缘起，找不到是缘尽。走过的路，见过的人，各有其因，各有其缘。"

我突然想到电影《失孤》中的这句台词，只能借此自我安慰了。

秋香

曾经有一段时间，我喜欢写一些回忆读书时光的散文，并分享在 QQ 日志上。

正如我有篇文章的开头所言，平平淡淡的生活中，总有些陈芝麻烂谷子的事让人念念不忘。人生似乎就是如此，越是年老，越喜欢回忆过去。

我非常喜欢周星驰的电影，很多次看过他主演的《唐伯虎点秋香》。那无厘头的剧情总是让我开怀大笑。只是没有想到，我也会在人生路上遇到一个女孩，名字叫秋香。

那是某年某月的某一天，在一个考场里，秋香坐在我的左边、右边、前面或后面的某一个位置，对着在试卷上龙飞凤舞的我轻轻地打了个招呼，然后问我是否可以借试卷给她抄一抄。我发现是个美女，正甜甜地对着我笑，对此我当然没有拒绝。考完试，互相介绍时，我发挥编故事的才能，把自己描述成一个积极向上的社会青年，还假惺惺地陪她在学校里参观。

从教学楼到操场，再到女生宿舍，在向她热情地介绍之后，我向她坦白：秋香同学，其实我和你是一个学校的。你学的是英语，而我学的是中文而已。

她听完之后，并不惊讶，嫣然一笑，说她早就知道和我是一个学校的。她觉得和我说话很有意思，不想戳穿罢了。

那时我们正值青春，要知道聊得来，似乎可以发展那么一段感情，至少我是那么认为的。于是，我记下她寝室的电话号码，忐忑不安地给她打电话，然后向几位室友说遇到一个英语系的秋香，她扎着马尾辫、圆圆的脸、穿着浅蓝色的牛仔裤……

鲲鹏兄说，既然秋香那么美，你就向她表白吧。于是乎，我就约她一起爬山，聊些现在记不得的话，并在她跨过小溪的一瞬间，短暂地牵了她的手。爬山回来，还在一个很破旧的餐馆里请她吃了饭，点了两个很寒酸的菜。

我还没有来得及表白，秋香已经看出我的心思，她说她在高中就谈了男朋友。哦，要知道这就是暗示，再傻的人也会明白。如果两个人没有擦出什么火花，千万不要勉强，因为那样最终会落得个自作多情。我知趣地向秋香说拜拜。后来，我们都消失在茫茫人海中。

过了那么多年，不知道秋香是否还记得当年那场邂逅，可惜，我不是唐伯虎。

因风吹过蔷薇

一

今天看到一篇谈论人变老的文章。很少在别人公众号上留言的我写下这样一句话：当你拒绝变老的时候，其实已经老了。

晚上用手机刷短视频，突然发现有人拍自己的素颜，然后说自己是八零后的老阿姨。我看她们也觉得很老，只剩那么一点风韵。但转念一想，自己不也是1982年的油腻大叔吗？

当一个人勇敢地在镜头前向众人展现自己的素颜时，可能真的是领悟到，再怎么涂脂抹粉，也抵挡不住岁月在自己脸上留下的痕迹了吧。

总以为自己年龄不大，不知道这是不是八零后的通病。

我刚大学毕业时，有一次经过大学的校门，听到一位学生叫住我，问："叔叔，这是不是你丢的钱？"看到她手里捏着的5块钱，我真是气不打一处来。

别人好心问，让我的心一激灵。我有那么老吗？可能我很在乎别人说我老吧。

到了我现在这个年龄，时间好像在我身上凝固了。身边几个朋友，一年过一年，胖子还是胖子，瘦子还是瘦子，感觉不到彼此的变化。

于是，无论别人怎么看，我都一如既往地觉得自己还年轻。如同我走进服装店，听导购员说"没你穿的尺码"时，我觉得自己没有她说的那么胖。

二

前几天，一个大学同学在 QQ 上给我留言。

说是同学，其实是同一所学校但不是同一个系，但我们是老乡，大家常在一起玩。她说不上漂亮，但很腼腆、爱笑，笑的时候，嘴角露出个酒窝。她很爱读书，是学校为数不多每天教室、食堂、寝室三点一线的女孩。

有一段时间，我和一个好哥们，经常到她的宿舍楼下，喊她和一帮老乡打羽毛球。我的那个好哥们正在追一个女孩，大家一起打着、打着，就看不到他们的身影了。最后只剩下我和她。

我带她到我实习的报社玩。我们在办公室里聊天的时候，老师的夫人进来，问："这是你女朋友啊？"她只是笑，露出小酒窝。

在学校操场上，我用报社的数码相机给她拍照。

我的好哥们后来失恋了。毕业时，他伤心地离校，我去火车站送他。火车刚开走，我接到短信，才知道她也坐同一趟火车走了。火车一路向北，那是我熟悉的方向，而我们从此再也没有联系。

三

她给我发信息，我给她留言，她一直没回。

我打开她的空间，看到她和两个孩子的合影，为她感到幸福。

前几天，我说你找我啥事，她很快就回复，问我是不是回湖北了，说之前想让我到学校帮她查个档案资料，后来她打电话联系了老师。

她说自己一直在医院上班，生活由上学时的"三点一线"，变成现在的"两点一线"，每天从单位到家，从家到单位，就这么简单。

她说我的文笔还是那么好，我苦笑！不敢再发只言片语。

我突然想看看她以前的样子，想看她微笑时的小酒窝，才发现我为她拍的那张照片早已不见踪影。

于是，一个个我曾经熟悉的面孔都在我的记忆里开始变得模糊，仿佛我们不曾见过，将来见了也认不出来一样。

人老了！现在二十几岁的人说自己老，是为赋新词强说愁。我懂得。

四月，蔷薇花开。我将相机镜头对准盛开或凋零的一簇花朵，按动快门时，脑海里突然浮现出一句诗：因风飞过蔷薇。

但，春归何处？

青春是一首不老的歌

那一年读高一，我不知道哪里来的勇气，给班里一位女生写了一封情书。

我把情书写好，还特意在书摊上买了一本厚厚的文学书，在一个晚自习的时候，将那位女生约出来，把书和信送到她手中。结局可想而知，书被退回来，我被无情地拒绝。后来，高一结束，我们分了班，她去了文科班，我继续留在原来的班级。此后两年，我们虽然在同一所校园内，但很少见面，也没有说过一句话。

就这样，我卑微的青春梦想刚萌动就破灭了。回想起来，你会发现在青春的岁月，会有很多不可思议的事情。没想到的是，高中毕业后，我所在的那个班竟然成了好几对。有的你根本想不到会走在一起的两个人，最后却成了夫妻。其实那时候，如果真的恋爱结婚生子，我的人生将会成为另外一种样子。

回首过去，你会发现有很多女孩从你的世界里经过，她们和你短暂相逢，擦肩而过，却在你的记忆里永远那么青春靓丽。因为她们，双鬓布满斑白、身体肥胖走样的我还可以有那么一点点美好的回味，仿佛自己没有老，也不怎么老似的。

读高中时，正是林志炫《单身情歌》最火的时候："找一个最爱的、深爱的、相爱的、亲爱的人来告别单身……"
我很喜欢这首歌，可歌词里那一连串的形容词，总让我唱出
的歌有些错乱。当我的一位同学唱着这首歌走进厕所，一边
小便一边唱，然后继续唱着转身离开时，那种震撼让我至今
难忘。

后来我再没有唱这首歌，我喜欢上了张雨生的《大海》
和《我的未来不是梦》。

人生真的不堪回首，毕业已经二十多年了。记得在毕业
的十多年后，我们班组织过一次聚会，只来了十多位同学。
我一边喝酒一边流泪，不知道为什么。

也许离开校园，我们才懂得生活不易，才懂得岁月沧桑。
当我看到一个个熟悉而沧桑的面孔时，似乎也看到了同样沧
桑的自己。

我已经忘记那封情书的内容，忘记那位曾让我心动的女
生的样子，我甚至不记得她的姓名。我们都渐渐消失在彼此
的世界里。

只有青春，像一首歌，在我们的记忆里永远不会老去。

黄州站

　　我好几年没有在黄州火车站乘坐火车了。那里曾是我离开家乡漂泊的终点，也是我回家乡的起点。

　　2003年的一个秋季，那一年雨下得特别大，我从商丘南站乘坐火车出发，一路上看到的都是洪水。洪水淹没了农田，淹没了乡间的小路，我在火车上看到人们穿着雨衣，打着雨伞在路上艰难地涉水前行。

　　火车到达黄州火车站时，我的一袋威化饼干也快吃完了。也是从那时起，我觉得威化饼干挺好吃，所以现在每次去超市总要朝摆在货架上的威化饼干多看几眼。

　　那时候，我离开家乡是非常迷茫和伤感的，高考没有考好，前途未卜。

　　在学校里，我依旧非常伤感。也不知道为什么，来回乘坐的火车总是在夜晚到站。我总是坐在火车窗前看着深夜里明明灭灭的灯，然后惆怅，思绪万千。

　　每次乘坐火车都有不一样的感受。回家，有一种归心似箭的感觉，离开家乡，再次惆怅，再次迷茫。现在，这种感觉已经非常淡了。

　　在那来来往往的旅途中，有多少难忘的故事啊！我曾经站在拥挤的过道上，从起点到终点，一路站了八九个小时，几乎要崩溃。

我曾经因为肾结石犯了，一个人站在火车的过道上回家看病，那种痛苦的感受让人无法形容。

我曾经在火车上，看到离开年幼孩子外出打工的妇女在火车上一路哭泣。她现在怎么样？她的孩子已经长大了吧！她现在是否可以天天陪伴孩子？或者，还在外面奔波，看惯了悲欢离合？

我有一位学长，也是我的老乡，他把乘坐 1454 次列车的感受写成了一首诗。我们乘坐的时间都是晚上，他可能和我一样，在漫长的旅途中有许多感触吧。只是他把自己的感受写成了诗，而我变得沉默罢了。如今，我已记不清他写的诗句，我也有许多年没有乘坐火车。不知道那趟载我们返程，让我们望着窗外凝神发呆的 1454 次列车是否还在运行。

2006 年，我毕业了。一天，我去火车站送一位同学，返回时，我突然接到几位好友的告别短信，他们说"我们走了"！从此，我再也没有收到过他们的短信，也没有和他们见过面。其实他们在火车站时，我当时应该也在那里，只是在茫茫人群中，没能和他们见一面，也没能当面向他们道一声珍重。这成为我人生中很大的遗憾。

我甚至对于他们的记忆也已经模糊。恐怕再次相见，我们都已经非常生疏。而在这个世界上没有一个站台、一辆列车可以让我们回到过去。

时间过得真快，我们在岁月变迁里，犹如温水煮的青蛙一般，感受不到时间流逝。我甚至有时会迷失自我，忘记当初为何出发，为何漂泊。

五月的告白

五月，小区里的栀子树长出花骨朵，我从一株栀子树旁经过，感到一丝惊喜。

小区楼栋前的花坛里，种着四五株栀子树，每年这个时候，都会长出许多花骨朵。栀子花香气宜人，惹人喜爱，每逢花开，总有一些人将含苞待放的栀子花"扫荡"一空。有的摘几朵拿回家独自享受那一缕芳香，有的摘了很多朵估计要拿到市场上卖钱。"小楼一夜听春雨，深巷明朝卖杏花"，市场上没有人卖杏花，我却见过有人卖栀子花，白色的花朵堆放在摊位上，散发的芬芳吸引着人们的注意。若是买回家，必然满屋芳香。

我还记得第一次看到栀子花开的情形。那一年，我和海萍姐去爬葛山，下山路过一座小山，突然闻到一股奇异的香味，循香望去，发现前方树丛里有一棵小树，白色的小花开满枝头。我惊喜地喊了一声"栀子花"。我至今还疑惑，生在北方从未见过栀子花的我，是怎样一眼就认出那是栀子花，难道我与栀子花曾经相识？

栀子花开，是送给五月最好的礼物。五月，也因为栀子花开，芬芳了我对岁月的记忆。这一份美好，让我想起"花褪残红青杏小。燕子飞时，绿水人家绕"的故土，想起"暗香浮动"的黄昏，想起"杜宇一声春晓"的黎明。

记得我在读完高中时，曾经写过一篇短小的散文，名字叫作《夜来香》。夜来香并不是什么娇贵的花，随便在院子里撒上一把种子，就能长出一大片。虽然没有出众的花容，但它们散发着幽幽的芳香，让我的心灵得到慰藉，也让我记住那个夏天，以及那个暗香浮动的美好黄昏。

前几天，老友来看我，问我有没有海萍姐的消息。我突然想起曾经一起爬过的山，一起邂逅过的栀子花。虽然她是女生，但我们有着单纯的友谊。前些日子，我在整理老照片时，还看到我们三个人坐在莲花山草坪上的合影。如果不是老友提起，我真想不到我们已经分别 16 年，彼此从未联系。

老友说，倒是有两个人向他打听我的联系方式，但都被他拒绝。他说出人名，我却想不起来。他说其中一个人叫"半碗"，我突然有一点印象。以前，我们总在校外一个小餐馆吃饭，一份炒菜两三元钱，米饭不要钱。别人都是吃多少盛多少，那位老兄每次都盛得满满的，一碗接一碗吃，吃到最后总剩下半碗米饭。饭店是小本生意，接待的又大都是我们这些点一两份青菜吃几碗米饭的穷学生，因此餐馆老板对浪费米饭很生气。不知道从哪里来的灵感，我就给那位兄弟取了个外号叫"半碗"。另外一个人我实在记不起来了。

刚开始我还疑惑老友为什么不愿透露我的联系方式，他说："两人和你交情不深，十多年不和你联系，如今要联系无非是要你帮忙，或者向你借钱，还是不给你添乱的好！"他说得不无道理。

人生也许就是这样，你想见的人可能一辈子见不到，已经遗忘的人却想方设法来见你。

　　有人说，人到中年越来越孤独，或许是吧。深夜，我独自从办公室回家，走到楼下，用手电筒照见几朵"幸存"下来的栀子花。我摘了一朵，放在我床头的书桌上，那缕缕幽香伴我写下这些文字，又伴我进入梦乡。

麦子

三月的麦子

做了一个很老的梦

那曾经在金黄的麦田

手握镰刀

和麦子发生冲突的人

已是风烛残年

还有一位少女

麦子和她的身子一样风韵

麦子熟了

她的青春荡漾着

麦子又青了

她却没有昨日

花一般的容颜

三月的麦子醒来

告诉我

他们

一个是我的父亲

一个是我的姐姐

今夜，我最大的收获就是抱着试一试的态度，在网上搜索关键词，又支付了 23 元钱，忐忑不安地寻找到这首 10 多年前发表过的小诗。

那种感觉就像遇到上学时暗恋的女孩，曾经你在某个时刻会想起她，但没有想到在茫茫人海中还能邂逅。

虽然是一首小诗，其背后却有很多故事。

我不是一个擅长写诗的人，在读书时却总爱买一本带格子的草稿纸，伏在寝室书桌上写写画画，整得像一个作家。我写的文章大都是散文，偶尔发表在校报上，字数很少。

我不记得是什么时候心血来潮写了一首小诗，正好去图书馆看书时，翻阅过一本《诗潮》杂志，就记下投稿地址。我轻车熟路地将小诗寄过去，又坦然地以为这艘承载着我文学梦想的小舟会再次消失在茫茫大海。

结果有一天，我在寝室睡午觉，同学小宝来到我床前，将一个大牛皮信封丢给我。信封里只有一本杂志，里面刊登了我的小诗。

也许是我飘了，以为自己发表了一首诗了不起，我竟然参与竞选班长。我本来是劳动委员，承包着班里的卫生清洁的活计，许多同学投我票，本意是让我继续干本职工作，没想到我钻了空子，要当班长。

我是如愿了，却惹恼了竞争对手一方的人。一天，我无缘无故地挨了他们一拳头。我咽不下这口气，在校外跟打我的人干了一架。后来，学校说要处分我，到底怎么处分也不知道，我和给我壮胆的几个朋友都吓坏了，到处找人说情。

我本善良，亦不知道错在哪里。那种处境，好像是阿 Q 对吴妈说了一声"我要和你困觉"后的遭遇一样。我家里都是农村人，一个个老实巴交，更是不知道如何处理这样的事情。

后来，我将自己的情况告诉徐江莉老师，她信任我，答应帮我说情。滴水之恩，当以涌泉相报，那种情况下，老师对我的帮助和安慰何止滴水。我一个穷学生，无以为报，就拿出自己珍藏的《诗潮》赠送给她。

后来，我跑遍城区所有的书报摊，再也没有买到那本杂志。

毕业后，我做了新闻民工，靠着写消息和通讯赚取稿费养活自己。刚开始做报社的通讯员，再后来老师说不能带太多我的名字，连通讯员都不带了。采写的信息刊发后，我依然会保留一份当日的报纸，虽然那上面没有我的名字。

再后来，我当了很长一段时间的特约记者，写一些无关紧要的消息，报纸也懒得收藏。再后来，我如愿当了记者。

写的稿件很多，报纸也积攒了厚厚的几摞，但每每整理自己的文章，总会想起那首发表过的小诗。如惦念自己的初恋，也许曾经只是短暂的交集，甚至没有交集，可我总是记得她，但她长什么样子，叫什么名字，我都想不起来了。

骑行往事

这几天，我心血来潮，将挂在车库墙壁上的自行车取下来，轻轻擦拭车架上的灰尘，给已经瘪了的轮胎充气，准备重新开始骑行。

我问妻子，这辆自行车是哪一年买的，她也记不清了，大约是 13 年前。那时，我们还没结婚，她上班每月三四百元，我只有微薄的稿费收入。有一天，我突然想买一辆自行车，看中的车要 1900 元，我们俩总共只有 2000 元存款。我不记得当时怎样说服节俭的妻子买下那辆价格昂贵的自行车。车买来后，我开心地骑行，她站在车后面流眼泪。

想来确实伤心，买一辆自行车，我们几乎花光所有积蓄。那辆自行车没有后座，我也不能载着她兜兜风。

如今，我和妻子、儿子都有自行车，我的还是那辆山地自行车，妻子的是一辆轻便自行车，儿子的是一辆外观炫酷的儿童自行车。

看着儿子骑行，我心生羡慕，我小时候要是能拥有一辆这样的自行车该多么幸福啊！我学骑自行车时，家里只有老式"二八大杠"，车把比我还高。我把高大沉重的自行车推到街上或麦场，两手攀着车把，右脚踩住踏板，左脚在地上一蹬，一点点向前滑行。等掌握平衡了，再把左脚放在踏板上，右脚穿过"二八大杠"的三角形车架踩另一个踏板，先半圈半圈地反复踩踏，然后再踩一圈。这样骑行大半年，才敢跨到自行车横杠上骑。因为车身实在高，身子要左右摆动才能骑行。

我学车很执着，也很倔。记得我家麦场对过有一段下坡小路，我每次骑车左拐下坡都没有成功，但我仍然坚持尝试，结果连人带车摔到河沟里，整个人躺在那里很久才爬起来。后来，我的胸口总是隐隐作痛，母亲从村医那里拿来药给我吃，我才逐渐好转。

上初中，学校离家七八里路，每天都要骑自行车。一早骑车去上学，上完晨读，骑车回家吃饭，再去上学，中午骑车回家，吃完午饭再去上学，下午返回，一天6个来回。

初三的时候，我到另一所中学读书，不少同学骑轻便自行车或山地自行车。看到别人潇洒地骑行，我非常羡慕。周末，我和班里的女孩子结伴回家，她骑着轻便自行车，我依旧骑着"二八大杠"，我的自行车座套破旧不堪，上面还绑着一块花花绿绿的布。本来是一段美好的行程，却因为一辆"二八大杠"搞得我尴尬不已。

"二八大杠"不仅难骑，还经常出问题。有一次轮胎破了，我跟父亲赌气，索性就自己动手补胎。经常看父亲补胎，方法都知道，就是没有实践过。晚上，我把车推到堂屋，借着昏黄的钨丝灯泡发出的光鼓捣到深更半夜才把胎补好。

到了高中，学校离家20多里路，我依旧骑"二八大杠"。高中毕业，我到妻子家去找她，觉得自己骑破自行车不好，就厚着脸皮到县城找我二嫂的大姐，把我的"二八大杠"放在她家，借她的新自行车去我妻子家，回到县城，再把我的

"二八大杠"换回来。

　　唉，往事不堪回首啊！没有想到一辆自行车竟勾起我这么多回忆。要不是这几天骑车，这些事我大都忘掉了。回忆过去，好让自己不忘初心，珍惜现在，并继续创造更美好的生活。

　　到鄂州5年后，我才买了一辆新自行车。那一年，我从单位辞职，心情不好到武汉玩，在汉口花450元买了一辆自行车，费尽千辛万苦从武汉骑回来。虽是新车，但质量很差，难以给人骑行的乐趣。一个周末的上午，妻子借了一辆破自行车，我们骑车远行，从鄂州出发，骑到梁子湖区沼山镇，从沼山镇骑到保安乡，从保安乡骑到大冶市。一路上不是她的车掉链子，就是我的车胎漏气，我们就这样走走停停，到了晚上才骑到大冶。在大冶住一晚，第二天骑车途经黄石返回鄂州。

　　我们第二次远行，所骑的自行车都已更新换代。我骑的是她花1900元买的自行车。她骑的是我用800元稿费买的一辆女式山地自行车。一个夏天，我们结伴骑行到浠水县，从浠水县骑行到黄石，从黄石再骑行到鄂州。天气炎热，我们的脸和胳膊都晒得黢黑。还有一次，我们骑车经鄂黄长江大桥到黄州，沿江往团风县方向骑行。中途因天气不好折返，路上遇雨被淋。回到鄂州，妻子查出怀有身孕。后来，妻子回老家养胎，我骑着她的自行车外出采访，忘记车子放在哪，过几天去找，最终也没有找到。

　　妻子不在鄂州，我很无聊。某个周五下班，我决定骑车远行。沿着我们曾经骑行过的线路，我从鄂州骑到浠水，从浠水骑到黄石。到达黄石已是凌晨1点。我先是用手电筒照路前行，后来，手电筒没有电了，我便在夜里摸索着前行。四周很安静，我一点都不害怕，我觉得整个人都融入了黑夜。丘陵地带，道路起起伏伏，骑行吃力时，我知道要上坡了，等感觉蹬起来很轻便时，我知道要下坡了。

还有一次，我先是骑行到黄州，从黄州骑行到团风县，离开团风县，我接着往汉口方向骑行。那是春天最美好的时光，在路上，我看到一望无际的油菜花田，停车欣赏、拍照，然后再次骑行，整个人都沐浴在春风中。

蓝墨水

一天，习惯用电脑键盘打字的我心血来潮跑到文具店买了一支钢笔和一瓶蓝墨水。

当我用吸饱墨水的钢笔，在白色信纸上写下一行行潦草的文字时，那蓝色的字迹突然让我想起久违的校园，和那个手握钢笔写作业的自己。我突然间感动得想哭。

记得刚上小学时，母亲对我说，如果我将来考上大学，就买一支金笔送给我。那时候我可能还在用铅笔头，自然对金子做的笔充满向往。母亲读过书，她知道读书有用，可以改变人的命运，因此常常勉励我们读书。

我们兄弟姊妹六人，大姐没有读过书，二姐读完高中，没有考上大学，本打算复读再考，却因为要照顾侄女而放弃。二姐读书非常用功，她应该是我们家最有可能考上大学的，可惜就那么轻易放弃了。三姐从小聪慧，因为母亲既当村会计，又要干农活，无暇照顾我，读小学的三姐便自告奋勇主动辍学，承担起照看我的任务。大哥和二哥年龄相差不大，读小学时在一个班级，因为家里穷，母亲只交钱买一套书让他们共用，大哥可能因此不想读书了。

二哥读书还可以，他考上了高中。我们全家都希望二哥能考上大学，弥补二姐的遗憾。可惜他读到高二时，亲戚给他介绍媳妇，他也不读书了。

后来，我考入二哥曾就读的那所高中，但我没有真正发奋学习，也没有立志考上一所大学。浑浑噩噩读了三年高中，毕业之后我一心想到外地打工挣钱。当时，我内心非常矛盾、迷茫。村里和我一起长大的小伙伴，早已结婚生子，孩子都会打酱油了，我还在花父母用麦子、玉米换来的钱上学。过年走亲戚，我常常听到别人劝说："你父母年纪大了，家里没有钱，还读什么书啊！"我父亲没有读过书，他也觉得打工比读书强。而我母亲总是反驳他，说将来我考上大学，可以有一个稳定的工作，每月都能领到几千块钱的工资。母亲描述的未来，我自己都不太相信。

可惜我终究没有考上一所让我引以为傲的大学，我也没有得到母亲所许诺的金笔，也许她已经忘记，也许我真的没有如她所愿。

回首读书岁月，有太多彷徨和无奈。特别是复读那一年，我整个人都是忧郁的。那时，我有过一支钢笔。我很喜欢在周末，用蓝墨水写下一些伤感的文字，也是那个时候，我第一次在报纸上发表了一篇文章。后来，那支钢笔掉在地上，笔管摔破了，有些漏墨，我用纸包住，还可以用。我称自己用的笔为"丑笔"，还专门以此为题写了一篇文章。

前几天是全国高考的日子，同事们在公众号上发起了为高考考生送祝福的活动。留言很多，有人说高考是人生的转折点，也有人说高考虽重要，但不是人生的全部……

我也留言送祝福，并引用一句诗："春风得意马蹄疾，一日看尽长安花。"我的高考却没有那般得意，记得高考出分数的时候，我到大哥家，用他家的座机查成绩，查完就沉默着离开。这一切都在我预料之中。

2003 年，我扛着大包小包外出读书。在父母卖掉仓库里的麦子之后，我内心没有半点喜悦，依旧迷茫而忧伤。

去年，老母亲到我家里住，她说自己很遗憾没有把书读完，至今还时常梦见自己在学校学习。她那个时代，读书的人本来就少，而她在那么艰苦的时代竟奇迹般地读完初中，又以优异成绩考入一所师范。可惜，读了不到一年就响应号召支援农村，从此再没有机会离开那几亩田地。

我似乎有着和母亲同样的梦，梦见自己握着钢笔，为高考做最后的奋斗。有时候我会想，那时的高考题也不难呀，如果我再努力一把，说不定……

但这个世上哪有后悔药呢！

时间一晃，我已经到了不惑之年，回首过去，光阴虚度，竟无半点可以骄傲的成就。真是痛心疾首啊！

蓝色的墨水，曾经饱含我的希望，在纸上书写关于青春的梦想。而如今，当我写下那一段段蓝色的字迹，我又陷入沉思，夜不能寐了。

牛栏山

以前，逢年过节亲戚来串门，父母总会做一桌丰盛的菜，再烫一壶白酒，倒在小酒盅里。客人"吱"的一声一饮而尽，很畅意。我总以为那酒是很美味的东西，凑上前去，客人递过酒盅，开玩笑地说："来尝一口！"小孩子不懂事，接过来就往嘴里倒，结果辣得撇嘴。

我从小就常常感叹，白酒那么辣，那么难喝，为什么会有人喜欢喝，并且还能喝出很美的滋味呢？中国的白酒品种非常多，有高度的，有低度的，有像茅台那样昂贵的，也有像牛栏山、红星二锅头那样便宜的。但不管哪种酒，都不可能喝出橘子汽水的美味来。所以，我从小就抗拒喝白酒。

不知从什么时候，我开始喝白酒了。翻看以前写的日志文章，发现自己十多年前，还写过在老家和小学同学聚会喝酒的事。那时候，在北京开餐馆的李泽运回家过年，把带回家的牛栏山拿出来和大家分享。那是一种酒精度数很高的白酒，在小卖部和超市很常见，但因为是同学从北京千里迢迢带回来的，意义就不一样了。那天我们都很开心，一瓶牛栏山把所有的酒杯都斟满，不知道谁说了几句什么话，大家的豪气、义气直冲头顶，然后起立，举杯对饮，一杯酒入喉，辣得让人张不开嘴。想说的话无法再说，都在那一杯酒里。如果不是我写了文章，我还真记不得自己曾经喝过牛栏山这么烈的酒。那篇文章非常短，只有两三百字。我以前写文章大都写不长，我想一个主要的原因就是看到什么写什么，对任何事物都没有很深刻的感触和认识。我觉得这也和喝酒一样，别人喝我也喝，喝得自己醉醺醺，也不觉得有什么意义。

那时候，我们都还年轻，大家都在外地奔波忙碌，想着过年了，小时候的好朋友总要聚一聚。其实每一个人都在变，不仅仅是模样变得苍老，每个人内心也会因为各种各样的境遇有所改变。不可能再像小时候那样打打闹闹、说说笑笑般单纯。如果没有酒，我想我们难免尴尬，也不可能只坐在那里吃菜，所以频频碰杯、劝酒。出门在外，感受的苦也好，乐也罢，人生的万千感慨，啥都不说啦，先干为敬！也不知道从什么时候起，我们这一帮小学的好朋友几乎每年都聚在一起，喝一场大酒。我们的村庄相隔一两里的距离，喝完酒，还要彼此相送。大家兴致高起来，就在村庄小道上齐声高唱，但唱的时候少，大多乱喊乱叫。这个时候各个村庄都被我们惊扰，狗吠声此起彼伏。夜里冷，我们就到谁家的柴火垛前，抱走两捆玉米秆，在路边烤火。

烤完火，回家睡觉，过完年，大家各奔东西，然后盼着来年相聚喝酒。渐渐地这成为我每年回家过年的一个重要的必不可少的项目。在这周而复始中，我觉得那入口的白酒不仅仅辣口，细细品味，里面还有岁月的醇香。我们平时也不怎么联系，但快要过年了，电话就会一个接一个来，"什么时候回老家，今年在我家喝酒"。本来想要拖延几天，或者不回老家过年，但在老友们的催促中乱了计划。于是在历经一年风风雨雨后，大家又聚在一起，举杯喝酒。

就这样，我从抗拒喝酒，到随大溜般喝酒，如今变得没有酒喝的时候也盼着举杯开怀畅饮。以前，参加宴会，别人劝我喝酒，我总是推辞。别人会说，当记者的喝了酒才能写好文章，我总是苦笑，可惜我不是李白。现在想来，喝酒也是分境遇的。有的场合，一杯也不想喝。有的场合，却是一杯接一杯地喝。不想喝时，茅台、五粮液摆在面前也提不起喝酒的兴致；想喝酒时，一瓶几块钱的牛栏山或二锅头也能独酌。有好友相伴另当别论，竹林七贤，闲坐青山，开怀畅饮，吟诗作赋，羡煞多少人。我们凡夫俗子，自然不能和古圣先贤相比，但每年能够和小时候的玩伴把酒畅饮一番，也是让人难忘的乐事。如果，我们将来老了，大家活得好好的，还能以喝酒为乐，更是一件值得夸耀的幸事。

人到不惑之年，感慨渐多。我觉得，等自己老了，三五好友若能常常相约一聚，小酌几杯，将是多么快活。至于喝什么酒无关紧要，一杯牛栏山入口，也能让人回味良久。

壹鸣酒家

　　过完年，我就 42 岁了。有时候，不去细算，不知道时光的匆匆。只有在某一个节点，人闲下来，比如过年的时候，才会发现自己又长了一岁。

　　没回老家之前，我就和老大约定要聚一聚。老大是我高中同学，那时我们玩得比较好的几位同学"结义"成了兄弟，我排行老二。老大比我小两岁，反而成了老大。我问他为什么会当老大，他也记不起来。母校曹县第四中学在青堌集镇，我们是 1998 年入学，2001 年毕业。刚入学时，我常常感叹，三年高中时光太漫长了。没想到恍然间，高中毕业已经 23 年。当年一位同学写作文时，常用白驹过隙来形容时间过得飞快，那时候还不怎么理解，如今却体会深刻。现在，同学们都各奔东西，只有我们几位好兄弟还偶尔联系。后来母校被拆了，变成商业街区。我每年回家过年从青堌集镇经过，总是感慨万千。

　　记得老大在北京读书时，我去找他玩。那时他很帅气，还花一两千元买了当时最时尚的彩屏手机。他当时正在追求一个女孩，我一直觉得他很有女人缘，但不知为什么其他兄弟陆陆续续结婚，有了孩子，老大还单身。前几年，听说老大痴迷股票，也不知道赚没赚到钱。后来他索性回到老家，继续研究股票，再也没出去。不记得是去年还是前年春节，有两位兄弟从外地回来，在青坰集找了一家餐馆，和老大喝酒吃饭，聊着聊着老大突然稀里哗啦哭起来。我和老大已经好多年没有相聚。前些年，他在外地忙，过年也未必回老家。我回老家也是匆匆忙忙住几天就离开。去年"十一"前后，我给他打电话，邀他到鄂州来转转，他说自己很忙。我不理解他在老家忙什么。其他兄弟都让我劝劝老大，希望他能去找一个工作，早点娶个媳妇过日子。今年过年回老家，我和另外两个兄弟约他聚一聚，其实也想劝劝他。

本来说好腊月二十八晚上，在青坰集找家餐馆聚会，结果另外两个兄弟，一个中午喝醉，一个路途远没有赶来，只有我一个人开车去青坰集。当时刚下过雪，天气特别冷，老大家距离青坰集有十几公里路程，他说要骑电动车去青坰集。我心里一咯噔，告诉他不要来，我开车去找他。他说那也行，给我发来定位，说在壹鸣酒家见。

壹鸣酒家在105国道旁，周边就那么孤零零一家餐馆。距离过年还有两天，餐馆前停满了车辆。我把车停在路旁，从车后视镜看到一个人骑着电动车匆匆赶来，然后我的电话响起，天色已晚，我虽然看不清他的模样，但猜想一定是老大。他好像还是以前的样子，身材没有发福，人也很精神，没说几句话就笑，笑时额头有了深深浅浅的皱纹。毕竟很多年没有见面，这个很多年有10年以上吧。我们相见仍如故，但也难免生疏。我递烟给他，他没有接，我平时不抽烟的人，反而一根接一根地抽。"老二，你的烟瘾蛮大啊！"我苦笑。壹鸣酒家的生意很火爆，厨师忙着炒菜，负责点菜的老板娘也在厨房当帮手。我们说点菜，老板娘从传菜窗口探出头，说年前忙，他们做什么菜就吃什么菜，客人没得点。老大本想要一碗酸汤，也没有。

酒家有两层楼，二楼是包厢，都坐满了食客。一楼餐厅里零零散散地摆着几张小长桌，桌椅简陋，餐桌和餐桌之间距离也大，让人觉得空空荡荡，不够舒适和温暖。我们在餐厅临窗而坐，彼此都不喝酒，老大就拿来水壶倒了两杯白开水。四个菜很快上齐，一个凉拌牛肉、一个红烧鲤鱼、一个青菜、一个我们那里方言叫"杂拌"的菜。我们边吃边聊，老大一直兴致很高，精神很好，不似那种受过挫折或迷茫的人。听他的话语，好像他很习惯在老家的生活。每天早上8点起床，晚上9点睡觉。上午和下午各花一两个小时看看股票。周末就去钓鱼，钓来的鱼自己不吃都送给邻居。吃饭的时候，和父母聊聊天，有时也看看电视，两年时光就这样过去了。

渐渐地，我的话少了，他的话多起来。我开始羡慕起他的生活。我的生活是凌乱的，几乎每天都到深夜才睡觉，然后黎明醒来，我更没有闲暇时光去垂钓，也无法做到花两年时光陪伴在父母身旁。有时候，我想抽出一段时间做自己想要做的事都很难。当我在城市里沉醉时，老大却悠闲地坐在河边，把饵料挂上鱼钩，潇洒地抛向水面。我的忙忙碌碌，我的执迷不悟，得到也失去。老大看似失去许多，却也得到许多。他现在的生活，竟然是我想要而不可得的。我还劝慰他什么呢！

老大也有很多不愿回首的过往，他说在上海工作时，谈过一个女朋友，两人同居三年，最终没能走到一起。他女朋友老家在黄梅县小池镇，那个地方我知道，在九江对面，离鄂州不远。后来，媒人给老大介绍过一个本地女朋友，最后不了了之。

刚开始，我以为老大是投资买股票，总想自己的股票大涨，大赚一笔。聊天时才知道，他并没有钱买股票，平时只是研究股票走势。他好像很快就要总结出一套股票涨跌的规律来，这样他要么不买，要么买入的股票必涨。他在老家的生活不仅简单，也很简朴，他说自己一年生活费也不过2000元。在壹鸣酒家，四盘菜一共120元，他和我争抢着付钱，我把他的手机夺到手里，才顺利扫码付款。

那天我们在壹鸣酒家见面后，次日晚上，我开车接老大到曹县县城吃饭，也终于和另外两位之前爽约的兄弟相聚。有时候我觉得他还保持着年少时的单纯和善良。当年我去北京，回老家没有路费，老大给我100元钱，还送我一件休闲T恤，直到我上大学还一直穿着。我讲给老大听时，他已经不记得了。聊往事，不知道哪句话触动了老大，在那天夜里，他突然神情肃然，眼神呆滞，任凭眼泪滴落。

有瓶啤酒叫无名

你有多久没有和朋友一起喝点小酒了？

有一段时间，我特别想找几位老同学喝喝酒，有的可能十几二十年没见，名字记不全，住址有点模糊，我很想找到他们，但一直没能实现这个愿望。

这些年，我在外漂泊，那些少年时的好友、曾经的同学也和我一样离开家乡，到了不同的城市，追寻他们想要的美好生活。我忙忙碌碌的时候，他们也在城市里奔波。或许，刚开始的几年，我们都还眷恋着家乡，思念着亲友，但渐渐地我们彼此都熟悉了自己所在的城市，或者迷失于城市的车水马龙、高楼大厦之间。家乡成了故乡，曾经的同窗好友成了故人。

以前每逢春节，我都会回家乡，住上短短的几天，匆匆忙忙地回来，又匆匆忙忙地离开。我在城市定居下来，回家乡的时间就越来越少了，有时候甚至过年也不回家乡。曾经的好友似乎也和我一样，我回老家时，他们在城市里，他们回老家时，我已离开或者没有回来。所以，我即使很想见到某一位好友，和他聚一聚，喝杯小酒，也很难相逢。

有一年春节，我破天荒地在老家待了将近三个月，但却很难和好友相见。在家乡的那段日子确实无聊，我这个不怎么喝酒的人，也想要找人喝两杯。过去读书时，和患难与共的一位老同学在外借住，那个地方我去看过两三回。临街的一排房子，不知道什么缘故一直没有人住，房主的儿子和我们在一个学校读过书，我们因此得以暂住，房子有门无窗，没有电，没有床，我们找来几块木板搭成一张床，两人就这样挤在一起睡。当时正值寒冬，晚上我们跑到四五百米远的水井接一塑料桶水，早上用带着冰凌的水洗脸，然后去上学。那时候晚上放学好像没啥作业，我们回来觉得无聊，就在学校附近的一个小卖铺买两瓶啤酒、一包花生米，两个人一起对着瓶子吹。我那个老同学每次都能喝完一瓶，我的酒量确实不行，喝到半瓶就怎么也喝不下去。我也不懂为什么喝酒，酒那么难喝。现在我也不喜欢喝酒，特别是白酒，简直是深恶痛绝。那个老同学的名字我不怎么记得了，却记得那时喝的是无名啤酒。大概 1.5 元一瓶，无名就是没有名字，广告词是"无名胜有名"，现在老家已经找不到这个牌子的啤酒了。记得当年卖给我们啤酒的老板娘很苗条，烫着头发，她家开着小卖部，也兼做照相生意。这次回老家，看到房子还在，但店没有开业，照相馆的招牌经历风雨吹打，字迹模糊了。已经过去 24 年光景，我不知道别人会有什么样的变化，别人更不会想起我会有一天开着车停在他家门前回忆那久远的事。

我的那个老同学，当年正和我患难与共呢，最后却跑回了家，不读书了。他家我只去过一次，之后两人就再没见过面。他的村子叫啥名字，怎么去，我都忘了。这么多年没见，不知道他的酒量见长没有。如果我们再相聚，一瓶啤酒我肯定能喝完，虽然再也喝不上那"无名胜有名"的啤酒了。

第二章　乡人往事

小阵

在村里，小阵应该算个名人，也是给我留下印象最深的人。每年我从外面回到村里，他总是跑到我家里来，说声"果哥，你来了"，然后没头没脑地说几句话，或者默默站一会儿就走。

也许当你发现自己的境遇和某一个人相似时，你才会想起他来。四年前，我在空间日志里写过他。那时候我还觉得他身上带有悲剧气息。然而，细细品味，我发现那才是真实的他。或许我们都是那样的存在，谈不上喜或悲。

—

2011年除夕夜，我在老家院子里用两个干燥的树桩生了火，熊熊火焰燃起，照亮了我的脸，也给我带来温暖。小阵来了，陪着我聊天。我们都没有困意。

小阵是个很苦的孩子，母亲早逝，20多岁也没有媳妇。他并不傻，但很多人都以为他是傻子，他不知患了什么病，手总是抖。小阵说，冬天来的时候，村长安排他每晚打更，一个月200块钱。

夜里到了零点，他就出发了，拿着一个锣和一个手电筒开始打更。我们村委会辖有三个自然村，彼此都有些距离，他每个村庄都要巡一遍。起初，听小阵说打更的事，我非常感兴趣，以为打更一定很好玩，很刺激。

我说，小阵，那么晚你去打更就不怕吗？

小阵说，怎么不怕，夜里，我拿着手电筒照着前面的路，时不时都要往身后望一下。

小阵每晚都打更，拿着一个锣，在每个村庄敲两下。深夜里，未眠的人听见锣声，知道小阵在打更，然后安心睡去。

但小阵打更很不顺，没过多长时间就不干了。小阵说村长说话不算数，说好每月 200 元钱，最后却没有给那么多，村长给的理由是他打更偷懒。很多人就给小阵出主意，以后打更哪里都不要去，每晚专门到村长家门口敲锣，看他还说不说你偷懒！

不知道是不是打更留下的"职业习惯"，即使不打更，他也经常在深夜里游荡。

深夜里，村里人都睡着的时候，他出发了。他低着头，一颠一簸地在村里的街巷、在村外的田野漫无目的地走，谁也不知道他在想什么。或许他只是走走，这样才能把自己的烦恼随着身体一起，融入无边的黑夜。

二

那年春节，我也和小阵一起在夜里游荡过。那晚，我们出发，漫无目的地走入黑夜。

从凌晨 1 点一直走到凌晨 4 点。我们走过宁静的村庄，走过开阔的田野。黑夜里，小阵走在前面，无惧无畏，而我却那么胆小害怕，疑心黑夜里会不会隐藏着什么妖魔鬼怪。

小阵没有上过学，但他说自己上过 11 个一年级，12 个二年级，我们都发笑，问他年龄多大。其实，他也不过 20 来岁！

小阵离爱情很远，而且年龄越大越没有希望。有一次他给别人的新婚喜宴打杂，有个家伙讽刺他说，就算别人都娶了媳妇，你也娶不到。他就呜呜地哭，很是伤心。

从那以后，村里人总是故意撩他，问他找到媳妇没。小阵说，自己谈了，媳妇在哪里，干什么的，长什么样，都说得有板有眼，好像真的一样。他说自己结婚那天，要摆上 100 桌酒席，从我们村摆到隔壁村，请全村的人喝喜酒。他越说越离谱，本来要信的人也乐得笑起来。

春节在老家的日子毕竟短暂，不知不觉就到了离别的时候。有一天夜里，小阵找我，说："果哥，我们去逛下吧！"我很想去，但又觉得无趣就拒绝了。后来，小阵告诉我那晚他一个人独自游荡了几个村庄。

那年我离开家乡后，还总想起小阵。深夜里，他是否埋着头，又出发了？他为什么那么喜欢黑夜呢！他在黑夜里独自前行，又在想什么呢？这一切的一切我都不得而知。

可能他比我更懂得黑夜。

他

在村里人看来，他已经疯了。

但他依然我行我素。村里哪家有什么红白事，他总是喜欢早早地去凑热闹。然后在酒桌上给人吹嘘，说央视某著名节目主持人是他表姐。他去北京的时候，表姐给他买了一件700元的风衣。在他看来，700元已经很贵了。

我已经很多年没有见过他了。他是我大姐村里的人。我小时候常常住在大姐家，和他们村里的很多人都熟悉，他就是其中一个。在村里，他家算是很特殊。他家兄弟四人，他排行老二，父亲在外地挖煤，不知什么原因去世。老大去父亲的矿上顶岗上班，我在大姐村里玩的时候从来没有见过他家老大。他和他的另外两个兄弟我倒是经常见。和他那两个相对木讷的兄弟相比，他那个时候见人总是笑嘻嘻的，很爱开玩笑，见人也很热情。后来，他结婚了，据说生了两个儿子。我也没怎么见过他了。

他老婆是一个非常老实、勤劳的人。我初中毕业那一年，和外甥骑自行车去县城，回来的路上自行车坏了。后来外甥带我把坏了的自行车丢在他老婆娘家，换了一辆能骑的自行车回来。这件事我一直记得。

四五年前，我就听过他的故事。说他在郑州打工，看电视台的寻宝栏目入迷，花掉自己挣的一万多块钱在路边摊上买了一个古董，后来又花很多钱买了两个。三个古董藏在家里也少让人看，其中一个好像是玉笋。那一年他打工回来，特别兴奋，回到村里总说他收藏了宝贝，却不轻易示人。春节前，他带着村里一个信得过的人拿着玉笋去北京，打算让北京的鉴宝专家看看他的宝贝价值多少钱。他去北京的潘家园文玩市场，结果看到市场上和他一模一样的玉笋，就试探地问了一下价格，老板开价几百元，最后还价到一两百元也卖。我那时候觉得他很搞笑，现在却怎么也笑不出来。

也就是买古董的那一两年，他家里发生了很多事。老婆被邪教迷惑，跑出去常常不回家。他打过老婆，但不管他怎么打，打得多狠，老婆像个木头人一样，连颤抖一下都没有，只是傻傻地笑。

后来，我外甥再次说起他就有些叹气。在村里，他只要听说谁家有事摆酒啥的，就到小卖部提一箱子牛奶凑上去喝酒。过年那会儿，一天能喝几场酒，也很能吹，整天把央视名人表姐挂在嘴上。他大儿子已经 27 岁，虽然在农村有新房子，但还没说上媳妇，小儿子在上学，没几年也要到说媳妇的年龄。这两年，他也不外出打工，也不怎么干农活。在外甥拍的一段视频里，他正在空荡荡的房子里，披着一个不知道从哪里弄来的国旗，又蹦又跳地唱"我爱你中国"。

我说，如今在我们老家农村，给儿子娶媳妇少说也得几十万，他有两个儿子，是不是压力太大，把自己逼疯了。外甥说，可能是他经常喝酒，把脑子喝坏了吧！

刘土墩

周末晚上，我终于读完《故乡在纸上》，掩卷沉思，好像书上记述的故事不是发生在栗门张村，而是发生在我的故乡一样。刘土墩，一个很土的名字，是我永远忘不掉的故乡。

有时候，人真的很奇怪，你在这个城市无论生活多少年，无论生活得多么安逸和幸福，却总念念不忘那个曾经生你养你的穷乡僻壤。更不可思议的是，曾经的艰难和苦涩，经过岁月沉淀，竟然都成为美好的回忆。

我的故乡其实是一个很小的村庄，只有两三百人。虽然张姓居多，但又分为两个宗派。在那里，因为父母、姐姐、哥哥的勤劳，我从小没怎么下地干活。每到暑假，我唯一干的活就是给家里的牛羊割草，肩扛着一个藤条编制的筐，手拿一把镰走进野地里。其实，我很喜欢割草，小时候和小伙伴们一起，在树荫下、田间地头，我们总是玩够了才去割草。等我长大，再去割草，我可能更多的是为了割草而割草。后来我读大专，暑假回家依旧拿着筐篓去割草，村里还有人嘲笑我，都上大学了还去割草喂羊。那一刻，我会突然感觉自己很没有出息。

从家乡出来，一直到现在，我总觉得自己大部分时光都很迷茫。我读高中的时候，没有钱买衣服，平时总是穿着学校发的一套蓝色校服。我隔壁村的同学也和我一样，我俩常常穿着校服骑自行车去上学，到周末又都穿着校服骑车风风火火往家赶。我总是自嘲说，我们像俩蓝孩子。

那时候，我们都很迷茫，看不到前方的路，也不奢望什么时候可以衣锦还乡。本来学习很好的他，高一没有读完就辍学外出打工。后来，他的父母在村里给他建了房，娶了媳妇。

我成了村里少有的几个通过读书离开家乡立足城市的人。有时候，我觉得自己幸运而又孤独。上小学时，本来村里有好几个和我同龄的小伙伴，我们结伴去上学，一路欢声笑语，后来不知怎的，他们突然就不读书了。到初中、高中，最后只剩下我一个人。

我一直想不通的是，读高中的时候为什么就没有立志去考一所好大学呢？整个高中我浑浑噩噩地度过。高中毕业，我甚至急切地想去打工挣钱，可惜没有如愿。

我就这样孤独而无奈地离开家乡，走进城市。离乡久了，你会发现，故乡变得让你熟悉而又陌生。那些曾经熟悉的人变得衰老，那些衰老的人又陆陆续续离开人世。村里谁家年轻的媳妇，谁家的小孩子，我都不认识，他们看我似乎也如同看陌生人一样。

有时我也觉得故乡似乎没有变，村里大部分人日复一日地重复着日出而作、日落而息的生活，大街上时常还能听到邻里之间因琐事发生的争吵。谁家的麦子被车碾压，种田人还是照样沿街叫骂一通。这一切反而让我感到亲切，这才是故乡最真实的样子。

我曾设想，把故乡的老屋拆掉，重新建几间瓦房。等有空闲的时候，我就可以回到故乡，去享受那怡然的生活，去看夜间的繁星，去耕种几亩田，去听鸡鸣犬吠，去找寻那流逝的童年。

每次回乡前，我总是想得那么美好，可每次回到故乡后，我又总盼着早点回城市的家。人总是这么矛盾的存在吗？我也疑惑了。

曾有一段时间，我将自己的网名改成新鄂州人，我想忘掉故乡，忘掉刘土墩，融入我所在的这个城市。然而，每一次沉睡的时候，故乡熟悉的片段又像放电影一样浮现在我的脑海。我在哪里？我为什么离开，又什么时候回去？我在这一连串急迫的追问中醒来，内心久久不能平静。

小 猫

"小猫"死了，在今年种麦子的时节。

早年，村里人大都穷得揭不开锅，"小猫"拿着大白面馒头，没有菜还不愿吃。听说"小猫"从小长得俊，他爷爷把他搂在怀里，说就算村里娃都娶不上媳妇，俺"小猫"也不会落下。然而不知道为什么，村里比他条件差的小伙都娶了媳妇，"小猫"却始终孑然一身。

我不清楚"小猫"的称呼是他的外号，还是他的乳名，如果是后者的话，可以想象他的长辈是多么爱他。村里人大都有外号，我觉得其他人的外号都不雅，唯独"小猫"的外号不那么俗气。

从我记事起，村里人都称呼他"小猫"，他应该有自己的名字，但村里很多人不记得。如果有人到村里找他，说出他的姓名估计没几个人知道，但如果说要找"小猫"，就肯定有人指路找到他家。村里和他同辈分或比他年长的人，大都直呼其"小猫"，晚辈们为了尊重他，有叫他"猫大爷"的，有叫"猫爷爷"的。

在村里，"小猫"就是这样一个存在。我想写写他，但任凭我怎么努力回忆，也找不到让我记忆深刻的事。在我印象里，他瘦瘦的，种过两亩地，养过几只羊。后来，他的地给别人种，也不养羊了，经常拿着一个小板凳在村口坐着。

他喜欢跟我父亲聊天，坐在我家的院子里，看我父亲喂羊，和我父亲有一搭没一搭地闲聊。

这几年，我每年春节都回老家过年，初一拜年的时候，也会随着拜年的队伍到"小猫"家看一看。记得他住在一间很小的房子里，屋里容不下几个人，他只能站在门外给每一个来拜年的人送去自己的问候和祝福。

这是我关于"小猫"的所有记忆吧，可能我离开家乡太久，家乡许许多多的人和事都在我记忆里模糊了。

我总是错误地认为，岁月还长，那熟悉的故乡，熟悉的人会永远存在。然而，他们却一个个消逝。村里又多了一处废弃的院落，多年以后，在风雨侵蚀中，变成一堆废墟。

年轻的后生们终将离开乡村，去他们向往的城市。我的故乡也许就以这种方式渐渐消失。我开始一点点绝望，归居故里的梦想最终化作一声叹息。

我觉得故乡应该是一幅炊烟袅袅、鸡鸣狗吠的乡村生活画卷。当有一天，你翻看这幅画卷时，突然发现，那些熟悉的身影都消失了，那该多么落寞伤感啊！然而，谁能够阻挡岁月无情的变迁呢！

新民发屋

新民发屋，是我作为一个穷学生时经常去理发的地方。如今，它依然在我家乡的小镇上，保持着原来的老样子。

我已经很多年没有光顾过新民发屋，一方面是我在外地很少能回家乡，另一方面我觉得那间发屋土里土气，一点也不新潮。虽然没有去，但每年回家路过新民发屋，我总会忍不住多望几眼，看理发店老板在屋里忙忙碌碌。

到新民发屋理发，大概是我上初中的时候。那时我十三四岁，在郜鼎集上学，学校卫生条件差，我头上生虱子，回家时顺便到镇上把头发剪短。那时，理发店老板张新民还是一个小青年，他待人很热情，说和我二哥是同学，一起在镇上中学读过书。

他以前的理发店开在现址斜对面，也叫新民发屋。店里支着一个烧煤球的火炉子，上面置一口大铝锅烧水，旁边有一个盛水的大陶缸。有人来理发，他就从冒着热气的铝锅里面舀一瓢热水，倒进固定在墙壁上的一个半圆形塑料桶里，再从缸里舀半瓢冷水兑上。塑料桶下面接着一根长长的软管，他打开阀门，用手试一试水温，感觉凉就加热水，感觉烫就继续兑点冷水。等调好水温，他便让顾客在放着塑料盆的木头架子前坐下，低下头，往前倾，打开水管阀门，开始洗头。

在我读初中的整个阶段或者读高中的某一个阶段，我都是新民发屋忠实的顾客。他收费很低，理一次发几块钱，是我当年作为一个穷学生理发唯一不用担心价钱的地方。

后来，我去得次数越来越少，直至再也没有去过，可能是我读书的地方越来越远，很少回家乡吧。记得他也曾离开小镇，去外地打工或开理发店，但不久他又回到小镇，重新找一间门店，继续经营他的新民发屋。

理发店虽然小，生意却非常好。我每年回家过年去镇上赶集，都看到新民发屋挤满等待理发的人，顾客大都是十里八村上了年纪的乡亲。年轻人从外面打工回来，喜欢到城里装修豪华的美发店，找年轻时尚的理发师理发，理一次发几十上百块也不在乎。

前不久回老家，我看母亲的头发很久没有剪，就带母亲去新民发屋理发。

店里陈设还是以前的老样子，一个煤球炉子，一口烧开水的大锅，旁边一口大水缸，洗头用的还是固定在墙壁上的半圆形塑料桶。我突然有一种穿越历史的感觉，好像自己又回到十几岁，和往常一样到新民发屋理发。然而，这一切让已过不惑之年的我感到太久远了。

据说新民发屋在镇上开了30多年，曾经年轻的老板变成我眼里谢顶的"油腻大叔"。我和母亲进门，他小声地称呼我"老三"，我正迟疑，他有些尴尬地说："还认识我不？"我说："认识！"他才很热情地说了一声："你长胖啦！"

在我们之前，一位老大爷已经坐在凳子上等着他理发。只见他从大锅里舀一瓢热气腾腾的水，倒进塑料桶里，再兑上少半瓢冷水，打开软管阀门，水温刚刚好，然后洗头、理发，一气呵成，非常熟练。

老人给他 10 元钱，他客气地说一句"别拿了"，老人回一句"有钱"，他才把钱接到手里，再把找的零钱递给老人。理一次发要收 8 元，他只收老人 7 元。

他还是那么热情，和我母亲聊天，嘴里喊着"大娘"，让我母亲听了很舒心。母亲本来不想把头发剪短，他说，现在时代变了，老人的思想也要变，三言两语就让母亲同意。他似乎很会宽慰人，来理发的人有什么心结，遇到什么不开心的事，经他一通开导，似乎就想通了，心情也会变好。

我明白乡亲们为什么喜欢找他理发，在新民发屋，不仅仅可以剪掉凌乱的头发，还能梳理烦乱的心绪。

老板总是劝别人改变，而他自己却不曾有什么改变。新民发屋 30 多年了还是老样子，理发的价格还是几块钱。一成不变的还有他的热情和那浓厚温暖的乡情。

玉来

玉来"重出江湖",在他家门口耍大刀嘞!

我把刷到玉来耍大刀的短视频说给我妈听,她老人家听了直摇头。玉来是我家邻居,也是我妈堂弟的儿子,但不是亲儿子。我叫他玉来哥。

玉来哥和我大哥年龄差不多,可能大我八九岁。小时候,我经常看玉来哥练武。他把厚厚的一沓黄表纸固定到泥墙上,每天晚上在那里练拳头,并发出"啊、啊、啊"的声音。那场面很震撼,我至今还记得。

在刘土墩,喜欢偷偷练拳脚的,除了玉来,还有村东头的小立。小立练脚,听说他经常偷偷跑到南地河边踢树,我专门去看过,一棵碗口粗的歪脖子槐树被他踢得树皮都秃了。

他们练拳、练脚,却从不在别人面前展示。很长一段时间,我都觉得他们是深藏不露的"大内高手"。

在我哥眼里,玉来有点"娘"。以前邻村放电影,我哥总是早早地找玉来一起去看。天黑了,电影差不多要放映了。玉来吃过晚饭,还要洗脸、洗头、刷牙,不好好打扮一番不出门,急得我哥直跺脚。

我家兄弟跟玉来哥关系一直不错。我回老家,总是和我哥先给妗子——也就是玉来哥的妈拜年。我大舅去世早,妗子一个人生活。玉来哥住前院，妗子住后院。妗子年纪大了，玉来把煮好的饺子给妗子送一碗，然后帮妗子放鞭炮。忙完后，玉来哥就和我们一起结伴给村里老人拜年。

妗子是一个少言寡语的人，我每次回老家，她总到我家，说一声"小果回来了"，在堂屋门口站一会儿就走。2020年国庆节，我回老家，她踱步到我家门口，我拿了一盒饼干给她，她不要，我硬是塞给了她。回到鄂州一两个月时间，听说，妗子去世了。我当时以为是开玩笑，没想到是真的。

在农村，一个人的生死，就像四季更替、花开花落、草木枯荣一样平淡。

玉来给他妈办丧事那天还请了唢呐班子，台子搭在家门口，街上站满看热闹的人。

这些都是我在玉来的抖音上看到的。玉来喜欢拍抖音，他抱着一个破吉他，在那里假唱，拍成小视频传到抖音上。除了自己唱，他还经常和美女合拍，就是把自己的视频和美女的视频拼凑在一起，配上一首情歌，搞得很亲密似的。当时我心里就犯嘀咕，他这样大胆地和美女合拍，不怕嫂子吃醋吗？

后来果然出了问题。玉来开车到镇上接玉来嫂，一个小媳妇长得俊，迷了玉来的眼，本来多看人家几眼也没什么，关键是玉来已经开车走了很远，还依依不舍地扭头望。这一切都被玉来嫂看在眼里。

两人回到家里，大吵一架，闹离婚，后来玉来嫂就跑到上海打工去了。妗子心里不清静，就找我妈说这事。

后来，妗子病倒了，躺在床上，我妈去看她，发现她把糊在墙上的塑料纸塞了一嘴。玉来妈想要寻死。

出殡那天，没想到玉来拍了几张哭丧、下葬的照片发到抖音上。在他众多唱歌的视频里面显得格外扎眼。之后，玉来继续唱歌拍抖音，只不过有几首是思念妈妈的歌。

没想到他还会舞刀弄棒。夏天，他光着膀子，在他家门口，刘土墩的大街上，放一个凳子，凳子上垒三个罐头瓶子。玉来拿着一个比擀面杖稍微细些的长棍，像《西游记》里面的孙悟空耍金箍棒一样练一通，最后用棍将罐头瓶子打碎，视频结束。

收完庄稼，他好像外出打工了，抖音有一段时间没有更新。最近他又耍起大刀，估计是打完工回老家了。他四五十岁的人了，本来腰椎就不好，没想到还能耍大刀。但他的身体太单薄，耍得没有气势，不像他年轻时练拳，嘴里"啊、啊、啊"喊着那般威猛。

我给我妈说玉来哥在家耍大刀呢，我妈还是直摇头。

我妈看不懂玉来这是演的哪一出。

我觉得，这是玉来哥的行为艺术、后现代主义，通过荒诞不经的艺术形式，来表达对这个无情世界的批判和控诉。也像周星驰的电影一样，有点无厘头。

七老实

今年，回刘土墩过春节，感慨颇多，我突然想要写一些那里的人和事。也许离开家乡久了，许多关于过往岁月的记忆渐渐模糊，如果再不提笔记下来，恐怕我真的会忘记刘土墩，忘记那里的一切。深夜，我在床上枯坐，突然想到很久远的过去，刘土墩还有过"七老实"这么一个人。

有些人终其一生都没有离开过生他养他的村庄，"七老实"就是其中一位。

在刘土墩，可能很多人不知道"七老实"的大名，从我记事起，就听村里人称呼他"七老实"。村里人素来有根据每个人性格、长相特点起外号的习惯，我所知道的外号大都是贬义，只有"七老实"是一个例外。称一个人老实，说明这个人平时诚诚恳恳、与世无争吧！村里老实人很多，唯独"七老实"出了名，可见他有多老实。我从他的外号判断，他在兄弟姊妹中应该排行老七，但我从没见过他的家人。

刘土墩很小，只有东西方向一条主街，全村200多人，住在村西的人家称为西头，住在村东的人家称为东头。"七老实"家既不在东头，又不在西头，他的家正好在村中心位置。他住的是两间土坯房，院墙是土夯的，经过日晒雨淋，剥蚀成连小孩子都能轻而易举翻越的矮墙。他家的门是破旧不堪的篱笆门，和矮墙、两间土房一起凑合成一个不大不小的院落。

　　我在刘土墩时，经常看到"七老实"匆匆忙忙的身影。他在距离刘土墩四五里远的西北坡河边开荒种地。他每天早起下地干活，很晚才回村里。早上，他斜背着一个藤条编织的筐，步履匆匆地从我家门前经过，中午或晚上返回村里，背满满一筐草回家。那时他大概60岁的年纪，身体还算健壮。我至今不理解，他为什么要去那么远的地方开荒种地。他开垦的荒地在河边，为了不让河水淹没自己的田地，每年都要不断地从河里挖土，把原本低洼的田地不断填高。就这样，原本一个U形的河，被他在一侧硬生生削出一个平台。他开垦的那块地太偏僻，没有路通往那里，他收庄稼，也全靠自己用藤筐装好，再沿着河岸背回家。我觉得他把人生的大部分精力都消耗在那块地上。

　　"七老实"不仅勤劳，也非常节俭。小时候，村里人都很穷，每家每户都比较节俭。但"七老实"的节俭让所有人都"叹为观止"。村里人炒菜，一般会舀上两勺菜油，即使节约惯了的人也会舀上半勺。村里人到"七老实"家里去，发现他炒菜从来不用勺子舀菜油，而是用一根筷子从油罐子里蘸两下，往锅里滴几滴就行。一罐两三斤的菜油，他一年都吃不完。除此之外，我再也不记得关于他的任何故事。

　　前几天，我对妻子说，要写一写"七老实"，没想到妻子对他也印象深刻。她说以前"七老实"从我家门前经过，依旧背着一个藤筐，腰已经弯了，走路时喘着粗气，发出"嗯嗯嗯"的喘息声。那应该是12年前的事了。后来，他是怎么死的，什么时候死的，我都不清楚。好像我们村没多少人关心"七老实"的生死，村里人也不会把"七老实"的死作为一件大事到处宣扬。我也是许多年以后才发现，刘土墩怎么没有"七老实"这么个人了。

我不知道为什么要写"七老实"。在刘土墩，他总是独来独往，不爱钻进人群跟人说说笑笑。村里人婚丧嫁娶，吵架干仗他也不去凑热闹。他就是这样一个比平凡人还要平凡，比老实人还要老实的人。无论从过去、现在，还是未来的角度，我都想不出多么高尚的理由去歌颂他、赞美他。他只真实地存在于刘土墩，存在于我家乡过往的光影里。他用一生厮守着刘土墩，步履匆匆地走过刘土墩的四季，他从不走远，却消逝在岁月变迁里。当我写下这些文字时，我才突然发现，没有他的刘土墩反而让人觉得空落落的。

保海

我心里已经原谅了保海。

这几天，我很想模仿《故乡在纸上》，多写几个家乡的典型人物。当我正愁无人可写时，我突然想到保海，这个曾经令我憎恨的人。

保海以前是我们村的村长，兄弟六人，他是老大。他的父亲"四虾米"原本很穷，但自从有了六个儿子后，便在村里挺直了腰杆。保海的兄弟都很有特点，保海二弟被村里人称为"二瞎子"，但其实他眼不瞎；他四弟被村里人称为"四奴即"，就是胆小怕事、忍气吞声的意思。在我看来，他们不是恶霸地痞一类的人物。

我妈也说保海不坏，但他却带着几个兄弟强行拆我二哥家的院墙，并把我妈的胳膊打折。这事的起因很不科学，甚至愚昧得很。我二哥到了结婚的年龄，小队长就分了一块宅基地给他建房子，那块宅基地恰好靠近保海家的坟地。等我二哥的房子建起来，"四虾米"说我二哥家的房子挡了他家的坟。农村迷信的说法是，墓碑朝向哪个方向，哪个方向要一马平川，不能有任何建筑，不然会影响后辈的官运和财运。可后来，保海和他兄弟家的孩子，也在我二哥家附近建了房子，那真是把他家的坟堵得严严实实。

就因为这个，我妈没少挨"四虾米"打骂，我妈都忍了。

没想到"四虾米"会让保海带着兄弟、弟媳拿着铁锹、铁钩来拆我二哥家的墙。我爸和我二哥都是老实巴交的人，不停地跟他们说好话。我二哥是晚辈，要叫保海舅，好言好语地求他，保海就是听不进去。"二瞎子"动手打了我二哥，我妈上前护他，结果被保海兄弟推进河沟里，胳膊也被打折了。

那时，我目睹了这一切，心里愤怒不已，但我太小，无法阻止保海兄弟逞凶斗狠。

之后，我妈一直在外住了一年多时间，一边养伤一边和保海打官司。最后的结果是我家接受法院调解，保海把拆掉的围墙给我二哥建起来，我妈不再追究保海的责任。

这件事其实对我影响很大，也改变了我的人生轨迹。本来我在初中读书挺好的，我妈为了家人不再受欺负，把我送进武校。我在武校一年时间，也没学到什么功夫。

我特别看不惯别人欺负谁，遇到这种事就受不了。有一次，我在黄石看到一个小车司机打一个骑摩托车的人，我当时就愤怒了，大声喝止。我又是知恩图报的人，对我好的人，我会永远记在心里，一定要报答别人。

我二哥因为村里人的欺负变得唯唯诺诺，胆小怕事。这可能是我家在刘土墩不堪回首的历史，那个在我文字里称为家乡的地方不仅给我留下了美好的回忆，也留下了不堪回首的往事。

后来，保海用一种谁也想不到的方式结束了生命。他的大儿子开拖拉机到地里拉土垫宅子，他去帮忙。他和大儿子把车厢装满土，他坐到土堆上，大儿子开拖拉机拉土回村。没想到，路上拖拉机颠簸了一下，保海从土堆上滚落下来，正好落在车轮下面，车轮从保海肚子上碾压过去。他儿子发现情况后把车停住，急忙把他扶起来，保海说了几句话后，在送医院的路上就咽气了。

这真是悲剧啊，要不是我小时候亲眼看见我妈被保海用铁锹打伤，听闻他去世我可能会伤心地流下眼泪，并写下 1 万字来纪念家乡的这个人。

但我真的释然了，不再记恨保海，甚至不再去回忆别人给我和家人带来的伤害。因为这一切，母亲都已默默为我承受。

袁大头

上次外甥来看我，我本打算送一本散文集给"袁大头"，后来还是打消了这个念头。因为其中有一篇文章，我颇为戏谑地写了"袁大头"买假古董受骗的事。

"袁大头"姓袁，"大头"是村里人给他取的外号。在我印象中，他的头不大，不知为何村里人称呼他"大头"。在家乡，几乎每个人都有这样那样的外号，有趣的是每一个人的外号，似乎都和他的长相或者性格很搭。没有外号的，村里人也懒得记住他的大名，排行老二的就叫小二，排行老三的，就叫小三，还有一种称呼选姓名最后一个字，前面加一个小，比如小虎、小振、小强什么的。离开家乡久了，总觉得村庄是一个很有意思的存在。每一个人的名字，如同他们的生命，都是那么平凡而真实。风雅和他们不相干，他们也不属于风雅。他们如同小草一般，在春天生，夏天荣，秋冬枯。这就是一种生命的真实存在，尽管有时也难免残酷。

这几天，我突然想要写写他们，写写他们的生与死、喜与悲。我觉得这才是村庄的真实所在，不只有美好回忆。有时候，我真的无法想象，村庄里会有一个人突然疯掉，或者死去。在吹吹打打、哭哭闹闹中办完一场丧事后，村庄又会重归平静。小虎的父亲就是这样去世的。小虎结婚那天，很多人都热热闹闹地前来庆祝，小虎的父亲却疯掉了。小虎的父亲是大半辈子和土地打交道的人，勤劳、节俭，也很精明。但就是这样一个人疯掉了，变得痴痴呆呆、自言自语。小虎的弟弟小豹考上大学，在南方的一所学校教书，后来把他的父亲接到城里享福，但他父亲还是没有恢复原来的样子。小虎的父亲依旧痴痴傻傻，甚至生活不能自理，在一个春节前夕去世。

小涛的大舅也是突然死去的。小涛的大舅和我大姐一个村庄，我对他有些印象，他为人和善，妻子贤惠能干，育有两个儿子。变故发生在一个喜庆的日子。他的大儿子谈了女朋友，女方的亲友也是第一次上门。小涛的大舅把院子打扫干净，开心地站在门口相迎，结果女方亲友走到他家门前，发现他家的房子竟然是土坯房，嫌弃地转头离开，连口水都没喝。小涛的大舅失落、伤心，最后变得愤怒、失控。他取出拖拉机里的柴油，泼洒在屋子里，点火欲烧。小儿子上前劝说，他抡起木凳子砸掉儿子两颗门牙。其实，小涛大舅家也不是很穷，除了种地，小涛大舅平常还开拖拉机运砖块赚钱。做完这一切，小涛的大舅跑出家门，别人以为老实巴交的他只是一时生气，等消气了就回家。结果他一夜没有回来，第二天村里人去找，在地头机井里捞出了他的尸体。

换个角度去思考，其实我也很理解"袁大头"现在的状况。我甚至觉得他是一个敢于直面困难的乐天派，尽管他无力改变什么。他也有两个儿子，大儿子快30岁还没有娶媳妇，喜欢晚上通宵钓鱼，白天回家睡觉。原本成绩还不错的小儿子，初中还没有读完就辍学了。袁大头的老婆前几年被邪教洗了脑跑走又回来，估计损失了一些钱财。袁大头在村里给大儿子建新房花了 20 多万元，至今还有很多欠账。小儿子眼看也到了结婚年龄。外甥说，他们村一小伙今年订婚，彩礼就要十八万八千元，还要买房买车，估计还需上百万元。

袁大头现在偶尔外出打工，挣了钱就花掉，没有钱就借，该吃吃该喝喝，他是想开了。谁家有事办酒席，他不请自来，然后胡吃海喝一通，直喝到醉醺醺才离开，让人看了头大。没有读过几年书的他，特别喜欢写诗，喜欢到县城里找作协、画协的领导。我甚至产生过送书给他的念头，正是因为我在外甥微信朋友圈看了袁大头发布的诗。但我不能送我的书给他，因为我写了真实的他，并且取名"袁大头"。

老光棍

　　从老家过年回来，脑海里总是浮现家乡的人和事。有时候躺在床上或睡后刚刚醒来，会突然想起家乡的某一个人，非亲非故的，也没有太多交集。不知道从什么时候开始，他们一个个离开人世，消失在我记忆中的村庄。

　　我每次回乡都是匆匆忙忙待几天，听说村里老人离世，"嗯"地回应一声，不细问，很少放在心上。渐渐地，村里熟悉的人越来越少，在家乡的街头，不认识的小孩子或年轻人越来越多，家乡变得陌生。

　　有时候想起家乡那些老去的，埋入黄土的人，我的内心会突然心痛起来。我曾专门写过"七老实""小猫"，但我觉得不够，村里还有好几个和他俩一样的人。他们孑然一身，默默守候着刘土墩的朝晖和夕阳，没有他们，刘土墩不是一个完整的村庄，我童年的记忆也会有缺憾。他们的一生似乎大都沉默着，我记不起他们有过什么豪言壮语，或太多让我难忘的话。他们一生的活动范围都不出刘土墩几公里。他们就这样沉默着来，沉默着去。如果我一生和家乡纠缠不清的话，我一定要写一写他们。

　　我觉得用"老光棍"这个词形容他们有些冒犯。其实，故乡的很多人我都想不起他们的名字，他们只有外号，那些外号不雅，估计他们是很反感的，但被人喊久了，也就无奈接受了。"瞎柱"就是其中一位，村里和他平辈分的人喊他瞎柱哥。我记事时，他已经很老了，驼着背，但还有力气在地里干活。有一年夏天，瞎柱在地里干农活，估计是中暑了。他跑到我家，喊着"四姐，四姐，快给我舀一瓢凉水，加点盐"。瞎柱喊的四姐，就是我妈。我姥姥、姥爷有四个女儿，我妈最小，我爸入赘到我姥姥姥爷家，瞎柱和我妈同姓同宗，论辈分，我叫他舅。瞎柱舅还有一个弟弟，也是光棍，我喊他四舅。四舅是一个非常老实本分、待人热情的人。他没少帮村里人干活。谁家盖屋子挑墙，只要喊他，他就去。以前的房子大都是泥巴墙。挖土、和泥，都是重活。他给人家干活，累得满头大汗，别人做好饭，喊他吃他却不吃，礼让再三，他索性跑掉，回家吃了饭再给人家干活，什么报酬都不要。四舅成了村里的老好人，我妈说他太实诚。他年纪大了，干不动活了，村干部推荐他去福利院。瞎柱舅，也干不动农活，一身病痛只能躺在自家床上。四舅有时会踩着一辆破三轮自行车来照顾他。

有一年春节，我妈去给瞎柱舅拜年，别人家都放鞭炮，吃饺子。我妈看到瞎柱舅躺在床上，饺子没有包，炉灶是冷的，心里难过，专门给他包了饺子，煮熟端到瞎柱舅床前。我妈说，大过年的，瞎柱舅就一直哭。

后来，不知道什么时候瞎柱舅和四舅都过世了，没有儿女，估计连葬礼都没有办。

还有一个老光棍叫"四哑巴"，他不是哑巴，而且还算能说会道，不知道村里人为什么给他起这么个外号。"四哑巴"和我平辈，我平时称呼他四哥。"四哑巴"有一个哥哥和一个弟弟。大哥娶了一个胖媳妇，生了两个女儿。很长一段时间，"四哑巴"和弟弟相依为命。他们兄弟俩在村里开过小卖部，在村里最早买了一台 14 英寸的黑白电视机。那时候，村里人吃过晚饭，就会拿着凳子到"四哑巴"家看《渴望》《霍元甲》。一直看到半夜，"四哑巴"也不烦。人来了，"四哑巴"把电视从屋里搬到院里，村里人围着看。兄弟俩还吵过架。村里人来到他家院子里等着看电视，"四哑巴"准备把电视从屋里抱出来，他弟不让。后来"四哑巴"的弟弟娶了一个四川的媳妇，村里人也不去他家看电视了。"四哑巴"的弟媳妇叫三梅，生了两个儿子。"四哑巴"有很多年一直在外打工，过年也不回村。我很多年没有见过他。后来他回来，用积攒的钱给大侄儿买了一辆面包车，自己建了一处院子。"四哑巴"的大哥去世，胖媳妇改嫁，之后去世，大侄女也去世。"四哑巴"抚养过小侄女几年，直到小侄女出嫁。再后来，"四哑巴"中风，躺在床上没人管，不久也去世了。

村里的几个老光棍大多都是那几年相继去世的。七老实、瞎柱舅、四舅、小猫、四哑巴，他们走了，再也没有人提起他们，好像他们不曾待过这个村庄。

最后的老光棍也是风烛残年。今年过年，我去拜年，看到"二焖子"从屋里拄着拐杖艰难地走出来，他已经老得快迈不开步子了。他是村里干活很卖力、吃了很多苦的人。我小时候起早去上学，经常看到他挎着筐子，拿着铲子，绕着村庄拾粪。以前种地没有化肥，种田的耕牛和放牧的羊群拉在路上的粪便，他都拾回家，堆成肥上地。有很多年，他都是村里起得最早的人。

　　我希望他永远守着刘土墩的黎明，在白露为霜的秋冬，在绿意融融的春夏。

农民工

某年，在老家过完春节，我从商丘南站坐上一列火车。在车厢里，一个和我在同一个车站上车的妇女引起了我的注意。她一上车就开始流泪，看起来非常伤心。后来，我从她和几个老乡的交谈中知道，她和丈夫要到广州打工，舍不得离开两个年幼的孩子。

一

那个场景虽然过去了很多年，但是我依旧记忆深刻。上高中时，一位文弱的语文老师在班里谈他的哥哥外出打工的事情，他把车站送别哥哥的情形写成一篇文章，饱含深情地读给全班学生听。

那个时候，我对外出打工没有什么感触。直到有一年，刚过完年，我的哥哥匆匆忙忙卷起被子，跟着村里人外出打工的时候，我才莫名生出一丝伤感。之前，村里年轻人是很少外出打工的，后来，不出去打工的青年人少之又少。我们村外出打工的人中，我的哥哥算是混得比较好的，他由以前跟着别人打工，到后来自己带人打工，成了一个小小的包工头。

跟着他打工的有不少是村里人，也有亲戚。他们中不只有年轻人，也有年过六旬的老人。以前，村里人一年到头和土地打交道。特别是每年六月麦收季节，田里到处是乡亲们忙碌的身影，为了收麦，他们甚至要睡在田里，人很辛苦，但能在收获中感受到满足和幸福。

而现在，村里人似乎都想着离开土地，去外地做一个民工。

曾经有一段时间，我觉得外出打工是一件非常有意思的事，甚至想着不读书去打工。有一年暑假，我和同学去砖厂打工。我在砖厂干的活就是把刚生产出来的泥砖拉到一处空地，让别人卸下晾晒。七八月份，天气炎热，在太阳底下，不干活都流汗，更何况出苦力呢！在那里干活，从早上 8 点到中午 12 点是不休息的，中午短暂休息后又开始干活，直到天黑。

午饭在砖厂吃，吃的是大锅菜和大馒头，菜里鲜见油腥。砖厂食堂的筷子随便取用，非常脏，我和同学每天把饭菜端到河边，折断芦苇，用芦苇秆夹菜吃。

当时，和我们一起干活的人年龄都比较大，没事爱说些不着调的话。后来，我和同学干了 10 多天就离开了，好像领了几十块钱的工钱。

二

高中毕业后，和我一起在砖厂干活的同学没有继续读书，选择了外出打工。他对我说，将来打工挣了钱，要回家乡养牛，养很多牛。我和他曾有一模一样的想法，但结局都一样，至今没有实现，可能一辈子都不会实现。

我的那位同学很不简单，他在南方工厂打工，坚持自学大学课程，特别是苦学英语。前年我去他所在的公司看他，他已经是一家外资电子科技公司的工程师，用英语跟老外交流起来毫不费力。

当然，在我所熟知的外出打工的人中，还有更牛的。我们村有个小伙，小学文化，因个子矮找不到媳妇就到北京打工。现在人家不仅娶到了漂亮媳妇，还在北京买了房，春节开着奥迪 A6L 回乡。另外一个是我隔壁村的，和我同龄，小学没读完，到北京摆地摊，现在在北京拥有自己的大超市，回乡开着宝马 X5。

也许，正是这些成功的打工者，让村里更多的年轻人义无反顾地外出打工。当然也不是每个人都那么幸运。我们村里有个小伙外出开货车，撞死人被判刑，结果出狱后老婆改嫁，留下两个孩子要他一个人抚养。村里还有个后生，跟他父亲外出打工，工地脚手架倒塌，他从上面摔下来丢掉了性命。他的父母得到 80 万元赔偿款。

在所有打工者中，悲伤的事情总是很容易被人忘记，那些成功人士的故事却能在村民口里流传，吸引着一批又一批年轻人离开家乡。这是一股浪潮，席卷着每一个人，不管你愿意还是不愿意。

我的小外甥，初中没有读完就外出打工。结果吃不了苦，出去没有多久，他又跑回来，因为怕回到家里挨父母的骂，只好先到我家，要我帮忙给他父母解释。我的这个外甥到现在都对外出打工有些抗拒，但每年又不得不和其他人一样收拾行囊外出。外甥干的是装修，专门给人贴地板砖。因为长期劳动，小小年纪背就有些驼了。

三

现在我翻看新闻，看到外国人称赞中国发生的巨大变化，从内心感到高兴！

这些巨大变化背后，有着农民工群体的默默付出。他们隐藏在背后，不为人熟知，也鲜有人提及。有时候，我觉得这个群体真的非常伟大。中国人自古安土重迁，不到万不得已是不会轻易离开家乡，而我们的农民工兄弟却颠覆这一传统，这种改变也让他们忍受着巨大的痛苦。

比如那位舍弃年幼孩子外出打工的年轻母亲。她为什么那么毅然地离开家乡，她为什么会有那么大的勇气离开年幼的孩子？难道她的家里穷到没有饭吃吗？当然不是！

但是，他们追求的是什么呢？我也很难找到答案。就像当年我离开家乡一样，有时候，真的不知道为什么离开。在异乡，我以前常常在睡梦中醒来，心里想我为什么要到这里来！

我一直找不到答案，直到对异乡慢慢熟悉，直到每次醒来，不再纠结自己为什么要留在这里。在外面待久了，反而觉得在自己家乡不适应。很多曾经离开村庄的人似乎和我都是一样的心态。每年春节，他们不远千里回到家乡，聚在一起的时候又问候着彼此什么时候离开。

也许，很久很久以后，在列车出发的鸣笛声中，别离不再带着伤感和忧愁，而归来也不再兴奋和感慨。

　　人们来来去去，乡村终归平静。也许那时，村里人才会坦然。收麦时，他们还是和从前一样睡在田里，彼此有说不完的话，唠不完的嗑。

第三章　追忆乡愁

一只特立独行的鸡

你挑逗它，它啄你，你喂它食，它也啄你。你恨不得要把它杀了吃肉，它的一声长鸣，又让你魂牵梦萦。在城市里待久了，能够在乡村听一声鸡鸣，是一件奢侈的事。

村里确实没有多少人养鸡了。以前，或中午，或晚上，或凌晨，一声鸡鸣引得满村都是鸡鸣，接着邻村也传来鸡鸣，此起彼伏，热闹非凡。如今，有专门的养鸡场，老百姓吃鸡、吃蛋，到集镇超市里，或者在村内小卖部都可以买到，价格不贵，还很方便，没有必要在家里伺候几只鸡。

我家那只会打鸣的公鸡是中秋节三姐送给父母过节吃肉的，结果父母大发慈悲把它养到春节。我春节回老家过年，待在屋里无聊郁闷，它一声声鸣叫，让人想起许多很久以前的故事，心情也就平静多了。

那是一只白色羽毛，间杂着灰色、红色羽毛的公鸡，红色的鸡冠，虽然在一个小笼子关了很久，但气势不减，眼神很凶。你靠近它，它的眼睛就警惕地望着，脖子扬起来，随时准备啄你一口。平时，母亲喂它，手指头也被啄伤好几次，很让人痛恨。

父亲几次说，杀了它吃肉。中秋节买来时有八斤重，养了几个月，再称发现只有六斤，越养越精瘦。每次都是我阻拦，救了它一命，留着打鸣吧。

它打鸣确实很准时。比如它早上打鸣，每次去看表，要么是四点五十八分，要么是五点零几分，都是即将黎明的时候。它打鸣治好了我赖床的毛病，每天早上听到它打鸣我就起床，然后走进田野，走过麦田、小河，看薄雾消散，看暖阳东升，就这样走啊走啊……走过寒冬，走进春天。

我到处说这只鸡的好，夸奖它会打鸣。有一次，我甚至想要给它拍个照，但鸡笼的铁丝太密，根本就照不清楚。把它从笼子里拿出来吧，它又确实太凶了，让人不敢靠近。

偶尔有一次，它被放了出来，腿上拴着一根绳子，依然趾高气扬。我拿着一根很粗的棍子想要吓唬它，没想到它根本就不害怕，依旧向我进攻，并且在我撤退的时候狠狠啄了棍子几口。我儿子带着几个小孩逗它，把棍子、鞭子都用上，它依旧毫不退缩。最后，我儿子想了一个办法，说这只公鸡可能太寂寞了，才变得凶巴巴的，让我买只母鸡给它做伴。

凶归凶，它打鸣还算是一把好手。我想有才能的人总是桀骜不驯的吧！况且它这样的"才子"确实难找，一个村就这么一只会打鸣的公鸡。集市上也有公鸡卖，但都是养鸡场养殖的，在笼子里养得久了，脖子都懒得抬起来，没精神，没气势，比母鸡还尿。

桑葚熟了

没想到，这个时候桑葚熟了，让人有点惊喜。在这江边的堤岸旁，桑树是那么矮小，那挂在枝干上的桑葚果伸手就可以摘到。如果是小时候，我一定会迫不及待地摘了吃，尽管桑葚果才刚变红，还有些酸。

老家桑葚大概是割麦子的时候才熟，小时候能够吃上桑葚真不是一件容易的事。不知道为什么北方的桑树总是长得又高又大，要想摘桑葚吃，必须练就爬树的功夫。我们村西边有一棵大桑树，桑葚熟了，同时爬上去十几、二十几个孩子都不显得拥挤。村里的孩子到了能爬树的年龄都会到那棵树上摘桑葚，直到长大娶媳妇，不好意思爬树才作罢。

僧多粥少，真正能在桑树上一饱口福的，往往是那几个胆子大的。他们能够攀着小孩胳膊粗细的枝干爬到树冠，树枝被压得摇摇欲坠，他们只顾一大把一大把地将黑紫色的桑葚往嘴里塞，一点都不害怕。

最后一个个吃得嘴唇染成黑紫色，才肯下来。他们并不按照常规的套路攀着树干下来，而是像猴子一样爬到大树最下面的树枝上，把树枝压弯跳下来。那胆量、那气魄确实让人佩服。我也学他们的样子往下跳过一次，结果树枝把我弹起来，落地没有站稳还摔伤一只胳膊。家人把我带到镇上，找到一个专门治骨伤的店子，胳膊被敷上一圈厚厚的黑膏药，并用绷带固定住。

我的胳膊肿得不成样子，很是疼了一段时间。那时候我读小学五年级，就要毕业升入初中，却不能去上学。在家养伤的日子很无聊，有一天上午，我正在床上撅着屁股睡觉。这个时候，老妈说，你老师来看你了。数学老师李德续，语文老师李照喜都来了。虽然这件事已过去二三十年，但我一直记得。

李照喜老师是民办教师，每个月只有微薄的薪酬，他那时候有些郁郁寡欢，经常借酒消愁。如今他已经去世。今年回家过年，我从李照喜老师村里经过，看到他家的老房子还是以前的样子，可惜李老师已经不在人世，不然我一定给他送两瓶好酒，陪他聊聊天。李德续老师早已退休，我也很多年没有见过他。

我们村爬树吃桑葚的人很多，像我那样搞得伤筋动骨的，也许是唯一的一个吧。这也从此结束了我爬树的生涯。现在有很多桑葚种植园，春天采摘桑葚非常方便。水果店里甚至一年四季都有桑葚卖。我却找不到小时候那桑葚的味道了。

桑葚熟了的时候，总会不经意间想起一些往事。有时候，在人生的某一个阶段你会觉得岁月特别漫长，又会在人生的某一个阶段觉得岁月特别短暂。有些事，你想起来，才发现已经过去很久。有些人，你很想念他们时，才发现他们或者消失在茫茫人海，或者已经作古了。

夜不能寐，写下只言片语，希望以此来致敬那苦涩而美好的过往。在这个姗姗来迟的春天，我们更要勇敢地向着梦想前行！

九月，你好！

九月，你好！当我在朋友圈发了两张图片，写下这两句话后，突然觉得很无奈。

上午，我去梁子镇采访一个贫困户，参观他种植的湘莲，看到那果实饱满的莲蓬和那粉红的荷花时，忍不住用相机拍了那两张图片。

这个季节的乡村秋意渐浓。在田野里，稻谷结出沉甸甸的穗，收割好的芝麻秆被扎成捆整整齐齐堆放在地里，还有几棵橘子树，果子把树枝都压弯了。

有时候，如果不是亲自去看，你真的想不到，季节变换得那么快。不久前还每天热得不行，无论吃饭还是睡觉都要开空调，而现在开风扇都觉得有些凉了。

这种变化总是悄悄的，让人难以发现。记得很多年前，我读一位作家的散文，他也写过对季节的感受，感慨夏天被束之高阁的棉被，到了冬天又回到床上，冬天被冷落的蒲扇，到了夏天却又每日相伴。季节在变，我们的感触也在变。如果不去对比，不去想，一切都自然而然。也许人从生到死也是这样子的吧！

我对季节的印象，还停留在家乡的三月。今年，我第一次从家乡寒冷的冬季住到春暖花开。这是我多年所期盼的。

家乡的冬季，有时候是让你看不到一点点希望的，这是我今年最深刻的感受吧。在那个北风呼啸的冬日傍晚，我走出村庄，走进田野，在残雪中艰难前行。没有我希望的夕阳，不远处的村庄甚至看不到一丝温暖的灯光，天空阴沉沉的，风刮得很猛烈。

在家乡的时候，我曾在每一个清晨早早醒来，踩着结冰的小路走进野地，看成片的麦苗伏在地上，像灰绿的塑胶地毯，毫无生气。我也怨恨过家乡的杨柳，总希望它枝条变绿，却发现它依旧光秃秃的，没有任何变化。

于是，我绝望地在每天醒来，又昏昏睡去。我甚至抱着手机熬一个通宵，然后把整个白天留给睡眠。我像动画片里的土拨鼠，躲在洞里冬眠。有人说春天来了，我惊喜地从洞穴里探出头，发现外面依旧是冰雪天气，一声叹息又躲进洞里。

有时候，人期望越大，失望越大。在每一个傍晚，我无奈地爬上房顶，拿一个小凳，端一杯茶，透过家乡稀稀疏疏的杨树枝，心情复杂地看夕阳西下。

有时候，我真想冲出去，在空旷的田野，用相机拍下夕阳那美好的样子。然而，我又一次次失望，无可奈何地看着黑夜把我包围。

为什么家乡的春天来得那么艰难呢？有时候，你看到油菜花开，小蜜蜂也出来采蜜。结果晚上突然就下了一场大雪，于是我又无可奈何地爬上屋顶，挥动铲子除雪，把自己累得满头大汗。

这个时候，江南的小城，也许已经迎春花开，小溪流水潺潺了。"我怀念江南了！"我把这句话写在本子上，发在朋友圈里，发到微博上。可是，我等待的春天还是迟迟未到。我真的绝望了！

不久前，我和刘敬堂先生聊天，谈起他出版的散文集，他说还有一篇文章没收录进去，那是一篇写大雁的文章。文章写的是20世纪70年代他在咸宁一所干校，听卖大雁的猎人讲述的故事。

那时候，正值秋冬季节。大雁南归，中途在湖边芦苇荡里休息，猎人悄悄地靠近，晚上专门放哨的一只雁警觉地叫唤起来，猎人用手电筒照射它的眼睛，大雁什么也看不见。这时猎人也停止移动，其他的大雁睁开眼睛没有发现任何危险。如此反复，对于放哨大雁的警告，其他大雁也就不在意了。

等到猎人靠近，雁群发现危险时，早已乱作一团，一切已经晚了。猎人用火铳射击，一次射杀了十几只大雁。

刘敬堂先生说，大雁冬季南飞，春天又飞回北方，是最先感知季节变化，又最重情重义的动物，所以想起这件事非常痛心。

在听敬堂先生讲这段故事时，一群大雁飞翔的身影浮现在我的脑海里。秋天来了，一群大雁往南飞，一会儿排成个"人"字，一会儿排成个"一"字。春天来的时候，它们又要飞回遥远的北方。那是我小时候读书时所感受到的最美好的画面。

今年，我在家乡，真的看到了雁阵。那是一个傍晚，我又要去爬屋顶的时候，不记得是听到了大雁的鸣叫，还是无意中抬头仰望天空，我突然发现一群大雁从西南方飞来。它们在高远的天空排列成一个"人"字，飞过家乡的田野，飞向村庄的天空，飞翔的姿态那么优美。我呆呆地望着，突然想要拍下这难忘的一幕。我冲进房间，拿起相机，再跑出来时，它们已经消失在东北方向的茫茫天空。

没过几天，我早上在家里睡觉的时候，突然听到燕子的呢喃。那是它们今年第一次从南方飞回我的家乡，它们在我家的房檐下飞来飞去，那么欢快，好像与故人久别重逢一般。我醒了！

田野里，油菜花都开了。我喊孩子们到油菜田里拍照，那嫩黄的油菜花丛中露出孩子们的笑脸。再之后，布谷鸟也叫起来了，还有各种各样叫不出名字的鸟，那婉转、清脆、嘹亮的叫声，响彻整个村庄。

我终于离开家乡，在那个春暖花开的时候。我似乎已经忘记了那个难熬的冬，那个艰难等来的春。在江南的小城，已经不见迎春花的影子，但我实现了自己的梦想，再次见到那漫山遍野的杜鹃花，还有生长在野外的蔷薇花、紫云英花。

它们在这个春天绽放，又悄然凋谢。它们留在我的记忆里，留在我敲击的文字里。

在整个炎热的夏天，虽然我常常躲在凉爽的空调房里，不想出门。但我依旧会想起它们的美好。

没想到，在不知不觉中，九月已经到来，外面又成为另一番景象。我又惦念起家乡的土地，惦念起田野里那一望无际的金黄。

曾经，在每一个秋季收获之后，父亲都会牵着牛，扛上犁，走进田地。在他的吆喝声中，那锋利的犁铧慢慢地翻开新鲜的土壤。

我多么想回到家乡，回到过去，跟在父亲的后头，捉田野的蟋蟀、蚯蚓，然后在松软的泥土里翻跟头，或者躺在厚厚的土地上不起来，看高而远的天空，看大雁南飞。那该有多美！

九月，你好！这个季节，我又想要回到家乡，回到过去了。

乡愁是一头老牛

在城里待久了，总想逃离城市，到乡村、到山野找寻一份宁静。离开家乡久了，总会生出一丝乡愁，那朝思暮想的家乡却是我曾经努力要离开的地方。

周末去乡村玩，朋友在路上突然谈起一个沉重的话题，他说，如今乡村里的人大都走进城市，住进钢筋水泥建成的楼房里，乡村越来越荒凉。于是每年春节过后，各种带着悲情的回乡笔记就越来越多地出现在网络上。有的人把回家乡的感触洋洋洒洒写上几千字，有浓浓的眷恋，也有绵长的伤感。

这两年，我对于家乡的记忆越来越模糊，乡愁也渐渐淡了。我写过的文章，大都是在努力回忆家乡的样子，即使现在刻意去回避，提笔落墨间也难免会流露出思念家乡的情愫。

前些日子，逛了很久的书店，本想买几本历史书，结果只买了一本散文集——《故乡在纸上》。书被塑料薄膜封装，看不到内容，仅仅因为五个字的书名，我毫不犹豫掏钱买下。

作者是一位从乡村走进大都市的人，厚厚的一本书，20万字的篇幅写的都是自己村庄的人和事。作者说自己生活在城市15年，关于城市的随笔一篇也写不出来，而村庄的故事却源源不断。

读这本书，我感觉非常亲切和熟悉，仿佛故事就发生在我家乡一样，并让我联想起家乡每一张熟悉的面孔和每一段往事。

其实，家乡是一个很有意思的存在，不管你在城市里混得怎么样，是别人口中的张总、李总，回到家乡，乡里人一声小五、小六的称呼，又把你打回原形。

乡村带给人的惬意和坦然是在高楼林立的城市找不到的。于是，城市里的人开始怀念乡村，并在每一个空闲的日子走进乡村，找寻那曾经失去的慢悠悠的生活。

这次和朋友外出，去的地方是大别山的乡村。在蜿蜒的乡间公路上，我望见秋季里深黛色的山峦、疏疏朗朗的杨树以及远处静谧的山村，在晴朗的蓝天下，它们的轮廓是那样清晰。我赞叹那是好美的一幅画卷，一幅艺术大师绘成的山村秋居图。

我们把车停在路边，沿着小路往村里走，我看见在溪流边洗衣服的村妇，她们好奇地看着我们，并热情地和我们交谈。我说"你们的乡村真美"！没想到她们却羡慕着我们的城市。

也许有一天，她们也会离开自己的乡村，走进满心向往的城市。也许有一天，她们的孩子也会写下几十万字的乡愁，写在薄薄的纸上，积累成厚厚的书。

而我觉得，乡愁是一头老牛。当我看到一个村妇牵着一头老黄牛从田野孤独而缓慢地走向村庄时，我突然这么想。

家乡的牡丹

如果我说自己的故乡是牡丹之乡，肯定有人以为我是洛阳人，可惜我不是。

这几天天气突然降温，白天室外只有两三度，在鄂州这座城市，应该算是很低的温度。小区里樱花树的叶子在一夜寒风后，竟然全部落光。黄色或者红色的叶子层层叠叠地落在地面上。

有几片叶子，飘落在我小花园的陶缸里，那里面种着两株家乡的牡丹。这两株牡丹是今年 10 月亲戚从家乡邮寄过来的。它们被装在纸盒子里面，我收到后就丢在一个角落里。一方面我工作太忙，没有时间种植；另一方面，我一时间还没有找到合适的花盆，也不知道到哪里弄栽培用的土壤。

两株牡丹被我放置很多天后，我发现那茎上竟长出一两个芽，好像暗示我随便找一个地方把它们塞到泥土里就可以存活，明年的春天就能开出花来。

我实在过意不去，就把自己准备养金鱼的陶缸拿来当花盆，然后骑上电动车带着塑料袋子去找土。我骑着车在郊区溜达，发现真正要找一些养花的土确实不容易。在郊区的村湾，有松软土壤的地方大都种着菜，我去铲土怕别人以为我偷菜，只好作罢。

最后我在一座小山上，挖了一包沙土带回来。就这样，我应付着将两株牡丹种上了，然后把它们丢在房外任凭风吹雨打。

这几天我的精神状态不怎么好，白天总打瞌睡。这种状态，我在今年春节前有过。从外地回老家后，我索性躺在床上睡起觉来，从晚上睡到天亮，饿了就起床吃点东西继续睡。

晚上，我驾车去拜访刘敬堂先生，依旧昏昏沉沉的。在老先生家里，他送给我两本散文集，一本是他早年写的《海之恋》，一本是他 2015 年出版的《西山采灵芝》。另外还送给我两三本书，他希望我从中借鉴些资料，多写点关于鄂州或家乡的文章。

其实，我觉得自己已经词穷墨尽了。我之前去过一个古村落，本来对那里的几棵几百年或上千年的古树挺感兴趣，晚上想构思一篇文章，可惜那里不是我的家乡，我不知道那一棵棵古树下发生过什么样的故事，我也无法像写《故乡的大榕树》一样去动情地写某一棵大树，更何况那榕树、樟树和柞树，都是我家乡没有的。

刘敬堂先生鼓励我说，写散文可以放开思路，信马由缰地去写，最后能够"收得住就行"。他建议我写写鄂州的西山、山上的九曲亭、松风阁，也可以写写观音阁、武昌鱼，或者写写泰山，甚至是家乡的牡丹。

听完先生的建议，我反而胆怯了。原来我身边还有这么多题材可写。但这些题材太宏大、太厚重，我恐怕写不出来吧！不过对于家乡的牡丹我倒是可以写几段文字。

在我的家乡，牡丹是再普通不过的花。家乡很多地方都大面积种植了牡丹，春天一大片一大片的牡丹开出粉红或粉白的花来，一大朵一大朵，密密麻麻的，像是从天上掉落在地上的云霞。牡丹的根是药材，农民种几年后就挖出来卖钱。要是给乡亲们说牡丹花多么雍容华贵，恐怕他们不敢相信。

2020年春节过后，我早晨到田野里散步，几乎每天都经过一大片牡丹田。在天寒地冻时，可以看到牡丹茎上有细细的小芽，渐渐地，小芽一点点长大。4月的某一天，我再次经过的时候，突然发现有几株牡丹竟然长出了花骨朵。那时候，油菜花已经开了，河边的草地上还有一丛丛蓝色的野花。

听说菏泽牡丹园里的牡丹有的已经盛开，并且要举行盛大的牡丹花卉节。我虽然从小在家乡长大，可还没有欣赏过那些品种众多、色彩各异的牡丹。本来想去，但我没有去。

村外的几亩牡丹，都已经结出花骨朵，两三天后就可能绽放，可我来不及等就离开了家乡，留下小小的遗憾。

有一段时间，我读张抗抗写的《牡丹的拒绝》。文中谈到，武则天欲游后苑，要百花提前开放，唯独牡丹不从，后被发配到洛阳，赞叹牡丹的高贵和卓尔不群。

今年9月，我去洛阳，在当地夜市商店看到另外一种牡丹。一朵朵色彩艳丽的工艺牡丹花被镶嵌在瓷瓶或瓷盘上，名曰"牡丹瓷"。牡丹的雍容华贵被艺术地表现出来，美艳到极致，不知道什么样子的厅堂才能够容得下那一份华丽。

而我家乡的牡丹，还在田地里，如同我小院里栽种的那两株牡丹一样，在寒冬瑟瑟的冷风中，等待着春天。

走

当老乡在酒桌上说要抽出一段时间走着回老家的时候，我突然像打了鸡血一样来了精神。没想到，还有和我想法一模一样的人。

从鄂州到我的家乡，导航显示的距离是 600 多公里。曾经我都是乘坐火车来来回回，再后来自己开车。谁也不知道，我的心里埋藏着一个大胆的想法，就是有一天，背上包，走着返回家乡。

我很久之前就有这个想法。我想在一个春天，从这座江畔小城出发，一路北上，翻过山川，跨过河流，用脚步丈量那熟悉的土地，满满的幸福将掩盖所有日夜行走的疲惫。

我真的不知道，为什么会有这么奇怪的想法，并且这么多年来一直缠绕着我。

这些年，我去过很多地方，乘坐飞机、高铁，或开车自驾，无论想要到哪个地方，总会有最便捷的交通工具将我送达。在这每一趟旅途中间，很多风景都在窗外，和我隔着玻璃，然后像翻画片一样一闪而过。

我想停留在那片有着沙滩的小河，我想驻足在那小路弯弯的村庄，但都无法实现。

有时候，我们真的应该让自己的脚步慢下来，好好欣赏人生路上的每一处风景。我很想去走诗人走过的路，去欣赏

"枯藤老树昏鸦，小桥流水人家"，去感受"鸡声茅店月，人迹板桥霜"，我想找一处久违的风景，让漂泊、浮躁的灵魂得到一点慰藉。

每个人的行走都是不一样的，痛苦、茫然、喜悦，终究要在一个目的地得到安放和释怀。有一段时间，我很想去南昌看一看滕王阁，感受"落霞与孤鹜齐飞，秋水共长天一色"。

去年，我参观了东坡赤壁。看到苏轼被人一路押送到黄州的解说图，我突然莫名感伤，甚至当着很多参观者的面流下了眼泪。"拣尽寒枝不肯栖，寂寞沙洲冷"，一路的押送，漫长的跋涉，从繁华的都城到蛮荒的江畔小城，谁懂他的颠簸和流离？

今年春节过后的一次旅行，我无意中到了王昭君的故乡。大山脚下，香溪岸边，就是杜甫笔下"生长明妃尚有村"的地方。让我好奇而惊叹的是，那位"沉鱼落雁"的女孩是如何一步步走出大山，走进寂寞的宫墙，再走进那陌生的大漠？从一步一回头的离别，到"独留青冢向黄昏"，在赞叹她的传奇时，我似乎觉得，我们让一个柔弱的女子承受了太多太多。面对她，我突然感觉无比的懦弱和愧疚。

杜甫写下那首咏怀昭君的诗时，他也远离家乡，开始漂泊。"万里悲秋常作客，百年多病独登台"，漂泊中，所有的艰难苦恨都随滚滚江水而去，留下的是无尽的叹息。

有时候，你会觉得在历史的裹挟中，人就像江海中没有桨和舵的小船，任你怎样挣扎，总是到不了要去的岸。

人生总有很多无奈，当我和那位老乡想要徒步千余里走回家乡时，我觉得最艰难的不是在路上，而是我们难以实现这个想法。你可以信马由缰地去想象，但真正要去做的时候，你会发现没有那么一段空闲的时间或者总有这样那样的事情牵绊着你。

待在喧闹的城市，我们习惯于灯红、醉心于酒绿，一切都可以轻易满足。但和那些在历史的天空闪耀着智慧和光彩的古人相比，我觉得平凡而碌碌无为的自己更可悲。

黑狗"莉莉"

每个人的童年都有一段美好的回忆，随着时间流逝，那些曾经让你哭过、笑过的往事或许都已慢慢忘记。

当我一口气读完《土狗老黑闯祸了》，我突然想起了很多久远的事以及那个在记忆中逐渐模糊的童真的自己。那时我家也曾养过一只黑狗，并且有一个很好听的名字。

我还记得自己站在家门口土堆上呼喊它的名字，看它从田地里远远向我飞奔过来……

我是一个记性不好的人，很多往事，我都记不清楚。在城市里，也很难有闲暇时间好好梳理一下曾经流逝的岁月。但不知道为什么，过去了那么多年，我依然记得家里的那只黑狗，记得它的名字叫"莉莉"。

我不知道是谁抱养了它，并给它取了一个很有意思的名字。莉莉听起来就像一个乡村女孩的名字。

我站在家门口土堆上呼唤莉莉时，只有三四岁的样子吧。那时，大姐已出嫁，二姐、三姐、大哥、二哥没有成家。也许因为我是家里最小的孩子，所以很受宠，哥哥姐姐养大的小狗莉莉成了我的宠物。

那天，哥哥姐姐跟着父母在田里干活。我从家里走出来，站在家门口的土堆上望见莉莉跟在大人们身后，摇着尾巴在田地里蹿来蹿去。我站在土堆上，双手握成小喇叭，使劲地呼喊："莉莉、莉莉……"

莉莉听到我的声音，远远地向我跑过来。也许它听到我的呼喊，以为我遇到危险，所以拼命地奔跑，这个场景深深地触动了年幼的我，即使到了不惑之年，我依然记得。

莉莉还在家里的柴草堆里生了很多小狗。别人去看小狗，它总是疯狂地叫，不让人靠近。我去看那些小狗，它却温顺得像只小绵羊。小狗还没有睁开眼，在它肚皮下争抢着吃奶。小狗长大了，我就把它们从柴草里抱出来晒太阳。

我记得给大姐家"寄"了一只莉莉生的小狗。后来那只小狗长成了大黄狗。每次大姐带着小外甥回娘家，大黄狗总是跑在前头，最先到达。大黄狗来了，看到我们家人，看到它的妈妈黑狗莉莉，不停地摇着尾巴，一副开心得不能自已的样子。看到大黄狗来，我就知道，大姐要来了，我会急忙出门迎接。

黑狗莉莉年老的时候，父亲总是用绳子拴着它。有一天不知道为什么，它突然挣脱绳索，跑出门再也没有回来。

后来，我家里又养了狗，但再也没有一只狗像莉莉那样让我感觉那么亲近。直到现在，我父亲还养着一只小卷毛狗。每次回老家，它总是站在门口狂吠，非要我父亲大声呵斥，我才能进家门。

听说，狗在年老的时候，为了不让主人看到它的惨状，会跑到一个偏僻的地方，慢慢死去。我想这也许是黑狗莉莉离开家，离开我最好的解释。

走进我的童年

在儿子的眼里，我越来越像个不称职的爸爸。

老师布置半命题作文《走进 ____ 的童年》，很不幸，儿子选择写《走进爸爸的童年》。一天放学后，他问我童年是什么样子。当时，我正在做晚餐，就敷衍地说："你翻翻我写的文章里有没有。"儿子后来怎样把作文写出来的我不知道。

第二天，儿子放学后又问我的童年是什么样子，我才发现儿子之前写的作文很糟糕，老师用红笔在他的作文下面批注："跑题！重写！"我很想给儿子讲讲我的童年，但那太久远了，我一时也说不出什么难忘的事情来。

夜深人静的时候，我想好好梳理一下我的童年往事，不然老师再让儿子重写作文，会让他太难堪了。

童年的我，应该是一个非常调皮捣蛋的孩子。在上幼儿园时，老师把调皮捣蛋的孩子的名字写在黑板上方的墙壁上。等我读小学，到幼儿园故地重游，发现我的名字还在上面。

有一次，村里人砍伐树木。那是一棵离我家不远的大柳树，树被伐后，我和几个小伙伴争先恐后地攀爬树枝。谁知道树冠上有一个大马蜂窝，而我又很强势地冲在最前面。结果可想而知，我哭喊着往家里跑，一群马蜂像一个个战斗机在我后面"狂轰滥炸"，不断地向我发射"毒刺炸弹"。

那一次被马蜂蜇伤，并没有让我长记性。后来，我和小伙伴玩得最惊险刺激的游戏就是捅马蜂窝。看到哪一棵树上有马蜂窝，我们就开始"战斗"。先是捡来砖块、瓦砾向马蜂窝扔去，然后用一根长竹竿去捅。马蜂被惊扰，开始四处攻击，在侦察到我们后，便急速向我们飞来。我们撒腿就跑，砖头、瓦砾、竹竿都丢在树下。当然，跑得慢的小伙伴，难免会被马蜂"亲密接触"一下，在头上或胳膊上"长"一个个让他痛得哭爹喊娘的包。后来，我读小学三年级，写了一篇作文，就叫《捅马蜂窝》。

小时候，我最喜欢的美食是肉煎包。到了赶集的时候，我看到母亲推着自行车从家里出来，就跟在后面，她不让我去，我就拽着车尾巴打滴溜儿。一个大平底锅，里面的包子煎得滋滋响，乡厨用铲子把包子翻过来，一个个包子煎得金黄，看着就流口水。当时的肉煎包，1元钱可以买10个，猪肉粉条做的馅，吃上一口香喷喷的，至今让人回味。

那时候，拨浪鼓的声响对我也很有吸引力。听见拨浪鼓的声响，我便会从家里飞奔而出，围在小贩自行车后的货笼子旁，寻找自己喜欢的东西。有时候买几颗糖豆，有时候买一个大大泡泡糖，有时候买一个小塑料枪，或者几个泥模子。泥模子是用黏土烧制出来的，上面印着各种图案，有的是古装的小人，有的是花草动物。那可是我们小孩子的最爱，就好比儿子喜欢的奥特曼玩具一样。

除此之外，我也很喜欢卖大米糕、葵花子的老头，他的叫喊声真是悦耳动听。那时他推着一个地板车，腰里束着一个长布带，还没有走进村里，就开始扯着嗓子吆喝起来："大米糕，焦焦葵……"有时候赶上放学，我就蹦蹦跳跳地跟在他后面。到了村里，便跑回家偷几个玉米棒子换一小块大米糕或一小勺葵花子吃。后来，那吆喝声渐渐消失了，我再也没有吃过那么美味的大米糕和葵花子了。

我还记得刚上小学一年级的样子。第一天开学，我没有书包，家里人就给我找来一个很小的、外面绣着红十字的小布包让我斜挎着去学校。书包又小又奇怪，让我在同学面前很不好意思。我们当时没有作业，放学回来，我就和小伙伴玩耍。吃过晚饭，我站在村口，喊上一声："东头的小孩，西头的小孩，都来玩！"很快就有一群小孩子从家里跑出来，大家在大街上追逐游戏。夜深了，人困了，才各自回家里睡觉。

我的童年还有更幸福的事。我家地里种着十多棵杏树，每一棵杏树果实的味道、大小以及成熟时间都不一样。麦子抽穗时，果实最大的杏子先熟了；麦穗变黄，大部分的杏子也熟了；麦子收进仓里，还有杏子才成熟。那时，我家的麦场在杏树旁边，父亲把一个小木床放在杏树底下看麦子。中午，我慵懒地躺在床上，饿了就抬手摘一个杏子吃。

在我的童年，我还做过孩子王，带着小伙伴一起上学，放学回来一起找邻村的小孩"打仗"……

这就是我的童年，那是一串串在我记忆里跃动的音符，那是一张张在岁月里渐渐褪去色彩的照片，那是一段段随时间而逝、零零散散的美好光阴。

再忆刘土墩

对于一个人来说，记住自己从哪里来，或许是解决迷茫和空虚最好的办法。

昨天无意中找到自己十多年前写的一本文集，其实就是一个小册子。那时候，我可以说是一个文学爱好者吧，里面有诗歌、散文，也有日记，都是零零散散的内容，短小而浅显。唯一可喜的是，它记录了我十多年前的很多生活细节和思想变化，使得许多被我遗忘的事情又重新回忆起来。其中就有我的家乡——刘土墩。我发现当时的大部分文章是围绕它而写，离开家乡、思念家乡、返回家乡成为我不变的主题。

那时候，离开家乡依依不舍，每逢节假日又急切盼望回乡的情形都是非常真实的。我总觉得身在外地是漂泊着的，有时候睡觉梦到家乡，会突然纠结自己为什么要离开，为什么要到这里来，然后产生一种难以名状的压迫感，急切中突然醒来。以前每次离开家乡，在商丘南站乘坐火车时，内心总是怅然的，总是倚靠在车窗前发呆。而每次返程总是那么快乐，总是迫不及待地返回家乡。前不久，我看了一部纪录片，讲述的是山区的三姐妹外出打工。三年后，她们乘坐火车、汽车长途跋涉返回家乡，当她们手提肩扛地带着行李回到家乡，站在村外的小路望着熟悉的房屋大声呼喊妈妈的时候，我忍不住流下眼泪。她们所经历的，似乎我都经历过，可能那一代外出漂泊的年轻人都曾经历过。

不论走到哪里，总有那么一个地方牵绊着你，或者说藏在内心的最深处，魂牵梦萦地吸引着你。这或许就是家乡存在的意义。如同大雁的南来北往，无论怎样长途跋涉，无论经历怎样的危险和辛苦，它们都要奋力搏击长空，飞到自己向往的地方。

那个地方或许并不美，如同我的家乡——刘土墩，一个在黄淮海平原上平凡而渺小的村庄。夏天，它被淹没在一大片一大片的庄稼地里，冬天，那一栋栋低矮的土坯房或砖瓦房裸露在厚重的黄土地上，显得苍凉。就连它的名字都土得掉渣，刘土墩，这个村名起得随意而土气，就像乡村的父母随意给孩子起的名字。我就是在那里出生，在那里成长的。许多人也和我一样，从那里出生，从那里成长。有的人外出后又回来，有的人离开后没有回来。或许他们都和我一样，把最美好的记忆留在刘土墩的每一个阳光明媚的早晨，留在春天的油菜田，留在收获的麦场，留在被牛慢慢耕耘过的土地上。

这些年我一直被刘土墩困惑着。一些我熟悉的人渐渐地离开，好像刘土墩是一个舞台，他们用一生演绎一个角色，然后黯然退场，消失在那片土地上。没有人记得他们的名字，几年之后，或许很多人会忘记他们曾经在这个村庄生活过。生命就是这样的一个轮回，就如同家乡的四季。慢慢地，刘土墩变得空落落的。其实许多村庄都和刘土墩一样，渐渐地成为孤独的存在。这些年，我一直想去探寻刘土墩以及和刘土墩一样的乡村，我怆然于每一处被抛弃的荒废的院落，那里生长过谁，有过多少难忘的故事。我亦感动于那些依旧坚守在村庄的皱纹纵横的老人，没有他们，村庄或许早已成为一处处废墟，空留感叹和回忆。

在我看来，家乡越来越陌生，我的心也离家乡越来越远。这些年，我住在城市楼房里，很少梦到家乡了。对于回家的日子也很少有期盼。我在城市里迷失，似乎忘记归途，忘记在千里之外，还有故乡刘土墩。

2009 年的春节

2009 年春节，我回老家过年，以日记的形式记录在家乡 13 天的点点滴滴。重读那些零零散散的文字，我似乎又穿越到 15 年前。

那一年，是我结婚后第一次和妻子回老家。我是 2009 年元月 2 日结婚，家人来鄂州短暂相聚又离开。当年元月 21 日夜，我和妻子在黄州站乘坐火车回家，次日凌晨 1 点到达商丘火车站，在车站吃了点东西，就去了汽车站，汽车凌晨 4 点开出，凌晨 5 点左右到达天宫庙镇，大哥和侄儿骑着摩托车来接我们。小镇上，有娶亲的车队经过，噼里啪啦地燃放着鞭炮。

摩托车的灯坏了，我们趁着夜色回到家。母亲已经迎在家门口，她拿来柴火，在院子里点起火。大嫂、侄女来了，二哥、二嫂也带着我的小侄儿来了。一家人围着火，谈论着家长里短。欢声笑语在冬夜的天空响彻，不知不觉天已亮了。这些写在我日记里的细节，让我感觉熟悉而又陌生，也体会到久未感受到的温暖。自从买了小车，我已经近十年没有乘火车回家了。我已经忘记怎样扛着大包小包的行李挤上火车，也忘记了疲惫的妻子依偎在我身旁睡着的样子。从妻子到鄂州来，到我们结婚，前后经过了三年。我情感日志的第一篇就是写给她的诗《你从家乡来》：

> 七月，在季节之畔
> 我淹没在时间的洪流
> 平淡的生活中，日子一天天逝去
> 数不清的寂寞，缠绕我的梦
> 你从家乡来，带着甜甜的笑
> 我心中的伤感，烟消云散

那一天，是 2006 年 7 月 29 日，如果不写下日志，我恐怕已经忘记。

和我同一年结婚的还有另外两位高中同学，我回到家连续两天都在喝喜酒。他们的婚礼和我一样简单朴素。如今，其中一位同学已经离婚，尽管我觉得他们都彼此相爱着。有一年，我和妻子、儿子乘飞机到北京找他们玩，希望能够劝说他们复合，但最终没有成功。听说，我那个同学后来又再婚了，至于他前妻的情况，我们也不好意思询问。15 年的时光，竟有那么多分分合合。有时候，我会感念妻子的一路陪伴，尽管我们也曾经历过生活的辛酸和苦难。

2009 年，小侄儿 7 岁，他的爸爸妈妈外出打工，就由奶奶照顾。母亲说，有一次侄儿无端地趴在床上呜呜地哭，询问缘由，才知道原来他看到电视上孩子和父母离别的情形，心里难过。那时候，我打算给小侄儿买一把玩具枪，他像个小大人似的提醒我，千万不要让奶奶知道。他知道奶奶很节约，不愿意让我花钱乱买东西。如今我的侄儿已经 22 岁，也到了将要结婚成家的年龄，说起这些细节恐怕他自己都想不起来了吧！

　　根据我日记上的记录，过完年的正月初十我们就再次出发返回鄂州。我和妻子非常不舍，每次离开家，她总是流眼泪。有一次，她还抱着自己的奶奶哭，让我也感到很伤心。如今奶奶已经离世 3 年。每次离开，我的母亲都很不舍，从 2003 年我第一次出远门，到如今依旧是如此。每次我离家，她都默默地站在家门口许久，然后偷偷抹眼泪。我以前也是同样不舍，但如今不知道为什么，回老家几天，我就想要离开。直到我翻看过往的日记，才记得起当年我们是怎样乘上火车带着期盼回家，又是怎样依依不舍地离开。我仿佛又看到母亲站在家门口，看着我们攀上三轮车，带着大包小包的行李远去，那里面装着她做的"玫瑰卷子"，装着她的牵挂。这些情形，在过去的某一个时间，我统统忘记了。

　　在商丘南站，我和妻子走进二楼候车室，透过玻璃窗望见远处升起的烟花，火车汽笛声响起，我们牵着手再次出发。

1454

临近春节，给我帮忙的外甥按捺不住回家的心情。他的话多了起来，提起村里的事，说龙叔从青岛回来，带了海鲜等他回去吃，说村里一个老头子走丢了，全村人都在找。好像村里离开他不行。

妻子本想劝他休息一晚，次日早上再走。结果他等不及，前一天上午还在忙，下午就出发。我对妻子说，我们以前回家过年好像也是这样急切。早早收拾好行李，临近出发的那一天晚上甚至睡不着觉。后来买了小轿车，晚上参加完朋友公司的年会，就急匆匆地驾车回家过年。开一晚上车，整个人都累得不行，但还是那么兴奋。

如今我们似乎都没有那种感觉了。回老家的日子越来越晚，在老家住的时间越来越短。甚至有时候不打算回老家过年。翻看自己写的文章，读到《1454》，我突然发现，回家过年曾经那么让人期盼，那么激动人心。"1454"是一列车次的名字，那时候，我从黄州站到商丘南站，大多时候都是乘坐这列火车。刚开始，我一个人。提着行李孤零零地站在站台上，看火车从远处驶来，随着人群挤上车。说不上什么兴奋，那时候的我一无所有，甚至非常迷茫。火车穿过黑夜，你看不清窗外的任何景色，偶尔会有那么一盏昏黄的灯出现在我的视野里，然后消失。那时，我很想做一个忧郁的诗人，为那一盏灯，为这列行驶在黑夜里的火车写一首诗，但我什么都没有写出来。再后来，和妻子一起乘坐 1454 次列车，我不再孤单，一路相伴，更多的是相互依靠。我已经很多年没有乘坐这列火车了，不知道它是否还在那条铁路线上来回奔波。我最初写过的那篇关于 1454 次列车的文章距今已有 15 年。如果不是那短短的两三百字，我甚至已经忘记了，还有那么一列火车，在故土和异乡之间穿梭，让外出的游子无论走多远都能踏上归乡的路途。

在那篇文章中，1454 次列车总是在夜幕中姗姗来迟，在汽笛声中，继续前行。夜里，窗外是浓重的黑，凝神望时，明净的玻璃映出我孤寂的脸。夜里的灯，星星点点，像是不眠的眼。那个时候，有多少人像我一样，依依不舍地离开乡土，又跋山涉水归来。1454 次列车承载过多少人不眠的梦，见证过多少人的悲欢离合。远方亮着的那盏灯，等待的人，是谁的妻子、谁的母亲，又或是谁的孩子。一张小小的火车票承载了多少思念和期盼！

我们像候鸟一样来来往往，带着欢喜在家乡和亲人相聚，春节过后又带着依恋告别，再次乘坐火车出发。在这来来往往中，我错过了家乡许多美好的季节，也渐渐忘记了家乡春、夏、秋的样子。曾经我写过一篇文章，感叹家乡四月是什么样子。我猜想，这个季节，悠扬的柳笛在村外小河边飘荡，那是孩子们动人的童谣；柳絮也飘起来了，像一团团雪飘落。田边小路旁，无名的小花在自然界的恩泽中渐渐绽放。村落里，雄鸡的长鸣是那么悠扬。思念有时候会在不经意间触动自己的心灵，而家乡在千里之外的地方。

　　时间久了，这份思念也会淡去。如今，有人把家乡的四季变换拍成短视频传到网上。短短几秒钟，可以看到家乡的一年四季。有人说渐行渐远的不是老家，而是无忧无虑的童年。最近网络上的一句话，也许能说出我们这一代人的心情：小时候小卖部里的东西都想买，口袋里却没有钱，长大后，超市的东西都买得起，却不知道买什么能快乐。小时候画在手腕上的表，从来没有转动过，却带走了我们的童年。

　　我渐渐忘记了家乡，忘记了 1454 次列车和那窗外不灭的灯。我在城市的楼房里安乐，我安放了我的躯体，却不知道灵魂的归处。

卖蒜记

写这篇文章，我觉得自己很有必要反思一下。

老家的人说一个人花钱大手大脚，不知节俭，会说他"不会过"，母亲就多次批评过我。我以前不以为然，如今反思了一番，觉得应该改变自己。有时候，写文章不仅是记录那些陈芝麻烂谷子的往事，同时也是一种反思和觉醒。用文字记录过往，要让自己时刻记得从哪里来，做一个什么样的人。我如今并非大富大贵的人，写下这些内容，只是想让自己明确人生方向，从而行稳致远。

明代宋濂小时候家境贫寒，家里没有书，借书来读，外出求学，饥不果腹，还差点冻死。后来，经过孜孜不倦的努力，他成为明朝的大臣。宋濂告老还乡，晚辈拜访，他挥笔写下《送东阳马生序》。我认为人生吃苦和享福是守恒的，你前半生吃过多少苦，后半生就会享多少福。如果前半生把所有福气都耗尽，后半生难免就会凄苦。读余华小说《活着》，我感觉富贵也是这样的命运。人不能只享福不吃苦。

有一段时间，我花钱总是大手大脚，买的小东西摆满自己的办公桌。就连儿子也看不惯，提醒我少买点乱七八糟的东西。如今网购非常方便，不知不觉就把自己的钱花掉了。前几天，妻子读我以前写的日志，突然笑了起来。原来我以前去卖大蒜，一车大蒜卖了400元，收大蒜的老板还要我找

112

他 5 元钱。就这个细节，惹她发笑。回忆起来，我心里很不是滋味。那是 2008 年的事，国庆节，我和妻子回老家。家里种了一亩大蒜，用编织袋装了 10 多袋。我借来农用三轮车，打算载到 40 多公里外的田集镇去卖。老婆家离那里很近，周边的村庄都种植大蒜，所以镇上有收购点。农用三轮车没有牌照，我怕白天经过县城被交警拦截罚款，就选择半夜出发。

10 月，北方天气已有些冷。我在日志中写道，夜里很凉，薄薄的雾在大地上氤氲升起，我们的三轮车伴着"腾腾"的发动机声在雾中穿行。一路上，我们都很紧张，生怕被交警拦住罚款，那样我父母一年的劳动成果恐怕就白费了。夜里 12 点，我先到妻子家，第二天天亮就去镇上卖大蒜。那一年还没有"蒜你狠"，只有"跌得狠"，一斤大蒜只卖2 角左右。在一个收购点，老板把大蒜翻检一番，分出两个品级，好一点的给出 2 角 3 分一斤的价格，差一点的给1 角 3 分一斤。一车蒜 1700 斤，老板给了 4 张 100 元面值人民币，还要让我找给他 5 元。当年，我对这件事深有感触，就把整个过程写了出来。

后来我在城市待久了，有时候就不太理解父母的节约。可能因为我没有体验过种田的辛苦和收入的微薄吧。我虽然长在农村，但家里兄弟姊妹多，我年龄最小，干的农活也少。后来读书有幸离开农村，在城市立足，虽有辛苦，但工作生活还算顺利。这也许是我"不会过"的根源。

古人云：静以修身，俭以养德。我虽不能和先贤相比，但也要懂得"一粥一饭当思来之不易，半丝半缕恒念物力维艰"。

那是一个春天，我从学校回家，母亲用木板车拉菠菜去砖窑厂卖，七八岁的小侄女用一根绳子给她拉车。一车菠菜好像只卖了几块钱。当我写《卖蒜记》时，脑海里又浮现出母亲卖菠菜的情形。

那卖菜的几块钱和卖大蒜的 395 元，后来都给了我，才有了我的今天。

馒头

出生于 20 世纪 80 年代的我,是没有经历过饥荒年代的,只是饭食比较简单,平时吃得最多的就是馒头。

我读小学的时候,是有早课的。一大早起床去学校读书,放学后再回家吃早饭。上学路上,同学边走路边啃馒头的情形让我记忆深刻。我也一样,早上起来,从馍筐子里抓一个馒头,边吃边去上学。那时候的馒头吃起来很香,不需要配菜都可以吃得一干二净。其实也没什么菜可吃,蘸一点辣椒酱就已经很美味了。馒头比较结实,特别是冬天,天气冷,馒头变得硬邦邦的,吃起来费劲,我用"啃"字形容非常贴切。那时候,每家做的馒头形状各异,有做成圆形的,有做成条形的。我班上有个同学,他家的馒头又长又大。天气冷的时候,他的手交叉着伸进棉袄袖子里,用胳膊夹着馒头,边走边啃。那情形让我感觉非常震撼,到现在还记得。可能我的整个童年都是这样啃着馒头过来的吧。肉食只有过年才能吃上。肥猪肉切成片,在锅里炖好,客人来的时候蒸上一碗。过年亲戚来,喝酒吃菜之后,便会端上一碗热腾腾的肥肉片,再摆上一筐子馒头。一手拿着馒头,一手用筷子夹一片厚厚的肥肉,吃一口肥肉,咬一口馒头,非常解馋。

南方人很少吃馒头,一般早餐偶尔吃,平时吃米饭。在南方朋友家做客,你说要吃饭,盛上来的是米饭。如果到北方做客，你说要吃饭，会端上一筐馒头。我刚来鄂州，常常为吃馒头发愁。自己不会做，在街上找不到馒头店，卖包子的早餐店偶尔有卖，但做出来的馒头又小又软，根本不是家乡馒头的味道。有时候去食堂吃饭，如果有馒头，我就不吃米饭。馒头其实是早上剩下来的，我却如获至宝。坐在一大排吃午饭的人中间，我是唯一边吃馒头边吃菜的人。有时候，别人好奇地问我，你们北方人怎么那么喜欢吃馒头？我也不知道怎么回答。记得前几年，武汉的女同事交往了一位山东鄄城的男友，后来他们在北方结婚，女同事的家人乘车十几个小时到北方吃酒席。吃到最后，女方的亲友说要吃饭，酒店的服务员拿来大馒头摆到桌子上。女方的亲友面面相觑，感觉不可思议。

怎么去解释呢？从地域上来讲，南方产稻谷，自然要吃大米，而北方产小麦，只能吃面食。还有一点就是文化上的差异。我小时候每到过年，做馒头是一个很隆重的仪式。过了腊八之后，每家每户都要蒸馒头，并且蒸很多馒头。经常要忙一两天，由于工作量太大，甚至要亲友邻居来帮忙。做馒头的时候，我们小孩子都要被赶到门外，父母长辈怕我们说不吉利的话，导致蒸出来的馒头不尽如人意。馒头出锅，麦香味弥漫了整个院子，我馋得直流口水。我想跑过去，拿一个吃，又被父母阻止。母亲要选一个最好看的馒头，举到头顶，再从馒头上揪一块下来，虔诚地敬天上的神仙。在母亲那里，什么好吃的东西，都要天上的神仙"品尝"之后，我们才能吃。过年除了做馒头，也做菜馍、红薯豆馅馍，还有花糕。花糕好像是祭拜神灵的供品，一般正月十五过后才能吃。过年蒸好的馒头，父亲会装进"大草墩"里，那是一种用麦草编织的如同粮仓般的大容器。过年的馒头要吃上一两个月才能吃完。年后走亲戚，没有什么礼物带，就装上一小箩筐馒头带着。我们那里谁家有结婚、生子的喜事，亲戚去祝贺也带馒头，俗称"送饭"。这种隆重场合做的馒头都是圆形的，馒头上面还要点一个红点。

在鄂州，过年是不蒸馒头的。这里的村民年前一起打糍粑、做年糕，腌腊鱼、腊肉，也非常热闹。在这个城市生活久了，我似乎习惯了吃米饭。有时也会在菜市场买几个老面馒头，但味道和我家乡的馒头还是有些不同。这些年，每次回老家，途经集镇，我和老婆都会抢购一些馒头，大包小包的，全部塞进后备箱，路上饿了吃，回家放进冰箱慢慢吃。

在鄂州 20 年，我依旧不会说这里的方言，不经意间脱口而出的还是家乡话。经常吃米饭，也没有养成吃米饭的习惯，整天惦记着家乡的大馒头。

我觉得自己是一个很"夹生"的人。

一只布谷鸟

快要进入梦乡的时候，我听到一阵"布谷、布谷"的叫声。在窗外不远的小树林，那只布谷鸟又开始了它孤独而又单调的歌唱。宁静的深夜，那鸣叫声悠远而又绵长。

我的内心，因为这么一只布谷鸟而无法平静。

那是一种久违的声音，仿佛让我回到家乡的五月，回到自己久远的童年。

镰刀割断麦秸时的脆响，老牛拉着石磙时的吱吱呀呀以及父亲扬起牛鞭的那一声吆喝，都随着布谷鸟的一声声鸣叫裹挟而来。

那声音曾经回响在我的家乡刘土墩的房顶、小树林里以及那广阔的黄土地上。

它总是来得恰是时候，布谷鸟的叫声传遍整个村庄时，我家果园里青涩的杏子都变得黄澄澄，酸甜可口。我爬上杏树，可以吃个够。还记得杏子熟了吃不完，姐姐摘了一箩筐，用自行车驮着杏子，载着我到集市上卖钱。

还有那田野里的麦子，在那声声催促声中，似乎一夜之间变得金黄。父亲埋头把生锈的镰刀在青石板上磨出锋利的刀刃，把收割的麦子扎成捆，用木板车拉到平整的麦场。家里的老牛拉着一个硕大而沉重的石磙，一遍又一遍地将秸秆碾压。麦收的季节，我拿着篮子在田间小路上捡过麦穗，在麦场上打过滚，翻过跟头，捣过乱，还吃过母亲腌的咸鸡蛋。

那时候，收麦子是一个漫长而繁重的过程。人们在麦田里吃饭，在麦场上睡觉。我也在麦场上睡过觉，夜里可以看到数也数不清的满天繁星，可以在布谷鸟的叫声里安眠。

麦子装进粮仓，碾碎的麦秸堆起来，知了猴也从土里钻出来，爬到树上蜕变成蝉。于是，村里的每个角落，除了布谷鸟的叫声，又增添了聒噪的蝉鸣。

从来没有一种鸟让我觉得那么熟悉而又神秘。布谷鸟在我童年的记忆里，只有那"布谷、布谷"的叫声，我从来没有见过它真实的样子。它总是悄然而来，又悄然离开，我不知道它从哪里来，又飞向哪里去。

自从我离开家乡，走进钢筋水泥的城市，已经很多年没有听到那熟悉的叫声。故乡的五月，麦收的季节，布谷鸟的叫声，都深埋在我过往的记忆里。

没想到，有一天，一只布谷鸟会来到我的城市，栖息在我的小区里。它的叫声打破了我内心的平静，唤起了我的记忆，或者说叫醒了麻木而沉沦的我。

我在网上查找资料，才看清了它的样子，才知道它有一个花一样的名字——杜鹃，也叫子规、杜宇。关于它还流传着许多美丽而忧伤的传说：它声声催促人们"收麦割谷"，啼出的血，染红了漫山遍野的杜鹃花。

李商隐把它写进诗句，有了"庄生晓梦迷蝴蝶，望帝春心托杜鹃"；苏轼把它写进词里，有了"解鞍欹枕绿杨桥，杜宇一声春晓"。

多么美好的春晓，我记忆中的一只布谷鸟！

乡关何处

又临春节，老同学带着家人开车风雨兼程回到家乡。南方阴雨绵绵，北方大雪纷飞，都没有阻挡人们回家过年的热情。

老同学前一天从江西出发，河南降雪，道路结冰，高速公路无法通行，到河南新县只好下高速，改走国道。本来11个小时就可以到家，结果用了24个小时。一路上开车小心翼翼，战战兢兢。

前几天，我驾车途经大广高速，发现从南往北的车辆明显增多，车牌大都是鲁、豫开头，也有闽、粤开头的。我猜想有些人是从老家驾车去外地打工，而有些人在外地买了房，只是过年回老家看看亲人。

近几年，自驾返家过年的人日益增多，我也是驾车来来回回。有了车再也不用担心买不到回家过年的火车票，随时都可以出发。刚开始，我们总是早早准备，把车子后备箱塞得满满的，忙完工作无论白天还是晚上就迫不及待出发。后来，不知道为什么，这种回家的兴奋感越来越淡。回家的日期一再推迟，在老家住的时间也越来越短。有一年，我们没有回家过年，春节过后和老乡一起去宜昌旅游。前几天，老乡打电话问我回不回老家过年，估计打算春节再出去玩。他问我回不回，我说回。其实，我本不想回老家过年。年后，我可以回家把父母接来住一段时间，在鄂州相聚也是非常好的。

但今年我不得不回，因为今年轮到我接待亲戚吃饭。不知道从什么时候起，我们三兄弟每年要轮流接待亲戚吃饭。老大管一年，老二管一年，我接着管一年。到了自己负责的那一年，就要提前买好菜，等到年后亲戚来串门时招待他们。父母养了几只羊，谁招待就给谁家一只羊。父母年纪大了，我一直劝说他们不要养羊，但他们不为所动。其实，他们是不想为儿子们添太多麻烦。

这些年，我觉得家乡离我越来越远，也越来越陌生。翻看以前写的日志，我发现其实从十多年前，我就有一种困惑，不知道自己每到过年为何那么急切盼望回家乡。其实，家乡也没有什么，单调的平原风景，冬日里满目萧瑟，老屋依旧残破，回到家也难得和父母说上几句话。我曾经很疑惑，每年短暂相聚，然后匆匆告别，到底是为了什么。

不知道是我变了，还是家乡变了。最近在网上看到有人发感慨，说故乡物是人非，连田地也荒芜了，人情变得越来越淡薄。隔壁的邻居，陆陆续续去世，站在屋顶能看到满院荒草，连房子也坍塌了。曾经，我家造房子，因为地基问题和邻居吵架，现在连吵架的人也不在了。我家老房子是我出生那一年建的，如今和我一般年纪。本来我打算在老家重新建房子，但想想一年也回不去几次，索性算了。现在回家过年也很麻烦，我和妻子原来住的房间只有一张床，儿子小的时候，一家三口还可以挤一挤，如今儿子长大了，一张床已睡不下。给大哥打电话，想出钱让他帮忙找人在南屋砌一个炕，也没有回应。打算在县城宾馆住，又怕亲友说我们吃不了苦，乱花钱。想来也让人心生烦乱。

天气预报称，未来几天家乡又要降大雪，气温会非常低，回乡的路上肯定不会那么顺畅。"日暮乡关何处是？烟波江上使人愁"，想起古人的诗句，不由得一声长叹。

人间有味是清欢

母亲说，已经杀好羊，问我何时回家，要煮羊肉给我吃。

南方杀猪过年，我家乡过年宰羊待客。正月里，亲戚来家里做客，炒上几个热菜，拌上几盘凉菜，喝完酒后，就给每一个客人端来一碗热腾腾的羊肉汤。

母亲善于做红油羊肉汤，工序不复杂，但要做出来不膻不腻也不容易。新鲜的羊肉放进大锅里，母亲把从集市上买来的各种香料用纱布包好，和羊肉一起煮。煮羊肉的时候，一般是父亲烧锅，平时烧锅用麦秸、玉米秆，煮羊肉却要用劈好的木柴才行。火烧起来，整个灶台热气弥漫。父亲多添几把柴，让火继续燃烧。然后，他把羊油放进石臼里，和煮过的红皮干辣椒一起捣碎。羊肉煮熟，母亲一一捞出来，等到羊肉冷却不烫手，开始从骨头上把羊肉拆下来。小时候，羊肉少，还要预备待客，母亲不能让我们敞开吃，只能把拆过肉的羊骨头递给我们啃。母亲递给我的羊骨头，有的拆得很干净，有的还带着一大块肉，好像故意留在上面，好让我解馋。

母亲拆完羊肉，我基本上也把骨头啃得干干净净，没有一丁点肉了。拆下来的羊肉剁成块，撒上盐，再和捣碎的羊油一起倒进大锅，父亲添柴再煮。快出锅的时候放入葱段、生姜片，用铁勺子舀进大粗陶盆子里。过年的美食——红油羊肉汤就煮好了。

北方冬日天气冷，羊肉沉入盆底，和汤水凝结成晶莹的肉冻。红羊油也凝固了，像一个红色的盖子将羊肉封在盆底。亲戚来了，烧一锅热水，从盆里舀几勺羊肉冻和几块羊油放进锅里，再放上红薯粉条和白菜一起煮。招待客人用的是大海碗，羊肉、白菜、粉条装得实实在在，最上面是羊肉和红彤彤的羊油，撒上一把切碎的香菜，端到客人面前。一碗羊肉汤下肚，客人酒足饭饱。这时候，母亲还要上前客套一番，"再来一碗吧，我给你舀去"。农村人讲礼，有时候和客人扯着大碗夺来夺去。主人说要再去舀一碗，客人说吃撑了，扯着碗不让。这样的场面几乎每年都会上演。

今年出发回老家过年，却遇冻雨滞留在路上，下午在罗田县找了个宾馆住下。中午从鄂州出发时没有吃午餐，儿子一路喊饿，其实我也饿了。早知道罗田吊锅很有名，办完入住，我问宾馆服务员哪里的吊锅好吃，她不假思索地说："去胜利吊锅城吃吧，那里的吊锅正宗。"

中国地域广大，每个地方的风土人情、饮食文化各具特色。我每次外出，都会在安顿好住宿后，打听当地的特色美食。我本想为美食写一篇文章，介绍一下它们是什么食材做的，吃起来有什么味道，但我总形不成一个好的写作思路，往往写了几句话就不知道该说什么。

后来，我仔细想想，自己虽然品尝过那些特色食物，但未必能咀嚼出其中的味道。在不同地域，别人觉得是美食，我未必觉得多好吃。记得和朋友去山西旅游时，他问餐馆服务员："有什么好吃的？"快言快语的服务员脱口而出："刀削面。"结果朋友听了直摇头。

之前，我和妻子去修水玩，朋友带我们夜游宁州古城，专门请我们喝了一杯很特别的茶，说是地方特色，叫菊花豆子茶。这样的称呼，其实也不完全准确，因为那茶里面除了菊花、黄豆，还有萝卜丁、炒芝麻、花生、生姜等，简直就是大杂烩。喝起来咸咸的，也称不上什么美味。

在胜利吊锅城吃完腊味吊锅，渴得厉害，也没觉得所谓的正宗吊锅有多好吃。

食材没有变，做法还是原来的做法，味道还是原来的味道。不同人在不同的时间和地点品出的味道或许不一样吧。修水依山傍水，山里人清贫，有亲戚和朋友前来做客，将能够拿出手的菊花、豆子、芝麻统统装进碗里。客人喝完茶，再吃掉豆子、芝麻，品味的是盛情，是浓浓的亲情，是满腔感动，在他看来，那碗茶能不好喝吗？

寒冬时节，罗田山里冷。山民在屋里生了火，把板栗、腊肉、腊鱼、炸豆腐、肉糕、干笋、蔬菜统统放进吊锅。亲戚好友来，再煨上一壶浑浊的老米酒。熊熊火舌舔得吊锅"咕噜咕噜"响，满屋子弥漫着酒香和菜香。主人和客人把酒言欢，脸被烤得通红，心里暖洋洋，那种滋味该多美！

也许，这就是，人间有味是清欢。

年味

我越来越觉得自己像候鸟，过年往北飞，过完年往南飞。

有时候自己也觉得很茫然。年前，盘算着过年的日子近了，收拾好行装，风雪兼程地往老家赶。来去匆匆，如今自己竟然坐在电脑前回味过年时的滋味。

当我的车停在老家门口，我让儿子去喊爷爷奶奶，老父亲从院子里走出来，弓着腰帮我拿东西。老母亲的腰更弯了，曾经拒绝挂拐杖的她，也不得不依靠一根拐杖艰难行走。那应该是一根竹棍，被她缠了一圈又一圈布条，上端还悬挂了一个红色吊坠。

我在县城酒店订了房间，晚上住在酒店里。儿子长大了，不愿意和我们睡一张床。老家只有一张床，根本睡不下我们一家三口。我们住的酒店，在春节期间，几乎住满了人，大都是从外地回老家过年的。看来和我们有同样想法的人还真不少。

我们到老家时，已是腊月廿六，距离过年还有 4 天时间，我几乎每天都在走亲访友或参加同学聚会。以前过年，我想写点什么，总写不出来，或者写不了几段文字。心静不下来，怎么去思考一些事情，写一段文字呢？

很多人感叹，年味越来越淡。我似乎也觉察到了，但总不明白为何淡了。菏泽今年禁止燃放烟花爆竹，不仅城市，连农村也不让燃放。春节前，禁鞭宣传车走村串巷地宣传，警车开着警灯到处巡逻。老家有春节起早放鞭炮下饺子的习俗，老母亲想要买鞭炮也买不到。倒是有人家偷偷摸摸买了鞭炮。燃放的时候，胆战心惊，村干部在微信群里再三警告，谁燃放鞭炮就抓谁。

我本来也不爱燃放鞭炮，心里却不是滋味。我们家都是老实人，不愿惹是生非。不让放鞭炮也就算了。我是生平第一次过一个没有放鞭炮的年。

春节谁家起得早，最先放炮下饺子，谁家将来的日子就会过得越来越好。吃完饺子就要去拜年，在天亮之前就拜完年。我睡觉前定了凌晨5点半的闹钟，结果一觉睡到6点多钟才被大哥的电话铃声叫醒。妻子说，闹钟响过，我迷迷糊糊对她说关掉，再睡会儿。没想到睡得太沉，忘记了拜年的事。驾车匆忙回到村里，天已蒙蒙亮，别人都已经在拜年了。我回到家，母亲责备我起得太迟，说大哥等不及，先去拜年了。我给他打电话，追了过去，和他集合一起去拜年。

我们村本来就小，人口少，也没有多少老人健在了。以前，我们总是给长辈拜年，如今，也给平辈老人拜年。以前，拜年要给老人磕头，如今都是到老人家里站一会儿，问候一声新年好。

父亲在院子里生了一堆火，来给他拜年的人围着火坐一会儿，聊聊天。村里人平时都为生活而忙碌，难得有那么一天能够闲下来，聚在一起聊一会儿。也许这就是过年的福利吧。

年前，我去三位姐姐家，每家坐上一两个小时。春节后，姐姐们来走亲戚，我们彼此忙这忙那，我也要来回招呼，兄弟姐妹们交流的时间很少。今年我接待亲友吃饭，以前是买了菜，哥哥、嫂子们帮忙做，姐姐们来了也要帮忙刷碗洗盘子。今年，大哥帮我在邻村餐馆订了6桌菜，每桌400元。没想到每桌竟有20道菜，鱼肉海鲜都有，很是丰盛。初四，姐姐、姐夫还有他们的孩子都来了。二姐和我坐在一桌吃饭，她说姐姐们都穷，这次沾你的光，吃这么好的酒席。我心里很不是滋味。

整个冬天，我的三位姐姐都在附近村镇上打工，干了很长时间，每人也只挣了三五百元。二姐从我旁边的板凳上站起来，一手扶着腰，费了很大劲才挺直。她干活出力太多，开始腰痛。

那天，我三姨家的大儿子也来了，他坐在那里，不停地抽烟，心事重重的样子。后来，我才听说，他儿子年前离婚，儿媳带走了两个小孙女。我从老家回来，听我母亲说，我大哥、大嫂和二哥去我三姨家走亲戚，年迈的三姨父流下眼泪。我三姨父是一个很坚强乐观的人，很少流眼泪。我母亲猜想他可能知道孙子离婚的事，心里憋闷才哭。侄女说在民政局，离婚的人排着长队，结婚登记的窗口却很少有人。真是一个怪状。

母亲说，大年初一，躺在床上的二姥娘在她面前大哭一场。二姥娘90多岁，为人善良、性格开朗，她是我们村唯一抽烟的老太太。论辈分，母亲叫她婶子。母亲拄着拐杖去给二姥娘拜年，二姥娘有五个儿子一个女儿，前些年二姥爷去世，几个儿女轮流管她吃饭。

二姥娘哭诉二儿媳妇不孝顺，轮到在二儿子家吃饭，儿媳妇总是把吃剩的饭菜给她。她腿脚行动不便，上厕所摔倒，头上肿起一个大包。最疼她的女儿在不久前跌倒了，摔得膝盖粉碎性骨折，很久没能来看她。二姥娘一肚子伤心，无人倾诉，在我母亲来了之后，边说边哭。母亲感叹，二姥娘的床前连个擦泪的手绢都没有。

母亲给我说起这件事时，我突然想起一部电影的片段，后来我查资料，才知道那部电影叫《喜丧》。其实，那样的故事真实地存在于乡村里，我的故乡也不例外。老人在世时，儿女连条毛巾都舍不得买，老人去世却舍得花高价请人吹拉弹唱。

母亲也经常流泪，我们全家聚会时，她高兴起来流眼泪；我们准备离开老家时，她坐在大门口水泥台子上依依不舍地流眼泪。想来哪个父母不希望孩子陪伴自己左右呢！人有悲欢离合，月有阴晴圆缺，此事古难全。

节后访亲，临别时亲戚说明年再来做客。不经意的一句话触动了我的心。从今年到明年，中间又是多么漫长的日子！

走着走着花就开了

"我们，走着走着花就开了，在幸福里感受，什么都别说……"

回家过年的路上，车里播放着这首旋律优美的音乐。车窗外飘着雪花，路上也结了冰，整个大地都被寒冷的冰雪覆盖。我小心地开着车，内心是幸福的，如果我要写一篇文章的话，题目就叫《走着走着花就开了》。

这个冬天好像比往年冷，我先是买了一个棒球帽，感觉不能抵御寒冷，又买了一款加绒棉帽。以前的冬天，我不戴帽子，人到中年，体质弱了，到了冬天，不戴一顶帽子，头皮都冻得发麻。夏天我整理衣服时，感觉未来的冬天不会太冷，厚羽绒服可能再也穿不着。没想到，在这个冬天里，我几乎天天都把它穿在身上。在秋天回忆夏天，我常常感叹，在那样酷热难耐的天气里，自己是怎样熬过来的。如今，我又开始感慨，自己是怎样熬过寒冬的。我所在的这个城市没有集中供暖，家里空调制暖效果也不好，晚上盖上鸭绒被，再加上一床棉被，压得人喘不过气来。

秋天，我去爬葛山，感叹菊花不惧寒风，傲然开放。冬天再去，发现那一簇簇菊花被寒冬摧残得早已凋零，茎叶也干枯得不成样子，整座山都是灰色景象。今年春节前，几乎没有什么好天气，先是一场接一场的雨雪，再后来就是冻雨。

我之前不知道什么是冻雨，想着雨水怎么会被冻住呢？直到回老家过年，途经大别山，我还真看到了冻雨奇观。我们腊月廿五下午出发，雨雪天气导致大广高速交通拥堵，我在导航时，选择不走高速。晚上在罗田县住宿，第二天上午八九点钟，吃过早饭，又下起雪来，停在酒店门前的车上积了厚厚的雪，我们清理完车窗上的雪继续出发。路上，雪越下越大，在城市的公路上，雪落下来，很快融化，到了山区的道路上，雪在路面上越积越厚。我放慢速度，心想一边行驶一边赏雪也是乐事。妻子坐在我旁边，儿子和岳父岳母坐在后排。车里播放着音乐，我们开心地聊天说笑。雪纷纷扬扬地下着，我兴致很高地问儿子应该怎样描写呢，还给他讲了一个典故。南北朝时期，下雪的时候，谢安问自己的晚辈，白雪像什么，他的侄儿说，像空中撒盐。侄女谢道韫却把雪比作风中的柳絮。我们那天遇到的雪还真似风中的柳絮。路上，我们把车停在路边，欣赏雪景。我惊奇地发现，路边树木的枝干全部被冰包裹住。路旁的小山上，几乎每一棵树、每一株草都被冻住。我愣了半天，不知道该用什么语言描述看到的景象。银装素裹有些不妥，冰雕玉砌也不够恰当。所有的树木像是被透明的松脂包裹住的琥珀，如果寒冷依旧，会不会永远都是晶莹剔透的样子？我们在雪里拍照，儿子高兴地团雪球，然后趁我们不注意，向我们投掷而来。

我们就这样边走边玩。中午到了麻城木子镇，我们吃了当地的吊锅，然后继续赶路。从湖北到河南，需要翻越一座座山，如今交通发达，有很多乡道连接两省。但在下雪天行进很难。先是在一条乡道，小心翼翼行驶了一个小时，在转

弯时，一个中年男子好心提醒，前面山陡雪滑，他的车陷在
那里动弹不得。我们只好掉头返回。我并没有为前路不通感
到沮丧，内心保持乐观。在那条乡道上，我们还短暂停留，
儿子堆了一个小雪人。那时山裹上了厚厚一层雪，山下的
村庄也被冰雪覆盖，流过村庄的溪流，潺潺流淌，鸭子和
野禽在水里游泳。

　　我们返回到一条省道上，前方不知道什么原因发生拥
堵，司机说，等了三个小时车辆都没有挪动几步。我索性掉
头，把车停在高速路桥下面，带着家人去玩雪。我们沿着一
条小路，踩着雪往一个村湾走。通往村子的小路已被大雪覆
盖，踩在上面咯吱咯吱响，留下我们一串串脚印。我们悠闲
地往村里走，看村子里平静的池塘，看池塘边古老的大树，
看一群小鸟站在枝头叽叽喳喳地叫，我们走近，它们也不惊
飞。我心想，这眼前的景象，不知装着谁的乡愁。腊月喜事
多，有的人家房门上贴满喜字，可能刚娶了新媳妇。天色渐
晚，村里人踩着雪陆陆续续回来。我们进村时，有年轻的妈
妈牵着小姑娘的手从我们身边走过，不一会儿就走到我们前
头。她们很开心的样子，我们的兴致也很高。脚底下的雪像
厚厚的棉被，我索性躺在雪地上，让妻子拍照。妻子也被我
感染，把相机递给我，找一处小坡，躺在雪地上，往下打滚，
一边翻滚一边笑。我给妻子拍照，儿子向我们投雪球，故意
捣乱。我们好像从来没有这么开心过。

　　按照导航提示，我们可以沿着另一条乡道，绕过拥堵
路段到达河南境内。和我们有同样想法的还有其他返乡赶路
人。他们有的给小车轮胎装了防滑链。临近傍晚，气温下降，

雪落到地上，结成冰。爬坡时，有车辆上不去，大家一起上前，帮忙推车。夜幕降临，路灯亮起，我的车在白茫茫的道路上独自缓慢行走。我还很有兴致地下车给车拍了一张照片，来记录我们风雪兼程千里返乡的历程。

之后的路越来越难走。我们经过小镇，看到许多人家门前都悬挂了彩灯，时不时有人噼里啪啦地燃放烟花。在大雪纷飞的路上，只有我们这些日夜兼程回老家过年的车辆。雪很厚，我沿着车辙走，时不时能听到冰雪磨刮底盘的嚓嚓声。晚上 10 点左右，我们来到一个小山村，志愿者在路上劝阻，前后几辆陆续驶来的车都停了下来。志愿者苦口婆心地说，山上道路结冰，不能行走。有人不听劝继续往前开，我也没有听劝。走了十几分钟，又有当地村干部拦车劝说司机掉头返回。不听劝的车辆继续前行，结果山路上不去，也下不来。我们只好沿原路返回。能去哪里呢？到处大雪封路。从山村下来，有的车辆沿原路返回，有的车辆到小镇上找宾馆住宿。我们毫无困意，索性往几十公里外的金寨县赶。那也是弯弯曲曲的山路，但路面比较宽，也有之前车辆碾压出来的车辙。路上有车辆发生故障，只好叫来救援车拖运。路上非常惊险，在一段很陡的下坡路，刹车几乎不起作用，整个车辆往下滑动，好在我沉着应对，化险为夷。下山后，到达一个小镇。深夜里，烧烤摊点还在营业，我们点了一些肉串、香肠、小馒头，儿子甚至点了一串烤蚂蚱。经过一路颠簸，我们都饿了，吃得特别香。之后的路还算顺畅，到达金寨县，已是凌晨时分。

回想起这一段历程，我对妻子说，等到春暖花开，我们一定要重走一遍风雪中走过的那段路。那段路程并没有让我沮丧，反而给我留下了难忘的快乐。

当写下这些文字时，我已经从老家返回鄂州家中。天气转暖，我在小区看到一朵朵蒲公英开放。不久，迎春花也会悄然开放，接着是漫山遍野的油菜花和嫣红的杜鹃花来装扮整个春天。

人生路上，心存美好，走着走着花就开了。

美食

以前，我听过一个故事，说朱元璋化缘乞讨时，一个农妇做了一盘炒白菜给他吃。后来他当了皇帝，吃不惯珍馐佳肴，一直怀念那盘炒白菜。让御厨去做，却怎么也做不出那种味道来。

同样的白菜，以御厨的手艺来烹制，做出来的肯定比一个乡间农妇好吃。我觉得不是朱元璋口味变得刁钻，只不过时过境迁，人的心境变了而已。我小时候家里穷，每到冬天没有菜吃，母亲会腌制一缸酱豆。所谓的酱豆就是把浸泡好的黄豆和切成条状的辣萝卜装进陶缸里，再撒上一大包盐巴，搅拌均匀后把缸口封住，任其发酵。每次吃饭，就取一点出来，放到碗里，滴上几滴香麻油，一道美味就上桌了。吃饭时，手里拿着大馒头，吃一口酱豆，啃一口馒头，再喝上一口面糊糊就是一餐。因为放的盐特别多，酱豆往往特别咸，吃多了胃被刺激得热辣辣的，乡里话说"烧心"。那时候，农村人大都不富裕，几乎家家户户都腌制酱豆，只有逢年过节，才能吃上炒菜，并且还要先招待客人。我小时候过年经常吃剩菜，带肉的、不带肉的混在一个盆子里，母亲放在锅里蒸一蒸，上面飘着厚厚的一层油，吃起来特别香。于是，父母把好吃的剩菜留给我，俩人还是吃酱豆。后来，生活条件好了，村里人冬天也可以吃上各种各样的新鲜蔬菜，就没有人腌制酱豆、吃酱豆了。

在城市里生活久了，又特别怀念那种手拿馒头吃酱豆的生活：用筷子夹一点酱豆，吃一口馒头慢慢细品，也可以把圆馒头掰成两半，把一大勺子酱豆放在中间，做一个酱豆味道的馒头汉堡，两手抓着，大口大口地吃，现在看来，那是天下少有的美食。我当年怎么就没有觉察到呢？

如今，母亲老了，搬不动腌咸菜的大缸了，不能给我做酱豆，也没有腌制的必要。市面上有卖各种各样的酱菜，腌酱豆也有，但都很贵，几小罐酱豆用礼盒包装好，要卖上百块。味道也不似我小时候吃的那种味道。如果我回到家乡，谁能给我准备一碗酱豆，我估计会感动到哭。

从这个角度看，我们真的无法从食材来定义美食。有人把高档餐厅的山珍海味当作美食，也有人把平常巷陌的小吃当作美食。小时候，我眼中的美食都在集市上。母亲骑自行车去赶集，我总是哭喊着要去，如果被拒绝，就跟在自行车后边哭边追。问我到集市上干吗？我会很委屈而实诚地回答："吃煎包、肉盒子。"那时煎包大约一毛钱一个，肉盒子两毛钱一个。煎包和肉盒子的馅，用一个粗陶大盆装着，最上面有薄薄一层肉馅，肉馅下面是细碎的红薯粉条和大葱末。买来的煎包或肉盒子大都看不到肉，但不知为什么吃起来都香喷喷的，美味极了。我闹着吃煎包、肉盒子的次数多，但达到目的的时候少，几乎很少能痛痛快快吃个够。

也许是这个原因，每次回老家，到集市上看到有卖煎包的总要买上很多，吃不了打包带回家继续吃。如今的集市上，卖这两种小吃的也少了，即使有，也都是一些上了年纪的师傅在做，再过几年肯定也干不动了。别看这些小吃很简单，但要做出那种地道的风味来也很难。有的老师傅几代人都赶集做煎包或炸肉盒子，和面和调制肉馅都是代代相传的独门绝技，可以说是非物质文化遗产。一旦老师傅去世，后代人又不愿意继承手艺，那种味道便可能像珍稀动物一样灭绝。

我说的这两种小吃是上不得台面的，大酒店里的菜单上也没有，即使有也不地道。它们似乎就根植在集市上，一个简易灶台，一把熊熊燃烧的柴火，肉盒子在平底锅里被煎炸得金黄油亮。赶集的乡里人坐在小马扎上，喊一声："给我来两个！"很快一份美食就递到他面前。刚出锅的肉盒子很烫，等不及冷却到合适温度，乡里人就开吃，吃一口往肉盒子上吹一口气，迟缓一下，又一口咬上去。我坐在旁边吃，看到别人吃得那么香，自己也忍不住咽口水。

我说的乡里人，大都是老人，他们和我一起坐在一个简易破旧的小木桌上吃肉盒子。我能够非常清晰地看到他们脸上的沟壑，在品尝那一份美食时慢慢舒展开。老人把种的菠菜、大葱、黄豆或绿豆拿到集市上，换上十几、二十几元钱，接着豪爽一回，抽出皱巴巴的钱买肉盒子。大口一咬，满口喷香，不仅解馋，也忘了一切忧愁和辛苦。

人生得意，莫过如此。

第四章　闲情逸事

老乡刘敬堂

刘敬堂先生已八十有三，是鄂州德高望重的老作家，也是我的同乡。

最近，我一直想写一写刘敬堂先生。可惜我稚嫩的笔无法描述先生厚重的人生。

几天前，我去拜访刘敬堂先生，告诉他我想出版一本自己的散文集，希望他能帮我作序。在他面前，我非常惭愧。我搜罗自己从上学到现在所有比较满意的文章，才凑出11万字。

如果不是他的鼓励，我可能连这些文字也难以拼凑出来。作为一个和文字打交道的人，有人说我懒，真是有了实锤的证据。

在鄂州，我早已熟知刘敬堂先生的大名。他的文章《春满鄂城》曾发表在《人民日报》，后编入湖北省中学语文课本。先生在鄂州知名度很高，我虽然早闻这位老乡的大名，但想到他傲人的文学成就，总有一种莫名的距离感，不敢主动与他结识。

有一次，我到西山采访，刘敬堂先生正和一个剧组拍电影。别人告诉我走在前面那位高个子的长者是我的老乡——刘敬堂，我竟呆呆地站在那里，不敢上前跟他打招呼。就这样，过了好多年，我虽然作为一位媒体人，经常接触文化界人士，却没有主动和刘敬堂先生联系。

去年某一天，一位老乡带我去见他。走进他家，听说我们是山东人，他非常热情地拉着我的手，和我攀谈起来。好像我们很早就认识一样，完全没有第一次见面的生疏感。

临别的时候，他拿出自己刚出版的一套丛书，在每一本书的空白页上给我签字，并谦逊地称我先生，要我赐教。

后来他还送我一本他新出版的散文集《幽兰若故人》，我从里面节选了几篇文章，配音发在"帅小记"微信公众号上。

他的文字是那样舒展、流畅，读刘敬堂先生的散文让我找到听莫扎特钢琴曲的感觉。"小巷的路面铺着石板，平整、光滑，石板上湿漉漉的。我们拖在身后的影子，好像是从水中捞上来的，也是湿漉漉的，忽近忽远地追随着我们的脚步……"令我叹服的是，先生作为一个山东大汉，竟然将江南的雨巷写得这般细腻、优美。

刘敬堂先生于 20 世纪 60 年代离开家乡，在鄂州生活了将近半个世纪。如今，鄂州已是他的第二故乡，他亦从一个异乡人的视角见证鄂州从一个古老的江南小城发展成为现代化城市的沧桑巨变。

在和先生交谈中，我了解了许多关于鄂州的悠悠往事。20 世纪 60 年代，他初来鄂州时，城里只有一段很短的水泥路，只有一趟公交车，许多街巷都是青石板铺成的。那时候，还有人用一根扁担挑着两只木桶，从江边担水到城里叫卖。

前不久，电视台邀请先生参加一个访谈节目，请他谈谈鄂州的变化。虽然年事已高，行动不便，但他还是欣然接受。

　　刘敬堂先生总是那么谦逊、热情。如今，仍有不少人找他作序、写书评，或修改文章，先生也少有拒绝。

　　刘敬堂先生的夫人也是青岛人，两人就这样在流逝的时光里一路携手走过，把人生最美好的光阴奉献给这座小城。

偷得浮生半日闲

一场雨过后，我家楼下的樱花树叶几乎落尽。我从飘落在地的叶子中拾起两三片放在书桌上。

这样的场景，在去年的这个时候似乎重现过。树叶飘零，我拾起叶片，放在书桌上或夹在书本里。那一枚树叶仿佛岁月寄来的明信片，告诉我时光的易逝和珍贵。

这个季节最容易勾起人们的回忆，感触过往岁月的久远和故人的不在。

前不久，刘敬堂先生从青岛返回鄂州。去看望他时，他告诉我，自己年事已高，计划明年和老伴离开鄂州，在青岛老家定居下来，可能不再回来。

他这么一说，让我吃了一惊。无论是作为他的小老乡，还是作为一名新鄂州人，我对刘老都万分不舍。刘老在鄂州工作生活了半个世纪，是德高望重、令人景仰的文化名人，也是少有的几位让我感觉相见恨晚的人之一。

我总想抽时间多去看望刘老，但平时总被这样那样的事情牵绊。前些日子，我打电话给刘老，说要带他去黄州品尝东坡肉。后来过了很多天，我们才成行。

那是一个晴朗的周日，上午11点多钟，我驾车带着妻子和母亲先来到刘老家里，接刘老和他夫人房老，再去另一个地方接我补课的儿子，才从鄂州出发前往黄州。

　　刘老曾写过一部《苏东坡别传》，他很喜欢苏东坡的诗词，不仅熟知东坡饼和东坡肉的由来，还知道具体做法。当我说要带他到黄州品尝东坡肉时，他很高兴，也很期待。

　　到达黄州大东方饭店，我将车停在不远处，停车场和饭店一路之隔，20米左右的距离，我们却花费了很长时间才走过去。三位老人都已年过八旬，刘老去年不小心摔倒，造成脚踝骨折，虽已痊愈，但走起路来，还须小心翼翼。我母亲常年务农劳累，腰腿疼痛，行动不便。我搀扶着刘老走在前面，母亲和房老手挽手，分别在妻子和儿子的搀扶下走在后面。

　　大东方饭店的东坡肉很有名气，那是我以前参观苏东坡纪念馆时，导游介绍的，我后来品尝过几次，味道确实不错。刘老也称赞那里的东坡肉味道好，肥而不腻，入口即化，他说这是他第一次在黄州品尝东坡肉，在鄂州很难吃到正宗的东坡肉。

　　两位老人平时饭量很小，这次来黄州心情很好，加上饭菜味道可口，都吃得很饱。我们走出饭店已是下午两点多钟，我本想带着大家去巴河岸边看风景，但想到路途较远，便在黄州城区遗爱湖旁找了一处安静的公园休息。

　　天气格外好，在公园里可以仰望万里晴空。太阳已经移到西边，我拿了几把户外折叠椅，放置在公园的草坪上。刘老、房老，还有我的母亲，面向太阳而坐。冬日的阳光是金色的，照在老人们苍老的脸上，洒在他们沟壑般的皱纹里和缕缕白发上。那是一幅让人感觉温暖的画面。

　　刘老说他已经很久没有出门晒太阳了，希望10年之后，还能来这里坐坐，晒晒太阳。听他说完，我心里咯噔了一下。我唯愿老人们都长寿。

母亲这次来鄂州，抱着来看我们最后一次的心情。今年秋天我回老家，母亲已经行动不便了，她那么大年龄，依旧坚持养羊种地，以致劳累过度，腰痛得厉害，不能吃饭，需要我姐姐一勺一勺地喂。在鄂州，调养了一个多月，她身体才有所好转。

刘老和房老虽然都已退休，但也没有停歇。刘老平时笔耕不辍，忙于文学创作；房老被医院返聘，坚持为病人诊治病情，直到近一两年自己身体难以支撑才没有继续上班。刘老患有糖尿病，日渐消瘦，加上年事已高，精力不济，本想好好休息，但慕名来访者不断，他为人实在，对于熟人所求，不好推辞。因此，他每日大部分时间伏在案上，看稿改稿，常常忙碌到很晚。

这几年，两位老人也为家庭琐事以及其他烦心事所扰，让他们很不能安心。房老甚至要靠吃安眠药才能入睡。

每当想起这些，我不由得感慨万千。想起陪老人在黄州晒太阳的时刻，我脑海里突然蹦出一句诗："偷得浮生半日闲。"

我和妻子忙于工作，很难抽出闲暇的时光去晒太阳。儿子周末要补课，对他来说，也难得有半天时间去公园里自由自在地撒个欢儿。

我只是没想到，那段闲暇的时光对老人们来说也是那么珍贵！

珍珠鸟

儿子跟我商量了很多次，想在家里养一只小猫或小狗，但都被我拒绝了。我不喜欢养宠物，觉得自己平时太忙，照顾它们太麻烦，但不知为什么，我却心血来潮给儿子买了两只珍珠鸟。

其实，我还是很喜欢养小动物的。记得我小时候养过一只小斑鸠，那是一只刚长出绒毛的幼鸟，我小心地喂养，幼鸟渐渐长大，长齐了羽毛。有一次，我把它从笼子里拿出来，它从我手中挣脱，飞走了。

我还养过一只野兔。家人把它从野地里捉来时，它还是一只小孩子拳头大小的小兔子，长着灰色的毛，柔柔弱弱的，我把它放在铁笼子里，每天喂它青草。但它很难驯养，我每次给它投食时，它总是在铁笼子里上蹿下跳，想要逃脱束缚，有时候把鼻子都撞出血了。它甚至看到人也会受到惊吓，我只好把笼子移到一个偏僻的位置，每天把青草丢进笼子，匆忙离开。这样它才能在铁笼子里安静下来，慢慢地啃食我从地里割来的青草。没过多久，那只小野兔明显长大，耳朵也越来越长。我每天放学后，都会跑到笼子边看看野兔，并给它喂草。

似乎每一个孩子都喜欢小动物，也喜欢养宠物。古人说人之初，性本善，我觉得确实如此。城里人很喜欢养小猫、小狗，在我们农村，几乎每家每户都有猫和狗，猫用来捉老鼠，狗用来看家护院，算不上宠物。

我小时候还养过野生的小鱼。我把它们养在一个原本装蛋糕的大塑料盒子里面，放在我家的东屋。放学后，我打开屋门，原本安静的一群小鱼，惊慌得乱窜。那种感觉真的很有意思，我也觉得很有成就感。

我养这些小鸟、小兔、小鱼，父母从没阻止过我，他们对于我这些行为几乎是不管不问。等到我做父亲了，对于儿子养宠物的要求，却几乎没有答应过。他要一只小猫，我却给他买了两条金鱼，他要小狗，我给他买了一只小乌龟。这次，我给他买来两只珍珠鸟。

在老城区的十字街，我看到卖鸟的宠物店，在门口徘徊了很久，最终还是走进去，问店里的老爹爹，这鸟怎么卖。原本要买一只小鹦鹉，最后我选择了比鹦鹉小很多的珍珠鸟。我本来想买一只，老爹爹说买一对好养，就捉了一灰、一白两只小鸟，放进铁笼子一起递给了我。小鸟50元一只，笼子20元，一共花费120元。

我把鸟笼子放在汽车后备箱，晚上接儿子放学时，想给他一个惊喜。小鸟在笼子里扑棱翅膀，我怕儿子听到声音，还故意播放歌曲，调大音响。路上，我说："儿子，我送你一件礼物，你猜是什么？"他猜来猜去都没有猜对。

到了小区楼下，我神神秘秘地打开后备箱，让儿子去看，想着他会很惊喜，没想到他满不在乎地说："原来是两只小鸟。"然后在我的催促下，很不情愿地提着笼子上楼。

虽然是两只小鸟，但吃喝拉撒、清理鸟笼，都要人劳神费心。刚开始，我把一次性的塑料水杯剪短，放上小米喂食。小鸟站在杯沿上，很容易掀翻杯子，将小米撒落在鸟笼里。我思来想去，索性拿来两个我喝茶的陶瓷杯，一个用来放小米，一个用来盛水。

没过几天，我就懒得去照顾那两只小鸟了。还好，老母亲住在我家，每天帮忙给小鸟添食、添水。白天把鸟笼放在阳台，晚上怕小鸟受冻，就把鸟笼放在屋内柜子上。小鸟晒太阳，母亲也坐在凳子上晒太阳。看着小鸟，腿脚不好很少出门的老母亲可能也不那么无聊了吧！

儿子最近开始写日记，结果写了两三天，就没再坚持。我问他为什么不写，他说自己在班里"作死"，同学不理会，每天平平淡淡，觉得没什么可写。我说你可以写写家里的小鸟。一番"讨价还价"后，他答应写一写。他伏在书桌上，写出了一首小诗：

小鸟

当你看着鸟笼里的小鸟，
当你正在听它歌唱时，
你有没有想过，
它在唱什么？
它在唱："自由！自由！"
被锁在一个人类口中称为
鸟儿最快乐的地方！
它渴望着"自由"！

我多想，

在未来的某一天早上，

踏着自由的青草，

来到自由的山岗，

打开鸟笼的门……

一缕阳光照射在我的脸上，

我静静地看着它飞走。

它在空中发出了真正的歌唱：

"自由！自由！"

那才是鸟儿最快乐的地方。

因为所有的人都要自由，

哪怕它是一只小鸟！

再见！生灵。

尽情享受你的自由吧！

　　我浏览了一遍，夸奖他写得好，说要给他改改以后发表。结果稿子放在家里几天，我才想起来这件事。我让妻子把内容拍给我看，然后一个字一个字地在电脑上敲出来。我没想到儿子的诗，字里行间都是在为小鸟呼唤"自由"！

　　我为儿子的善良感到欣慰，也觉得自己做了一件错事，我就是用笼子关住鸟儿的人呢！再往深处想，我是不是平时对儿子太束缚，以至于他借鸟儿发出自己的呼声："我要自由！"也许儿子真的长大了！

仙岛湖的春天

曾经有一段时间，我总把仙岛湖和千岛湖混淆。千岛湖在杭州，而仙岛湖在黄石市阳新县。两个地方我都去游玩过，仙岛湖离我所在的城市最近，我去的次数多，对它的印象最深刻。

周末，正值春暖花开，我和朋友驾车带着各自的家人到仙岛湖游玩，从鄂州到仙岛湖也就 1 个多小时的车程。站在山顶亭子上，可以俯瞰仙岛湖风光。朋友是第一次来，他问我仙岛湖有多少座岛，我开玩笑地说："你来数一数。"朋友没有上当，而是打开手机在网上搜索，结果显示仙岛湖有1002 个岛，原名也叫千岛湖。

那天我当导游，带朋友游览了仙岛湖畔的天空之城，中午在一家我熟悉的餐馆请他品尝湖鲜。聊天时，我对朋友说，这家餐馆是一对小夫妻开的，我们当时来仙岛湖时，他们才刚结婚，丈夫像仙岛湖岸的山一样阳刚，妻子像仙岛湖的水一样秀美。如今，他们的孩子都上小学了。我们到仙岛湖喜欢在湖边走一走，看一看，喜欢把车开到山顶的亭子旁，安安静静地观赏仙岛湖美景。

至于第一次来仙岛湖游玩是哪一年，我记不清了。但最近几年，我几乎每年都到仙岛湖游玩，并且大都在春季。

最近，我一直想写一篇关于春天的文章，却久久没有下笔。春天草长莺飞，百花争奇斗艳，从哪里开始描绘呢？春天如一幅画卷铺展在我面前，我要怎样从脑海里搜罗出一个个词汇恰如其分地表述出来呢？在大好春光面前，我觉得自己的文字苍白而无力。

面对秀美的仙岛湖春色，我更加绝望。我有过几次这样的感觉，触目无限美好的风光，却无法用文字去分享。有一次，我站在仙岛湖下游的溪边，溪水两岸涨满了水，水缓缓地流淌，水底菹草的枝蔓像风吹过的田野，随着流水摆动。岸边一排排杨树，叶子刚刚伸展开，都嫩黄嫩黄的。远远望去，疏疏朗朗的枝叶倒映在溪水里，幻化出奇妙的光影。那是多么伟大的艺术家才能勾画出的图景，我被深深吸引，痴痴地凝望许久，那个仙岛湖畔的春天深深地刻在我心里。

前些年，我和妻子、儿子，还有帮我照看幼儿的母亲都曾来过仙岛湖。我们没有进入收费的景区，而是自驾环湖旅行，自由自在地感受仙岛湖的湖光山色。我曾开车到仙岛湖上游，凝望那从远山奔涌而来的溪流，穿过山间，流过村舍，然后缓缓地注入平静的湖水。一场春雨过后，风吹过雾气缭绕的湖面，那湖水宛如揭开面纱的少女。我还曾遇见，湖岸拔地而起的竹笋，湖边游来游去的鱼群。春天，在仙岛湖畔处处是赏心悦目的风景。两岸连绵的青山好像壮实的小伙，将宛如仙女的湖水小心地守护着。有时候，那份情是涓涓细流，流过灌木草丛，无声无息地汇入湖水里；有时候，那份情是飞泻的瀑布，吼叫着飞越乱石山岗，浩浩荡荡投向湖水的怀抱。

我和朋友即将离开仙岛湖时，已是下午 4 点多钟，我们开车沿着盘山公路到山顶的观光平台小坐了一会儿。山上的树木正吐露鲜嫩的新芽细叶，和煦的春风迎面吹来，夹杂着丝丝暖意。聊天的时候，我突然安静下来，竟然睡着了。要不是朋友催促我回城，我真的不愿意离开。我们驾车翻过山脊，仙岛湖落在我们身后，春光正好！

小家伙

今天是小家伙 12 岁生日，我给他订了一个蛋糕。接他放学，回到小区，车还没停稳，他就要下车到广场上找小朋友玩。我把领取蛋糕的凭条塞给他，对他说："我先回家做饭，做好饭我在窗前喊你，你就去小区门旁的面包店取蛋糕。"他答应了一声，下车跑开了。

结果我刚回家没多久，正切菜做饭呢，他就风风火火地跑回家，手里提着我订的蛋糕，在他身后还跟着两个小朋友。开饭前，我帮小家伙把 12 支蜡烛点燃，然后大家一起为他唱生日歌。妻子让他戴上随蛋糕赠送的"小皇冠"，他不戴，让他许愿，他也不听，而是迫不及待地吹灭蜡烛，把蛋糕分给大家吃。

看样子小家伙真的长大了，以前要他做什么，他就做什么，现在我和妻子要他做什么，他偏不做，或勉勉强强地去做。晚上睡觉前，我去帮小家伙找睡衣，结果找来一件衣服，发现太小，小家伙和妻子都笑了。我记得他以前穿着正合适，没想到现在已经穿不下了。

我真不能叫他小家伙了，他已经真正成为一个大孩子了。小家伙是我以前写在日志上的称谓，我把他成长过程中每个阶段的照片都上传到日志，记录他的成长。那时候，他还真是一个不折不扣的小家伙。

小家伙就这样一点点长大。我还记得很久以前的某一天夜晚，妻子怀着小家伙在老家，我独自一人在鄂州的出租屋里，想象着小家伙的样子，写下许多暖心的话。我感觉自己写下的每一个字都带着对小家伙的美好期待。小家伙快 1 岁的时候，第一次来鄂州，那时他还不会说话，看到任何新鲜的东西总是用一根小手指指来指去。

再之后，他和奶奶便成了凤凰广场的常客。我和妻子忙于工作，母亲就用一个简陋的小推车推着他到凤凰广场玩。有时候，我和妻子回家，看到他和奶奶还没回来，就去凤凰广场找他们；有时候，我们刚到楼下，就听到小家伙在楼上惊喜地喊"妈妈"。原来他踩着一个小凳子，攀着卫生间的窗户一直望着我们回家的路，等待了很久。

当时我们住的是一套面积不大的老房子，前后住了 5 年时间。前几天，我无意间翻出那时拍的照片和视频，看到他在房间里伴着音乐跳来跳去，看到他光着小屁股洗澡，看到他咿咿呀呀地学唱歌。虽然那时住得不好，但因为有小家伙，我感觉每天都很幸福。

我记得他刚上幼儿园时，总是很调皮，和小朋友们争玩具。那时，我认为小家伙在幼儿园的三年时光会很长，没想到如今他都已经读小学五年级了。好在我有一部相机，平时带他玩时会有意无意地给他拍几张照片，不然我真会疑惑小家伙是怎样突然长大的！

翻看小家伙的照片，也是我最幸福的时刻，我会忘记一切烦恼，陶醉在过往的美好回忆里。小家伙几个月大时，我把他放在椅子上，想和他合个影，他不耐烦地哭；他一两岁的时候，妻子抱着他走亲戚，他学着大人模样嘴里叼着一支香烟，那样子让人忍俊不禁。这些瞬间都被相机拍了下来，我把照片打印出来，放在我的办公桌上。当我把照片拿给妻子看时，她也会开心地笑起来，感慨地说："好像那时候的小家伙还在眼前一样！"

总盼望着小家伙长大，又不愿他长大，可能这是作为父母最矛盾的心理吧！这个周末，在一连下了很多天春雨后，天放晴了。本来小家伙要补习英语，我对妻子说，向老师请个假，我们带儿子一起爬爬山，欣赏一下大好春光吧。妻子还在犹豫，我对她说，等儿子长大了，你想要他陪你出去玩，他未必愿意去呢！妻子觉得我说得很对。

孩子总要长大，变得越来越独立。就像羽翼丰满的鸟儿，终究要离开庇护它的巢穴，去搏击长空，去追寻自己的幸福啊！

江边

鄂州江边越来越漂亮，我却很少去。

前几天，给儿子买了一辆新自行车，车行老板说，晚上可以到江边骑行，那里的夜景很美。于是在一个傍晚时分，我们一家三口骑着自行车出发了。到达江边一处新扩建的江滩公园，我们把自行车放在草坪旁，妻子坐在草坪上打电话，我和儿子走下台阶，来到江边。宽阔的江面，滚滚的江水，磅礴的气势让人精神为之一振。

近年来，长江禁止捕鱼，生态恢复良好，时不时有小鱼跃出水面。从江滩公园往西望，可以看到江心露出一片沙洲；往东看，可以望见远处的鄂黄长江大桥以及耸立在江水中的观音阁。一艘艘轮船从江心驶过，螺旋桨激起的漩涡形成一层层波浪拍击着堤岸，让原本平静的水面哗哗作响。

时光恍如江水，不知不觉东流而去。曾经，我独自坐在江边，忧郁而又彷徨。那时，我还在江边的小学当实习老师，我喜欢午休时踱步到江边，找一个废弃的码头水泥平台坐下来。当时，江滩公园还没有修建，大堤残破不堪，随便找一个豁口跳下去，就能到江边。"问君能有几多愁，恰似一江春水向东流。"我曾幻想做一个流浪诗人，在靠近江边的地方找一处房子，每天可以望见长江，写无数首诗。现在，我的梦想还在，诗却没有写成一篇。

　　没想到，我会留在这个江畔小城，一住就将近20年。现在回忆过往，总觉得，曾经虽然迷茫、穷困，但好在十分乐观。那一年，萍从家乡坐火车来，就像我第一次南来一样，我是奔着梦想来的，她是奔着我来的。还记得当时我去接她，一大早我们乘坐汽车到黄州汽车站，再步行到赤壁公园。之后，我们又沿着江堤从赤壁公园走到轮渡码头。那条路真的很远很远，萍穿着高跟鞋，走得腿脚酸痛，但依然那么开心地跟着我往前走。站在黄州江边，可以望见鄂州西山上的武昌楼，也可以望见江边轮渡码头停泊的渡船。那时，我们都傻呵呵的，两人携手相伴，不惧未来人生路上的艰难。

　　两三年后，我们结婚，双方父母兄弟来到鄂州。我到黄州火车站接他们，乘坐公交车跨越长江大桥到鄂州。办完婚礼，我们从鄂州江边乘坐轮渡送他们到黄州码头，再从那里转乘公交车到黄州火车站。也许是为我们简陋的生活条件担忧，在江边离别时，我能从父母的眼睛里看出忧愁。但我和萍一直乐呵呵的，送家人在黄州下船，我们坐在江滩的沙地里合影，泥沙被江水从很远的地方冲刷而来，沉积在江边的河床上，是那么细软。

　　再之后，在老家出生的儿子来到鄂州。我们会在闲暇的时候，带他到已经建得非常漂亮的江滩公园，让他看滔滔江水，看来来往往的大船。有时候，我们也会驾车到江对面的黄州，在江水退去的沙滩上，看儿子在沙地上挖出一个个小坑，或者堆出一座座小山。对我来说，江边曾是我漂泊生活的开始，对他来说，却是让他日益熟悉并扎根生长的家园。

　　如今，儿子已经长成可以骑成人自行车的追风少年。夜幕降临，长江岸边亮起多彩的灯光。江边流水依旧，缓缓融入无边夜幕。

我们将自行车推到马路上，继续骑行。

老照片

　　年龄越大，越喜欢回忆过去，越回忆过去，越觉得曾经的记忆模模糊糊。

　　在柜角一个牛皮纸袋里，我发现了一沓老照片。可能是几年前，我把老照片送到照相馆过塑，拿回家就随手丢在柜子里。如果不是在杂物里无意中翻出来，我已经忘了这些老照片的存在。

　　翻看老照片，一个个熟悉的面孔展现在我面前，照片中有我和家人，也有同学和好友。感觉以前人们的生活很有仪式感，在人生的每一个重要阶段，譬如小孩出生、亲友相逢、同学毕业等时刻，都会到照相馆，请人拍一张照片，把友情、亲情小心地珍藏。每一张照片不仅定格了曾经的光影，也记录了流逝在岁月中的故事。

　　老照片里有一张是我外甥袁波的黑白照片，那时候他才几个月大，光着屁股坐在一个搪瓷脸盆里，两只小手紧张地抓住盆沿，一脸呆萌。如今，照片里的小外甥已经 37 岁了。

　　还有一张是我侄女燕燕的照片，那时候她才 2 岁吧，圆圆的小脸，穿着带格子的浅红色小棉袄，系着白色小围兜，坐在床上，两只小手不知道拿着什么玩具。说起来，这是一个有着传奇经历的孩子。大嫂生她的时候早产。二姐正准备复读考大学，母亲让她中断学业，帮忙抚养小侄女。后来，二姐出嫁到远方，还把小侄女的照片带在身边。

在照片的背后，二姐用钢笔写着：燕燕，你现在好吗？我可爱的侄女！原谅姑姑不能和你朝夕相处了，虽然我和你各居一方，可我心里每时每刻都记着你，想起你时，我就拿起你的相片看看。每逢看到你那张天真的小脸，那双机灵的小眼睛，可爱的小嘴，还有那双胖乎乎的小手，我恨不得把你抱在怀里亲个够。我真的好想你，有时想得我泪流满面，饭吃不下，觉睡不好。燕燕，我知道你也很想我，一刻也离不开我，我实在没有办法才离开你。当你想我的时候，就叫声"妈妈"好了，虽然我听不到你的喊声，可我的心里清楚得很……

在五寸照片的背后，写满二姐对燕燕的思念，那字体越写越小，一直写到右下角再也容不下一个字。如今，二姐已有两个儿子，大儿子是武警部队的士官，今年就要结婚。小儿子在读初中，学习成绩名列前茅。侄女燕燕没有读完小学就辍学外出打工，后来结婚生子，如今已有两儿两女。

母亲说，我大哥年轻时，跟着二叔到外地砖窑场打工，因为很想念我，就让家人寄去我的照片。记得我童年时也和大哥合过影，可惜连一张照片也没有保留下来。小学毕业时，我除了拍毕业照，还和几位要好的同学合影留念，如今那些相片也找不到了。我曾把小学同学家里保存的毕业照要了过来，后来也不知道被我遗落到哪里去了，想来真是痛心！

留存下来的照片大多是我初中、高中时拍的，其中大部分是我和同学的合影。那时候的我们，都洋溢着青春的气息，何曾想过如今的两鬓斑白！相聚又离散，当我拿着老照片再一次看清他们的样子，才发现彼此都消失在茫茫人海，消失在渐渐被岁月涂抹掉的记忆里。

青山处处留深情

这段时间，是我最放松的时候，品着糯米香的普洱茶，看看书，写写字，或者回忆过往，在电脑前敲出一些文字。我对朋友说，要在工作上做减法，生活上做加法，他也很赞同。这并不是所谓的"躺平"，更不是看破红尘，去做一个不食人间烟火的人。

曾经有一段时光，我也是这样度过的。那时候，我还是一个穷小子，周末和老婆一起爬山。我很喜欢爬山，在我生活的城市，四周大大小小的山都留下了我的脚印。爬山留给我许多美好的回忆，翻看以前写下的日志，竟然大部分篇章都在写这种闲适的生活。在郊外青山绿水间穿梭，我写下《跟我走小路》；沿着弯弯的青石小路爬东方山，听山泉瀑布从身旁流过，泠泠作响，我写下《春泉》；结婚后的第一天带着家人去爬城南的葛山，我写下《青山处处留真情》。时间久了，真情也变成深情了。我以前写文章大都以日志的形式呈现，因此很多文章都标注着准确的时间和日期。带家人爬葛山是在2010年元月3日，那一天，亲友们刚参加完我的婚礼，就闹着要回老家。来一趟鄂州不容易，其实他们也想看看这座城市，看看这里的风光，但又怕麻烦我。我在原来的文章中说，我是连哄带骗才把他们带去的，但我已经不记得我说过哪些话，怎样哄骗他们了。

估计我们是乘坐 8 路公交车过去，天气晴朗，大家兴致很高。在山脚下的一座寺庙里，我们好奇地看僧侣做法事。爬到半山腰，我们短暂地休息，大哥拿出 100 元钱，给我 7 岁的侄儿，然后又趁他不注意抢回来，故意逗他玩。那时候，我的母亲已将近古稀之年，在山下寺庙拜完神后，又非常精神地跟我们一起登上山顶的道观祈福。那天恰好葛山举办葛洪观大殿落成典礼。山上的人很多，敲锣打鼓非常热闹。在山上，我们还一起吃了道观提供的免费素食。下山了，母亲乐呵呵地走在前面。我们走到后山的竹林，在一个即将干涸的小水坑里捉鱼虾，在山下的小路上燃放小鞭炮。那种一家人其乐融融的感觉真让人回味。

婚后，我和妻子到咸宁度假，曾爬过通山县旁边的一座小山。那是一座无名小山，我们透过宾馆的窗户，望见山顶矗立着古塔，就好奇想去爬。我沿着蜿蜒的小路爬山，在半山腰看到农人开辟的菜地，山上还有残雪，小油菜却绿得可爱。山上密林处，鸟儿的叫声在山间回荡。山顶的寺庙是低矮的瓦房，里面打扫得非常干净，檀香缭绕，空气中透着肃穆和庄重。神龛前，摆放着翻读过的经书，但未见修行的寺僧。站在山上眺望城市、河流，眺望更远的天际，人变得豁达，疲惫的灵魂也变得释然。小山无名，我给它取名"快乐"，心中从此有一座名叫"快乐"的小山。

一晃十四五年过去，其间，我爬过许多名山，却很难感受到小山曾经带给我的快乐。母亲已经年迈，再也爬不动山，亲友分居各处，再难有机会聚在一起，同去爬一座小山。而我也难以抽出闲暇的时间，去走山间的小路，去爬一座不知名字的小山。

喝一口退去温度的茶，从泛黄的纸张上品读过往的文字，幸福留在唇齿间，也在我翻过书页的一刹那。

小鸽子

回小区时，儿子从车上跳下来，突然问我："我们家的小鸽子还会飞回来吗？"他这么一问，我也想起了小鸽子。

小鸽子能活下来简直是奇迹。一天晚上，我接到朋友的电话，他说自己在湖边散步，听到路旁垃圾桶里有声响，走近看到一个黑色塑料袋，里面好像有什么东西在动。朋友说得不紧不慢，当时我正躺在床上，听得头皮发麻。他接着说，打开黑色塑料袋，发现里面装着一只小鸽子，翅膀被绳子紧紧捆着。

我们无法想象小鸽子遭遇了什么，是谁那么狠心，那样对待它，这分明是要置小鸽子于死地。朋友是一个善良的人，很喜欢小动物，但他比较忙，希望我能照顾小鸽子。

第二天一早，他就把小鸽子送到我家楼下。把小鸽子养在哪里呢？我很发愁。我也喜欢小动物，但我不擅长照顾它们。记得儿子刚来鄂州时，我曾给他买过一只小鸡。他在房间里追着小鸡跑，嘴里唤着"鸡、鸡"想跟它玩，小鸡吓得惊叫着到处躲。幸亏，母亲帮忙养着小鸡，等母亲离开时，顺便也把小鸡带回了老家。去年我给儿子买了两只珍珠鸟，没养多久两只小鸟都死了。我索性把鸟笼子也丢进垃圾桶。

妻子说，要是鸟笼没有丢掉就好了，可以把鸽子放进笼子里养着。最终，我决定将小鸽子安置在我家的车库。我把小鸽子放在地上，它凌乱的翅膀抖动着，非常惊恐地看着我，嘴里发出"叽叽"的叫声，那声音屡弱而无助，让人心生怜悯。我从家里拿来半袋小米，装进一个塑料盒子里，并另装了一小盒水。刚开始，小鸽子没有去吃盒子里的小米，反而啄食散落在地上的米粒。我一次又一次地将米粒送到它面前，它才开始吃，那急切的样子显然是饿坏了。

过了两天，小鸽子把小米吃光了，也渐渐恢复了精神，羽毛不再凌乱，并且可以飞到车库堆放的纸箱子上。我又接着给它喂食高粱米。我甚至上网搜索养鸽子的方法。听说鸽子每次不能喂太饱，不然会生病。儿子总嫌我给鸽子的食物太少，趁我不注意往喂鸽子的盒子里添满高粱米。

有一天，我和儿子回家，打开车库发现鸽子不见了。我给朋友发信息说，鸽子飞走了。其实我心里没有底，我不知道它是飞走了，还是被小猫或黄鼠狼叼走了。

第二天，我接儿子放学回家，打开车库门，儿子惊喜地说："快看，我们家的小鸽子！"那只小鸽子正从车库对面的灌木丛里飞出来，径直飞进了车库。儿子高兴地给小鸽子喂食、喂水。真不知道，小鸽子是在哪里过夜的。

今年春天，我在家里读完《彩虹鸽》，才知道鸽子在天空飞翔，也有被猛禽捕食的危险。前不久，我读老舍先生的两篇写小动物的散文，说是写小动物，但通篇都在写鸽子，原来养鸽子有那么多讲究。鸽子有很多品种，有的还非常名贵，但我养的鸽子很普通，它的羽毛是灰色的，并不漂亮。

和小鸽子相处久了，我们越来越喜欢它了。我本想着等它恢复健康，就把它放飞。后来我又觉得把它养在车库也不错，我们外出游玩，也可以带上小鸽子。然而几天后，小鸽子又失踪了，并且一两天都没有飞回来。正当我们以为它不会再回来时，一天中午，我们回家，发现小鸽子正在车库门口等我们呢！小鸽子更加精神了，我们唤它吃食，它的翅膀抖动着。我想摸一下它的羽毛，结果刚一靠近，它的翅膀"啪"的一下就打到了我的手上。

也许，它把车库当成了家，再也不会飞走了吧。但我们全家外出游玩时，该如何照顾它呢？一天早上，我和儿子打开车库门，给小鸽子喂食时，它望了一下我们，然后突然腾空飞起来，飞翔的姿态矫健而有力。它应该是可以搏击长空了，但它又不是一下子飞向天空，远远地飞走，而是落在不远处小区的屋顶，远远地望着我们，好像要跟我们告别，又舍不得我们似的。

小鸽子，你还好吗？

缘

这几天我非常苦恼，不写作的时候，为自己的平庸苦恼，写作的时候，又为写什么题目和内容苦恼。写一写卖货郎吧，我把题目写出来，却停下来。对于家乡，我觉得自己有写不完的东西，卖货郎曾经出现在我的童年，带给我惊喜，我甚至还能回忆起他吆喝的声音。但他什么时候来过，什么时候消失，长什么样子，我都忘记了。

写作的题材也不是经历了某一件事，去过哪些地方就能找到。我去过很多地方，却很少写游记。大多时候，去过哪个地方，走走看看，离开之后，就忘记了。只有很少的地方让我念念不忘。所以，我觉得写作也需要缘分。没有缘分，就无从下笔，有了缘分，才有滔滔不绝的话语。

前几天，戴社长给我分享他的读书心得，说"缘起，是因为在人群中看到你；缘灭，是因为看到你在人群中"，我颇有感触。缘分其实是一个很有意思的事情。前几天，我去修水宁红茶产业园参观，负责人非常好奇地问我是如何慕名而来的。他不知道我与修水宁红茶结缘的故事。修水县在江西西北部，没有知名的景点，交通位置也不是很优越。记得第一次到修水，是在一个国庆假期。那时我刚买了一辆小轿车，自驾出行第一站就是修水。晚上，我们全家在一个县城商场闲逛，正好遇到宁红茶在商场展销。展台前一个女孩递来茶水让我品尝，并热情地向我介绍宁红茶，我加了她的微信。后来我才知道，女孩名叫张纤，和我同姓。这就是缘分。

再次到修水，已是 2024 年，宁红茶的员工桂梦雨接待了我和妻子。她的名字很有诗意，人不仅长得漂亮，也很朴实善良。她很谦逊地让我称她小桂，热情地接待我们吃饭、住宿。晚上，她还带我们游览了改造一新的宁州古城商业街。故地重游，修水更加繁华热闹。路上，桂梦雨指着一处商场说，这可能是你们第一次来逛的地方，她从我告诉她的细节推断出，我当年遇到宁红茶的地方就是现在的联盛购物广场。妻子感慨地说，有时候，是应该写写文章，不然很多往事都忘记了。

次日，正好是周六，小桂又带我们游览了黄庭坚纪念馆和故居。我本不愿意打扰她休息，但也不好拒绝。黄庭坚纪念馆正在改造，我们短暂游览后，便去了双井村，那里是黄庭坚成长、读书的地方。天气格外好，阳光普照，天清气朗，冬日也变得暖洋洋的。临近春节，双井村进士园的牌坊前，当地书法家和双井小学的孩子们一起写春联、迎新春。江西电视台的美女主持人正在现场录制节目。我心情格外好，看到一位戴眼镜的小女孩把写好的对联铺展在地上，突然想拍一张照片。妻子和小桂各举一副对联，上联"金龙报春春风暖"，下联"铁手造福福气浓"，小女孩站在两人中间，举起横批，名曰"喜气生辉"。我按下快门，定格一个美好的瞬间。

小女孩名叫黄嘉琪，是双井小学六年级的学生，和我儿子同岁。我们询问黄庭坚的墓地在哪里，她思考了一下，指了指方向，又怕我们找不到，索性给我们带路。回忆起第一次到双井村时，儿子才刚进幼儿园，如今已读初一。

黄庭坚号山谷道人，墓地名为山谷园。在黄庭坚墓前，我突然大发感慨，对黄嘉琪说，我还去过杜甫的墓，在湖南平江县的一个小村庄，我还邂逅过白居易的墓，在龙门石窟对面的一个山岗上。在用了一系列的排比句之后，我激动地说他们都是很伟大的人。我问黄嘉琪："你知道黄庭坚的诗词吗？"她迟疑了一下，说双井小学每天都播放黄庭坚的诗词。她会背诵《牧童诗》，"多少长安名利客……"她刚脱口而出上一句，我便接了下一句："机关用尽不如君。"我称赞了黄嘉琪几句，妻子留下了她妈妈的联系方式。我们有缘结识，也希望将来因缘再见。

告别黄嘉琪，小桂带我和妻子在双井村吃饭。饭庄以"云腴"命名，取自黄庭坚诗句"我家江南摘云腴，落磑霏霏雪不如"。黄庭坚爱茶，把家乡上好的茶送给恩师苏轼，并作《双井茶送子瞻》一诗。饭前，小桂给我们泡了宁红茶。饮宁红茶，品山谷诗，好不畅快！此情此景，都因缘而来，因缘而起。因为黄庭坚，我来修水，品尝宁红茶，认识张纤，后来张纤介绍我认识桂梦雨，所有的机缘都是那么巧合。我之前多次在微信上给小桂说，要到修水来，但都没有成行。前一周本要来，小桂休假。我如果早来一天，或晚来一天，可能都不会遇到她。

小桂说，张纤后来离职，嫁到外地，如今生了三胞胎。虽然我已经忘记张纤的样子，但我从内心里祝福她。结缘也不仅仅是时间、地域上的巧合，更多的是内心的契合。善良的人必然会遇到善良的人，朴实的人必然也会结识朴实的人。有才华的人和有才华的人一见如故，惺惺相惜，如同苏东坡和黄山谷。

缘分并不是天注定，而是能量的聚集。有缘，不在人群也会遇见，无缘，身在人群也会擦肩而过。

长沙的雪

从鄂州出发到长沙，心里一直想着要写点什么，却不知道如何落笔。对我来说，写作是一件很奇怪的事情，自己想写的时候，往往写不出一个字；有时候没有刻意去写，又洋洋洒洒写出许多内容。

有人说，写文章要有感而发，如果写的文章都不能感动自己，又如何打动读者呢？但在这个浮躁的社会，又有多少人在忙忙碌碌中，愿意细心感受生活的美好呢？在熙熙攘攘的人群中又有多少事物能够打动自己，写出深有感触的故事呢？我认为，没有素材写作，可以到处走走，去一些自己想去的地方，在行走中寻找灵感，书写自己的篇章。但大多数情况下，我去了，又回来，感觉只是一次让自己疲惫不堪的旅行而已。

这次去长沙，在繁华的街区，在湘江风光带，我们走了3万多步，回来感觉非常累。想写点文章，没有思绪，也打不起精神。但我又不甘心，就连午睡做梦都在构思文章。夜里，当喧闹的世界安静下来，我终于可以坐在电脑前梳理一下思绪，写写自己的感触，写写这次在长沙邂逅的雪。

这是第三次去长沙。第一次是我刚买小车不久，和朋友一起自驾去长沙玩。当时我和妻子带着儿子，还有我的母亲。那时候，儿子才两三岁，我们带他到游乐场玩，后来还去爬岳麓山。第二次是在儿子上小学的时候，我们先去游览岳阳楼，在长沙住宿一晚，第二天去韶山参观毛主席故居。这次去长沙也是临时起意。儿子读了初中，虽然放假，但还要补课，没办法和我们一起去。我和妻子只好将儿子交给他外公外婆照顾。妻子整天忙于工作，空闲时也总想着陪陪儿子，劝她出门游玩是不行的。因此，我们这次外出是带着工作任务去的，也注定要匆匆忙忙。

鄂州火车站有直达长沙的高铁，车程只有 2 个小时左右。天气预报说南方有降温雨雪天气，鄂州气温很低，但没有降雪。动车一路向南行驶，偌大的车厢只有寥寥几名乘客。如果在古代，从鄂州到长沙，估计要在长江码头坐船，然后逆江而上入洞庭湖，再从洞庭湖入湘江，前后不知要多少天时间。而我们乘坐高铁，仅仅闭眼小憩的工夫动车就到了长沙南站。在车站转乘地铁，花 2 元钱就可以到长沙最繁华的市中心。从地铁口出来，看见长沙的街头到处是积雪，我们很吃惊。原来前一天晚上，长沙降了一场大雪。据说是 2008 年以来最大的一场雪。那一天，长沙街头的游客非常多，在店里吃碗米粉都要排队，在网上订酒店价格都比平时高出许多。打车时，司机师傅给我透露了谜底。原来在得知长沙下了一场大雪后，很多广州、深圳的游客专程赶来赏雪。从广州、深圳乘坐高铁到长沙也就两三个小时，正好学生放假，许多家庭拖家带口前来。南方很少下雪，难得观赏到这样一场大雪，肯定无比兴奋吧。司机师傅说，有的游客甚至早上 5 点就起床，打车到岳麓山观赏雪景。

对于生长在北方的我和妻子来说，大雪都是我们从小到大看惯了的，但这些年离开家乡，便很少见过大雪了。我并非刻意来看雪，但也为遇见这样的雪景而喜悦，更何况我是第一次到长沙观雪。在湘江岸边，我和妻子难得"偷得浮生半日闲"，迈着闲散的步子走一走。我们看到，在灌木丛上、在粗大的樟树树干上、在杜甫江阁的屋檐上，都有厚厚的积雪。有时候，我们走着走着，会停下来，抓一把厚厚的积雪，用手团成雪球；有时候，我们穿过高大的樟树林，妻子会指着被"染"成白色的树干说："你看，多美！"在杜甫江阁，漂亮的女孩穿着汉服，在雪景前拍照。杜甫在长沙所作诗文被镌刻在石碑上，有一首诗就是写长沙的雪。诗云："北雪犯长沙，胡云冷万家。随风且间叶，带雨不成花。"雪都是一样的雪，不同时代的人，感触是不一样的。杜甫眼中的长沙雪带着悲凉。

在杜甫江阁，还可以望见对岸的岳麓山。那天天气晴朗，傍晚，天空连一丝云的影子也没有。夕阳西下，很多人站在湘江边，拍对岸的岳麓山。山上稀疏的树丛间，可以望见皑皑白雪。我还记得第一次到长沙爬岳麓山时，妻子不知怎么惹儿子生气了，儿子伤心地哭，她却抱着流泪的儿子，自个开心得不得了。我正好拍下了这张照片。下山时，我和儿子顺着山势一路奔跑追逐，他的笑声好似陈年的酒，醉人醉心。

我俩旅行，和带着儿子一起旅行，感觉确实不一样。第二天，我们去橘子洲游览时，妻子说，等抽出时间，专门带儿子来看看。

烤火

吃完年夜饭，在大哥家门口点一堆柴火，一家人围着烤火曾是每年春节的"保留节目"。

侄女小燕一只手放在嘴巴下面，头左右晃动，模仿表演新疆舞蹈，把大家逗得哈哈大笑。小侄儿张赢本想睡觉，听说要烤火一下子来了精神，他拿着一根玉米秆靠近火堆，小脸被烤得红彤彤的。二哥从火堆这边跳到另一边，开心得像个小孩子。大哥则从家里拿来烟花，在他家平顶房上燃放让大家观赏。

我不记得这是哪一年的事情了，当时的情形一定深深地感动了我。我举起相机，拍了几张照片。每每翻出照片都觉得那个冬天是温暖的。

在老家，一到冬天，人们闲来无事，很喜欢在街上烤火。从谁家的外墙抱来几捆玉米秆把火引燃，再抬来一个木头疙瘩，或一个大树桩，干这些事的往往是我们小孩子。把火点燃，我们又都跑远玩去了，只留下大人们围着火堆，边烤火边闲聊。不聊天就把火熄灭，第二天再点燃接着烤火聊天，一堆柴能烤上好几天。那时候，农村的柴很多，人们把玉米、棉花等农作物的秸秆，统统拉到村里，院子里堆不下就放在墙外或大街两旁，平时用来生火做饭。只要大人提议烤火，小孩子们很快就能找来一大堆柴火。当然有时候烧的柴火太多，被别人发现了，挨骂的也都是小孩子。

以前，人们过年走亲戚或步行或骑自行车，有亲戚到我家里来，我母亲总是先问候一声："烤烤火吧！"亲戚会客气地说："别烤了！"等亲戚坐到屋里，我母亲把柴火抱进来，小心地点燃。当火苗升腾起来，亲戚伸开双手，将冻僵的手掌靠近火焰，边烤火边相互问候。

以前，我和妻子回老家过年经常乘坐夜间的火车，凌晨两三点钟到商丘南站，再转汽车到离家最近的小镇，下车往往已是凌晨四五点钟。大哥骑着摩托车将我们接回家，冬夜的寒风吹在脸上像刀割。回到家，父母赶忙在院子里点燃一堆火。大哥、大嫂围拢来，二哥、二嫂也来了，小侄儿听说我们来，也早早起床。我们一家人围着火，兴奋地聊天。熊熊的火焰把黑夜照亮，让我看清久违的亲人的脸，我完全没有了旅途的困倦。

回家过年，过完年依依不舍地离开家乡，然后等下一个春节返回家乡，再次别离。这些年来，我一直重复着这样的过程。每年春节，我们都会起很早给村里老人拜年，我跟在哥哥嫂子身后，心里想着，时间过得太快，去年拜年和今天拜年好像没隔多少日子。有时，前往去年拜过年的人家，大哥本要进门却突然止步，原来那一家的老人已经去世，不用拜年了。

2021年春节，我没有回家过年，今年到了除夕前一天，我才驾车回老家过年。在老家待了七八天又急匆匆返回鄂州，理由是老家天气太冷。

本以为鄂州会春暖花开，没想到回来第一天就遇到连日的雨雪天气，我不小心感冒了。房间里开空调让人感到憋闷，不开空调又感到非常寒冷。一个人独坐，我想起家乡，想起寒夜在院子里燃起的那堆火。

今年春节，我提议烤火，父亲弄来一个破铁锅，下面用砖头固定，放进干草，引燃后将几根木头放在上面。火燃烧得很旺，在零下四五度的冬夜，我和父母、妻子还有儿子一起围坐在火堆前烤火，手和脸都被烘烤得红扑扑的。我还突发奇想用筷子把干面包穿起来，靠近火堆烤，那香甜的味道至今让人回味。春节那天，村里有人来给母亲拜年，大家也很愿意坐在我家的火堆旁烤烤火，说上一会儿话。

我常常想，在每一个寒冷的冬夜，在每一个大雪纷飞的日子里，在屋里点燃一堆火或生一个火炉，读一本书，喝一杯茶，那该是多么幸福的事啊！如果再有一两个好友相伴，围炉夜话，谈古论今，畅谈人生，岂不快哉！

当整理完零零散散的思绪后，我才发现原来一堆火竟能勾起那么多回忆。前两天我给母亲打电话，她说我们走后，大哥、大嫂，二哥、二嫂陆续外出打工，如今家乡的天气依旧很冷，家里厨房的水缸都结冰了。我也不知道何时再回家乡。

这个冬天即将结束，我只能期待下一个冬天，下一个春节到来，我们一家人将会一边烤火，一边跳舞唱歌。我想拖着肥胖的身子从火堆的一边跳到另一边，也开心得像个孩子。

母亲的拐杖

儿子长大，就开始不听话，有些叛逆。晚上，妻子被儿子气得早早上床睡觉，深夜里突然推醒我，让我看看儿子盖好被子没有。我如果不去，她就担心儿子着凉，睡不好觉。似乎天下所有的母爱都是这般伟大。

朋友写母亲的文章，写好让我帮忙修改，我读着读着就泪流满面。我读过许多篇写母亲的文章，不管作者文笔如何，几乎每一篇文章都让人感动。有人说，父母是佛，是我们儿女的菩萨。我很有感触，也只有父母会真正护佑我们，毫无私心地爱护我们，又不期望任何回报。这段时间，特别是从老家过年回来之后，我很想写一写自己的母亲。她抚育我们兄弟姊妹六个。以前，我从没想过抚育六个儿女有多难，等我有了儿子，夫妻两人整天围着儿子忙来忙去的时候，才渐渐明白母亲的辛劳。

母亲是一个非常要强的人，除了种地，还养猪、牛、羊。小时候，母亲夜里会在屋里用老纺车纺棉花。母亲一手摇着纺车，另一只手扯着棉花条，一拉一扯中，细细的棉线就缠绕在木棒上，越缠越粗。我特别盼望母亲能够放下手中的活，哄我入睡。我一遍又一遍地催促，她总在那里纺呀纺，等她纺好一大坨棉线，我也睡着了。到了收获的季节，她更是睡得很晚，起得特别早。我睡醒了，常常看不到母亲，天刚蒙蒙亮她就下地劳动。秋天村外的树林落满枯叶，那段时间，她常常凌晨起床，拿着一把大竹扫帚，把叶子扫成堆，然后和父亲一起用袋子包好，用板车拉回家。他们干完活回家，往往天还不亮。收集的树叶堆放起来，在冬天作为羊群的草料。

母亲读过书，初中毕业还考入中等师范，由于时代的原因没有读完就回到农村。在她的心里，一直希望自己的儿女中有人能读好书，考入大学。尽管家里不富裕，但她一直鼓励我们读书。母亲挨过饿，田地收获的麦子她都存放起来，不轻易卖出去。如果我们上学需要学费，无论麦子贵贱，她都要把麦子卖掉给我们交学费。我读高中时，父母都60多岁了，别人劝我不要读书了，出去打工减轻一下父母的负担。父亲动摇了，也劝我出去打工挣钱。只有母亲坚持要我读书上学。她说将来我毕业上班，一个月可以领到两三千元的工资。那时候，一个月两三千元工资对我来说简直不敢想象。我自己都不相信，母亲却很坚信。

我在外读书，每学期学费大约5000元吧，每到假期结束，母亲就把大哥叫来，让他帮忙装麦子，然后开大拖拉机运到乡镇粮食收购点去卖。那时麦子大约每斤1元，一车麦子四五千斤，把车斗子装得又高又满。我爬上车斗，坐在一大堆麦子上，穿过村庄，来到镇上。村里和我一般年纪的青年大都在外打工挣钱，娶了媳妇，我还要靠父母卖麦子的钱生活。去镇上卖麦子是我人生中最尴尬、最难受的一段经历。

儿子一岁时，母亲来鄂州帮我照看孩子。有五年时间，我们住在破旧的楼房里。她用小推车推着我儿子到广场玩，我们下班回家，看不见他们就到凤凰广场去找。儿子读幼儿园，她每天帮忙接送。儿子读一年级时，她腿疼得厉害。有一次，她步行去接我儿子，被水泥桩绊倒，痛得爬不起来，也没人敢上前搀扶。之后，我就没有让她接送孩子。那时候，我们买了新房，还买了车，我让她和我们一起住，享几天福。她却执意回老家种田、养羊。

母亲的节俭，让我和她发生过几次矛盾。比如，我们切土豆一般用削皮刀把土豆皮削掉，但她总是用竹筷刮掉土豆外面薄薄的一层皮。儿子也受母亲的影响，他吃饭往往连一个米粒都不剩，贵的衣服和鞋子也不要，非要买便宜的穿。出去吃饭或购物，儿子总会问价格，如果他觉得贵了，就会说："爸爸咱们不要了吧！"看我办公室里买了许多小摆件，儿子会说："别乱花钱买东西了！"我有时候和妻子开玩笑，不知道老母亲给我们的儿子上了多少堂课，让儿子养成节约的习惯。老母亲不在我们身边，会让我们的孩子监督我们，不要乱花钱。

去年，我把母亲接到鄂州小住一段时间。她行走不便，不能爬楼梯，大部分时间待在屋里。春节前，我们一家去景德镇玩，在一个景区我让她品茶，她感动得用茶敬天敬地，觉得自己享福了。后来，我们去九华山拜佛，本来我要用轮椅推着她，她坚决不让，也不要拐杖。自己坚持爬上走下进了10座寺庙烧香拜佛。

今年我回家，发现母亲已经离不开拐杖了，她把我给她买的拐杖珍藏着，出门见亲戚朋友才使用。她平时就挂着一根木棍，木棍被她密密麻麻地缠绕着布条，最上端还系着一个红色中国结。母亲说，现在腿脚不灵便，从我家到前院大哥家一两百米的距离，她拄着拐杖走都很费劲。她和父亲都80多岁了，还在种地养羊。我劝她过完年把羊卖了，她答应得好好的，结果过完年，母羊生了三只小羊，她又好好地照顾起小羊来。我们过完年离开时，她总是流泪。我劝她到鄂州住一段时间，她又不肯来。一是她担心自己身体弱，长时间坐车吃不消，二是她担心自己不在家，父亲照看不好小羊羔。

回到鄂州后，我又开始了一年的忙碌，不知道什么时候才能再回老家，去看望老母亲。如果说母亲是现世佛，对我们做儿女的来说，守好孝道也是一种修行。

第五章　旅行游记

一个人的庐山

春天里的某一个周末，我沉沉地昏睡到午后，醒来突然想去爬一爬庐山。于是，我急急忙忙起床收拾，背上行囊，出发。

我从鄂州坐上火车，一个多小时到庐山站，转乘一辆小面包车，奔向庐山石门涧。一路上，我的心情很平静，没有那种出发旅行的兴奋，想想，去庐山做什么呢？也只能爬山而已。

去石门涧路上，司机师傅说庐山很美，然后陶醉地背诵"横看成岭侧成峰，远近高低各不同。不识庐山真面目，只缘身在此山中"以及"飞流直下三千尺，疑是银河落九天"的诗句。他吐字很生硬，让人听了直摇头。

到了登山入口处，太阳已挂在西边半山腰，很多爬上山的人正陆陆续续下山。抬头远望，那山就在不远处，一座接一座的山峰望不到尽头。我不知道天黑前还能不能爬上山。

但又有什么好怕的呢？拿着手电筒，夜里沿着山路摸索前行不也很刺激吗？

阳春三月，万物复苏。庐山上草木泛青，花朵绽放。和其他山相比，庐山的山峰太过陡峭，以至于那些生命力很强的植被用了千万年的工夫都不能完全覆盖，山顶岩石依然露出原始的样子。

从石门涧拾级而上，一路上景点很多，我很想像写游记一样对它们一一描述，但在一切鬼斧神工的自然美景前，人类的语言显得那么苍白，绞尽脑汁，也不能详细表达。何必费那个脑筋呢！一路攀登，寄情山水，忘却所有的烦恼不是更好吗？

一道瀑布挂在山崖，四周水流哗哗作响，仔细观察，才发现那涓涓溪流已流到自己的脚下。

在靠近瀑布的一个亭子里，几名游客正在拍照。我也停住脚步，让他们帮我拍。后来一起上山，交谈中才知道他们是山东青岛人。因为都是山东人嘛，我们很快熟识。

"我姓房。"老房自我介绍。

"哦，房祖名的房吧？"我反问他。

老房称是。

老房和我同龄，在所有人中最热情。我们一路聊天说笑，导游老陈斜挎着包沉默地走在前头。

到了他们停车的位置，我索性跟着他们一起乘车来到牯岭镇。牯岭镇在山上，街道两边有很多店铺，游客很多，很热闹。

老陈说牯岭镇常住人口有两万多，算得上一个很有规模的城镇了。爬山的时候，我觉得庐山清静犹如仙境，没有想到山顶竟然还是俗世人间。

我们在同一个旅店定了房间，一起找餐馆吃饭。老陈提着一箱青岛啤酒走在前头，想为大家找一家特色餐馆。后来还真找到了，菜都是当地有特色的，味道鲜美。啤酒是老房他们自带的，真正的青岛啤酒。

边喝边聊，很是痛快。他们说，游览完庐山，还要去婺源、黄山、南京……我很羡慕老房他们能够在这个美好的春天，放下一切工作，和朋友开始一场旅行。吃完饭，天色已晚。

夜里的牯岭镇，风很凉。老房喝了很多酒，但好像意犹未尽，非拉上我和老陈再找个地方喝。

我不想去，老房拉着我说："兄弟，陪我喝点吧，我心里不痛快！

"你知道我为什么要喝酒吗？我老婆出轨，让我逮着了，现在要跟我离婚，可怜孩子才一岁七个月。我心里难受啊！"

老房都把话说到这份上，谁都不好拒绝。在老陈的带领下，我们来到一个烧烤店继续喝酒。

我确实吃饱喝足了，只能看着老房一杯接一杯地喝，然后听他唠叨对老婆如何好，老婆如何背后给他戴绿帽子云云。

听他不停地说，我心里也难受起来，觉得这个兄弟确实委屈、凄惨。我想劝劝他，但对于这种事，真不知道该如何开口。

喝完酒，已是凌晨 2 点。

第二天醒来，太阳已跃上山顶。我匆匆忙忙起床，走出旅店和老房的朋友打个招呼，就离开了。

我拿着一份庐山地图，沿着山间小路走，经过庐山之恋电影院、庐山会议纪念馆、三宝树、龙首崖等景点。然后在当地人的指引下，选择一条乱石铺成的小路下山。

那条下山的路好长啊！好不容易走到山下，我的两条腿已经痛得迈不动了。

回头看看那些山，依旧巍然挺立，好像什么都没有发生过一样。就这样默然告别吧，毕竟一个人的庐山，有些烦乱，亦有些孤单。

夜遇古镇

去诸暨路上，路过一个叫龙门古镇的景区。我听说过龙门客栈、龙门石窟，第一次在这个江南水乡遇到叫龙门的古镇。我好奇地停下车想去景区看看。到景区售票处时，售票员和导游都要下班了。没有多少游客，我们独享免费的导游服务。

古镇的小巷很窄，像是走迷宫，如果不是导游带路，我恐怕会迷失方向。已近傍晚，女导游要给孩子过生日，带我们匆匆忙忙看完几处老房子后就离开了。

我似乎对很多古老的东西情有独钟，看过很多老房子，望着古村落青石板路也能发呆许久，我甚至亲吻过古老的精美木雕，抱着直立几百年的廊柱久久不愿松手。龙门古镇的老房子大都是明清建筑，那直立几百年的廊柱，裂纹是那么深，一个个小小的虫眼密密麻麻，它们却不曾倒下。它们见证了江南的风雨，见证了多少代人的喜怒哀乐。它们不发一言，却诉说着过往。

每一块木头，每一棵老树，都是这个世间了不起的存在，它们支撑了我们的历史，诉说着我们民族的不屈和伟大。

据说，小镇居民大部分是孙权的后人。这个古镇，历史上也出过高官，有一位孙姓人在明朝时为郑和主持建造下西洋的巨船。在景区的展示厅，还有缩小版的古船模型。这位给郑和建造船只的明朝工部官员，据说最后积劳成疾去世。不知道他去世时是否已经知道郑和下西洋的结局。

几百年过去，他居住过的房屋门楼还在那里，门头上的石雕虽然有着风雨侵蚀的痕迹，但依旧生动而威严。导游可能无数次陈述这个人的生平事迹，换来很多人短暂的仰慕，然后很多人和我一样不会记住他的名字。回味历史，无论有多么显赫的战功和名望，最终也会沉寂在这江南小镇的人间烟火里。

夜幕降临，一盏盏红灯笼在古镇的小巷亮起来，使那斑驳的老墙、古老的鹅卵石铺就的小径也有了生气。望着幽深的小巷，我竟然莫名感动。小巷里的炸面筋很好吃，里面包裹着美味的馅。油炸的香味在小巷弥漫，让我想起家乡过年前做馒头、蒸花糕、炸丸子的情形。无论黄河沿岸的平原，还是小桥流水的江南，老百姓对生活的美好愿望都是一样的。和很多中国的村子一样，在古镇里，青年人大都搬进城里，或去了别的地方另建新房，留下来的大都是老人，他们和那些老房子一样孤独。

景区的介绍中有一句话，说能在这里看懂中国。走过这个小镇，真的能看懂中国吗？夜幕降临，巷子里的人还在忙着炸面筋。我先是品尝一个，觉得不过瘾，又在巷子的酒店里叫了一盘炸面筋，吃个够。

看懂一个人或一个国家，就要了解它的过去和现在。历史这东西，有很多是说不清楚的，就连身处历史中的人，也明白这个道理。武则天给自己立了个无字碑，去年我参观万历皇帝的陵园，也看到一个神龟驮着无字碑。

难得有闲情雅致，我却越想越多。人生短暂，弄清楚自己从哪里来，又将到哪里去，不在世间随波逐流已经难能可贵。曾经，在龙门古镇耕读的士子，不也想走出小巷，去实现更大的梦想吗？上学时，看战争电影，我发现乡村里目不识丁的老太太也能说出"位卑未敢忘忧国"。这也许就是我们的家国情怀吧。

我非常遗憾不能坐在池塘边多停留一会儿。太晚了，卖馄饨的小店要打烊了，从田里走来的农人扛着锄头匆匆回家，而我也要赶路。遗憾也是一种美吧。

离开龙门古镇，我们连夜驾车去诸暨。在那个江南小城，庆幸还有同学接待。本来打算第二天早上吃酒店的自助餐，老同学说带我到外面吃，酒店的自助餐品尝不到一个城市的味道，不如去吃一碗当地的次坞打面。

想起龙门古镇，我怀念起炸面筋的味道。

景德镇

我对于景德镇这座城市的印象还停留在四五年前。那时候我和几个朋友去婺源、瑶里玩，在景德镇住过一晚。当时逛瓷器市场，我买过几个小件，但没什么深刻印象。

这次到景德镇来，我本想暂住一晚就赶往三清山。但吃过晚饭散散步已很晚，翻看手机，无意中发现景德镇有晚上摆摊卖陶瓷的街，我便很想去看看。

通过打车软件联系上一个司机，打开车门发现司机穿着交警制服，警官帽还摆放在座位前方，我着实吃惊不小。我看了看他的肩章确信不是交警，而是一个协警或辅警，想想别人下班后开车挣点外快也没有什么大不了。

路上，这位协警朋友一直跟我聊天，问我住的酒店多少钱一晚，我如实回答，他说贵了，向我推荐一家民宿，价格便宜，环境好。不过我只打算在景德镇住一天，就没有怎么理会他。我本来要到陶艺街，结果到了半路，途经一个叫陶溪川的地方，他说这个地方比陶艺街好，把车停到路边问我去不去。我根本不知道他推荐的地方是干什么的，但还是下车了。

陶溪川晚上的灯光太过昏暗，昏黄的灯光照在红砖砌成的建筑物上，光亮又暗淡了不少。在这些建筑中间，一个个遮阳棚下，是众多卖瓷器的小摊位。每个小摊位上都亮着

LED 灯，后面坐着等待顾客的人。他们当中大都是年轻人，有的一个人守着一个摊位，有的两个人一起。有男生，也有女生。女生大都打扮得漂漂亮亮，好像要出席一个隆重的盛会。

夜里九点多钟，依旧人头攒动。人们来回穿梭，有时会在某一个摊位站一会儿，摸一摸瓷器或拍拍照就离开。其实，每个摊位的瓷器都很少，不过十几二十个品种，有时候别人扫一眼就走。

这里很多东西都很普通，但也不能说没有亮点。

在经过一个摊点时，我无意中发现小摊上竟摆放着很多陶瓷饺子。我觉得制作这个作品的人太随性，有些不可思议。

还有一个摊主做了不同形态的鹅，还有长着鹿角的小鹿，令人好奇的是其中一只小鹿只有一个鹿角。制作这些作品的是一个戴眼镜的小女生，她说自己在制作小鹿时不小心把一个鹿角弄断，本来想丢弃，但觉得自己的作品很美，就和完整的小鹿一并烧制成器。是的，我也觉得很美。于是在晚上 10 点多钟，在很多人即将收摊时，我买下独角小鹿，还有陶瓷饺子。那位做陶瓷饺子的女生是我老乡。北方人喜欢吃饺子，她在家里不会做菜，只会包饺子，想家的时候就做了很多陶瓷饺子。

这可能是我来景德镇最大的收获吧，也是我在景德镇发现的令自己印象深刻的两件作品。

返回酒店时，司机师傅说我去的地方当地人很少去，那些陶瓷他们都看腻了。

我欲醉眠芳草

第二次爬浠水三角山，我躺在山顶巨石上美美地睡了一觉。

从山下小镇吃完午饭，开车到景区入口，已是下午 1 点多钟。买了索道票，我们就上山，十几分钟就到了山顶。如果徒步爬山，大约需要两个小时。我很想爬上山，沿途看看山中风景，可惜对于平时不怎么运动的我来说，登山是太大的挑战，只好放弃。

已经入秋，午后的山顶非常凉爽。大别山脉中，三角山并不算高。山顶也没有特别的风景。几年前，我和家人乘坐索道上山，在山顶站了一会儿就顺着山路下山了。在山上没看到印象深刻的景色。三角山离我所在的小城不远，之后一直没有再去。

前段时间，我到一处景点游玩，几位浠水的游客说，三角山景色不错，有时间可以去那里玩。于是我再次爬上三角山。

站在山顶，眺望远方，可以看到湛蓝的天空和一朵朵白云。还可以看到山下笔直的公路和公路两旁的村居、农田。有时候在山上俯瞰山下的一切，你会觉得自己的心境也开阔起来，没有了尘世间的烦恼。那是一种非常美好的感受，所以我每爬一座山，都会在山上安静地待一会儿，或坐或站或躺着，觉得很惬意。

在三角山山顶的巨石上，有很多摩崖石刻，大都是短短几个字，比如"摘星""天问""明明""六一登高"等，大部分没有年代，也没有姓名。据说，"六一登高"是欧阳修登三角山时留下的石刻，他晚年号六一居士。还有一处有年代的，刻着"乾隆乙酉年"，字体很小，看不到落款。我专门查了年代，距今大约200年。在中国五千年历史中，不算很久远。

山顶的松树都标注了树龄，最长的200年。难道那位乾隆年间的古人登山时，山顶粗大遒劲的苍松还没有扎根发芽？或者原有古树，后来都腐朽化作尘土，在山顶上又长出新的松树？

我躺在摩崖石刻旁的一块石头上，思考这些奇妙的问题时，陆陆续续有游客爬上来，站在山顶的石刻前，或远望或拍照或吃零食、喝饮料，然后匆匆下山去。我本想在山顶睡一觉，可惜人来人往让人睡不着。

下山时，我们走卧仙石、一线天方向的山路。山路好像是新修的，石阶都比较平整，两边也修了护栏，下山不怎么吃力。

走着走着，在另一处山顶又看到几块滚圆的巨石，石头缝隙中长出几棵松树。旁边悬崖处有一卧仙石，那是一块半伸向悬崖的大石头，是神仙休憩的地方，故称卧仙石。据说，欧阳修和苏东坡在登此山时，也在这块石头上睡过。

我望了望石头下面的悬崖，确实没有胆量在这样危险的石头上睡觉。于是我就躺在山顶正中间的巨石上休息。我在

194

很多山上看到过这样的巨石，它们本该是棱角分明的，但经过亿万年风雨侵蚀变得滚圆。它们倔强地矗立在山顶，不生杂草，不染一尘。

我躺在上面，用一个空矿泉水瓶当枕头。旁边有景区设置的喇叭，反复播放防火提醒，非常吵人。我本想躺一下就起来继续下山，没想到躺下不久便睡着了。

等我醒来，景区的喇叭已经停止广播，山林秋虫的鸣叫格外嘹亮。这时，夕阳柔和的光透过树枝斜照在石头上，照在我的身上，让人感觉非常舒服。我的上方是离我很近的松树枝，上面有老去的松塔，也有新生的嫩绿松果。这是多美好、多香甜的一觉啊！我甚至想不到用什么词汇来形容。

也许，欧阳修、苏东坡在艰难地爬三角山时，也在这块巨石上休憩过。虽然不在同一个时空，但我们在这座山上，这块不惧岁月的巨石上"同床共枕"过，想来是多么荣幸啊！

我曾读过苏东坡的词作《西江月·照野弥弥浅浪》，文中"照野弥弥浅浪，横空隐隐层霄，障泥未解玉骢骄，我欲醉眠芳草。可惜一溪风月，莫教踏碎琼瑶，解鞍欹枕绿杨桥，杜宇一声春晓"的词句给我留下了深刻印象。我一直在想，他在哪里睡的呢？睡得那么诗情画意，一觉之后，还能挥毫写下那么优美的词句。

我在网上翻看三角山的介绍时，无意中又看到这首词，说是苏东坡在黄州为官，春日登上三角山，返程小憩绿杨桥时写的。说来也巧，三角山下的小镇，就叫绿杨镇。难道古时的绿杨桥，就在三角山下的绿杨镇？

爱睡觉可能是所有胖子的共性吧，我在哪里都能够美美地睡上一觉。这座绿杨桥，真是让我向往的地方。

前不久，和一位朋友聊天，我无意中提到自己爱睡懒觉，他竟然吃惊地反问，到了这把年纪还能睡得着？以前，我上学的时候，有人对我感叹过，说人到中年压力大，每天早上五点钟就醒，怎么也睡不着。那时候我还年轻，想不到什么样的压力会让人在床上辗转反侧难以入眠。

苏东坡的词《临江仙·夜归临皋》中，也提到睡，但那个在深夜酣睡的人却不是他。"夜饮东坡醒复醉，归来仿佛三更。家童鼻息已雷鸣。敲门都不应，倚杖听江声。长恨此身非我有，何时忘却营营。夜阑风静縠纹平。小舟从此逝，江海寄余生。"

东坡先生在黄州四年，心情起伏很大，有"也拟哭途穷，死灰吹不起"的绝望，有"竹杖芒鞋轻胜马，谁怕？一蓑烟雨任平生"的坦荡豁达，也有"谁道人生无再少？门前流水尚能西！休将白发唱黄鸡"的昂扬振奋。

人生总会起起伏伏，遇到这样或那样的困难。但无论什么样的寒冬都会过去，在杜鹃的一声声啼叫中，万物又在春日里复苏。哪有什么芳草可眠，只是随遇而安罢了！

登泰山记

去过泰山两次，我只有这一次是真正爬上去的。

对于一个胖子来说，爬山本就是一件痛苦的事，更何况徒步爬上巍巍泰山呢。

描绘一座不知名的小山似乎很容易，但真正去描写五岳之尊的泰山时，真不知道该怎样动笔。我曾坐在电脑前，反复查看关于泰山的资料，重读《雨中登泰山》《挑山工》，但我总觉得那些文字都和我心中的泰山无关。

曾经泰山在我心中是那么神秘。小时候，母亲去爬泰山，但她不是去游玩，而是怀着一份虔诚去朝拜山上的神灵。哪怕山上枯萎的茅草，在她看来都带着灵气。她把茅草煮水给家人喝，说可以祛病。

在母亲的描述中，我从小就记住了泰山十八盘，知道它的陡峭。我甚至相信山上真的会有神灵，他们会庇佑每一位虔诚朝拜的人。

也许是从那时起，我开始敬畏每一座山。

我生长在一马平川的平原，从小到大没有见过山。我离开家乡到外地读书时，一座座山出现在火车车窗外，我竟难以掩饰自己的兴奋，好奇地望着窗外，看掩映在山腰的村居，看被群山环抱的城镇。

初来江南小城，我有空就去爬山，甚至顾不上找一条山路，就直接穿过丛林往山上爬。我邂逅过山林里成片的桃花、暗香浮动的栀子花，还有很多不知道名字的野花。在春天，它们漫山遍野开放。

如果把南方的山比作秀美女子的话，我想泰山就是一个粗犷大汉。

四五年前，第一次登泰山正是冬季，我乘坐汽车和索道上山，本想"会当凌绝顶，一览众山小"，无奈山顶寒风凛冽，人被冻得瑟瑟发抖，感受不到半点诗情雅致。

也许当一个人麻木了，你会觉得曾经那些非常神圣的东西都变得毫无意义。但，在这个秋季，我还是来了，第二次登泰山。从登山的第一步开始，我就一直担心自己坚持不下来。我想半途而废，然后找很多理由改乘缆车上去，可惜没能如愿，只能硬着头皮继续攀爬。

那是一个非常难受的攀爬过程，我埋头看着自己的脚步艰辛而缓慢地征服一个又一个石阶。我不敢抬头往前望，不敢左顾右盼，哪怕心生一丝懈怠都可能打败我，让我陷入绝境。

那一刻，我突然疑惑自己为什么要爬山，为什么要在社会上辛苦打拼？那多难，多苦啊！但登山有退路，人生哪有退路呢！

不得不说泰山是一个很神奇的地方，古往今来，帝王将相登临过，文人墨客登临过，凡夫俗子、布衣庶民亦登临过。谁的路尽是坦途呢？历史不就是这样走来的吗！

泉城

济南是一座温暖的城市。

这个秋天，我所在的江南小城阴雨绵绵，让人感到浓浓凉意，但到了济南，晚上还要开空调吹冷气。

"小山在冬天特别可爱，好像是把济南放在一个小摇篮里，它们安静不动低声地说：'你们放心吧，这儿准保暖和。'"越重读老舍先生《济南的冬天》，我越觉得济南充满暖意。

济南人是热情的，你要是问路，他们双手比画着耐心地告诉你怎么走，甚至要给你带路。

济南有喷涌的泉水，有清澈见底的溪流，还有那悠悠的水草和自在的鱼群；大明湖畔，和风习习，吹拂着轻柔的垂柳。朋友惊叹济南的秀美。"四面荷花三面柳，一城山色半城湖"的济南哪像个北方城市的样子，分明就是江南水乡嘛！

《老残游记》写到"到了济南，进得城来，家家泉水，户户垂杨"。读到这段话时，我还未曾到过济南，但已对这个泉城心生向往。

据说济南的芙蓉街因街中有芙蓉泉而得名。芙蓉泉藏身民宅，我这次游览时并未得见，却在临街的一家小店里看到另一眼泉。清澈的泉水从石井里漫溢而出，精明的商家将北冰洋汽水泡在泉水里售卖。喝完汽水，还可以舀一瓢泉水喝，那泉水比汽水甘洌可口。

芙蓉泉在谁家呢？光听名字就让人艳羡不已，那拥有此泉的人家该有多幸福。"岸柳欲眠莺唤起，山花乍落鸟衔来。"生活在芙蓉街，或者说生活在泉城，是多么诗情画意，多么悠然自得。

这美好的泉城，也许反复出现在李清照流落异乡的梦里。"雁过也，正伤心，却是旧时相识。"历史已翻过八百多年，谁懂她的愁苦！这美好的泉城，也让辛弃疾夜不能寐，"醉里挑灯看剑，梦回吹角连营"。多少豪情壮志付诸东流！

泉城的美也在赵孟頫的画里。据说，他的《鹊华秋色图》是为朋友周密所作，周密祖籍济南，一生不曾踏上故土，一幅《鹊华秋色图》慰藉了多少思乡之情。

听说趵突泉公园有李清照纪念馆，可惜我和朋友没有遇见。准备离开济南时，朋友又惦念起辛弃疾纪念祠，于是又带着我去寻找，就像要邂逅一位故人似的。

在大明湖南岸的遐园，我们终于找到了它。里面游客稀少，庭院里，两株石榴树已硕果累累。

一叶知秋

见一叶落，而知岁之将暮。

在淮南八公山，无意中看到刻在一尊雕像基座上的这行字，我就记了下来，并附上几张秋叶图发到朋友圈。

2020 年国庆假期，我无意中走进淮南，又无意中邂逅八公山。其实，那是一座挺小的山，海拔不过一两百米，称其为丘陵再合适不过，但就是这么一座看似很普通的小山，却有着深厚的历史底蕴。

据说，西汉淮南王刘安和门客在此山中著书立说，编成《淮南子》，"一叶知秋"便出自此书。

游览八公山时，我登上最高峰，触目满山秋色，回想那久远的历史，内心别有一番感触。游览完八公山，我就匆忙离开，很遗憾没能在那里买一本《淮南子》。还好，我如愿品尝了淮南牛肉汤，在这个秋季给自己留下一丝温暖的回味。

如今，秋色渐浓。城市公园里秋叶零落，把林间的草地装点得五颜六色。我走过来，俯身拾起两片树叶，放到我的书桌上。没想到，这触发了我无限的遐想，甚至让我夜不能寐了。

我突然想起自己年少时，也拾过那么一片树叶，并将它珍藏在我的日记本里；我想起自己迷茫时，望着窗外秋风中飘摇的树叶发呆的样子。那时候的我看现在，觉得时间太漫长，现在的我看过往，仿佛一切都在昨天。

于是，我又感叹时光易逝，心生一丝感伤。

是不是每个人都这样，在秋天来的时候，触景生情，总会生出这样或那样的情愫，然后长吁短叹。

有时候感伤何尝不是一种美呢？我站在老家平房屋顶上读白居易的《琵琶行》时，突然这样想。

"浔阳江头夜送客，枫叶荻花秋瑟瑟。"枫叶飘零的季节，白居易的感伤成就了千古名篇。"同是天涯沦落人，相逢何必曾相识。"那份悲天悯人的感伤竟穿越千年。我曾一遍又一遍地读这首诗，莫名感伤，莫名流泪。

今年9月，我来到洛阳，在游览龙门石窟时，听朋友说河对岸的小山上，长眠着泪水打湿青衫的诗人——白居易。虽然已是秋季，那座小山依旧葱郁，黄鹌菜从石阶缝里长出来，竟开出粉嫩的小花。

四季在轮回，但历史的车轮何曾停止过转动，悲也好，喜也罢，一切都成了历史扉页中的故事。

一叶而知秋，尘埃亦落定。

野菊花

去过几次庐山，唯有这一次是秋冬时节去的。山上，野菊花开得正艳。

庐山是避暑胜地，秋冬季节是旅游淡季，这时山上应该是萧瑟、冷清的，我却很想这个时候去。在去与不去之间纠结很久之后，我还是完成了这个心愿。

秋日的天气格外好，下午三四点钟的阳光把山涂成金色，但越往山上走，山风越凛冽，越觉得凉飕飕。在山路一旁的峭壁上，一簇簇野菊花正热烈地开放，那一大团一大团粉黄的花簇，让人有了一丝惊喜和温暖。

记得小时候，我家果园里也种过菊花。那时候，我家里种着好几株杏树，两株杏树之间，有那么一大簇菊花。每年秋天，玉米收了，冬小麦种到田里，杨树叶子差不多快落光的时候，菊花就要盛开。先是长出很多个黄豆粒大小的花骨朵，然后一个个绽放出粉嫩的花朵。那花是那么清香而幽雅。没有开放的花骨朵，可以采摘下来晾干，制成菊花茶。那个时候，家里穷，没有钱买茶叶，家里来客人，就拿出几个野菊花的花骨朵，泡一杯飘香的菊花茶待客。

我的家乡还有一种野菊花，它们长在河岸和小树林里。到了秋冬时节，草都枯萎了，它们就从那一丛枯枝败叶中伸展开枝丫，开出一簇簇淡紫色的小花，把整个大地装扮得如同彩色的地毯一般。

放学后，我总要跑过去看，惊讶寒风中的它们怎么会开得那么美，那么艳呢！我甚至想要写一首诗或是一篇文章去赞美它们！

也许从那时起，我对野菊花就有别样的情愫了。

我家乡的野菊花和南方的野菊花是不一样的。家乡的野菊花矮小，南方的野菊花的茎又细又长。在庐山上，我看到野菊花有的长在悬崖峭壁上，有的长在小溪旁，它们从石头缝隙里长出来，开出粉黄或淡紫的小花，将山川装扮成一幅写意的山水画。

庐山上，寒风呼啸，除了常青的松和杉，大部分的树木开始凋零。法国梧桐硕大的叶子变得枯黄，叶面由外向内翻卷起来，风吹过，那翻卷的树叶竟像随波逐流的一叶扁舟悠然飘落。

这让我想到曾经停泊在浔阳江头的小船，想到船上那犹抱琵琶半遮面的女子，想到那泪水湿青衫的江州司马。这次登庐山，在如琴湖旁恰好遇见白居易草堂。

"不是花中偏爱菊，此花开尽更无花"，我拍了几张野菊花的图片，配上元稹的这两句诗发到朋友圈，不知道表达得是否恰到好处。

一条叫燕子的河

是谁给一条河流取了这么好听的名字？燕子河，在大山峡谷的深处。

在我的印象中，滚滚的河水如同万马奔腾，是那么桀骜不驯，在一个春末夏初的时候。这个冬季我再来，它却成了另外一番样子，河水平静澄澈，如同一面镜子，涓涓细流穿过河石的缝隙，完全没了往日的气势。

或许几百万年、几千万年、几亿年，它就是这样流淌着，用最温柔的方式在河床坚硬的岩石上刻出深深凹槽，把原本棱角分明的石块磨成滚圆的卵石。

有人说，人生是一条河。在这条从历史中流淌而来的燕子河面前，你会发现生命的短暂和渺小。

喝一杯浓茶，在黑夜里枯坐，我脑海里突然跳跃出无数条河流。那条河流，我在登临泰山俯瞰大地时看到过，我在爬上八公山顶远眺时看到过，我在开车返回家乡的路途中看到过，我在童年的回忆中看到过。

每一条河流都应该有一个属于自己的名字，每一条河流都有讲述不完的故事。在江南，我见过最柔美的小河，河水流过古镇，流过一座座石桥，流过岸边古老的窗台，在冬日蜡梅飘香的河岸，是谁倚窗凝望着河水中挂着灯笼的乌篷船？我想到曾经在河水中荡漾着的渔火，想到那夜半响起的钟声以及船上无眠的孤客。江南小河，有你留恋的诗情，也有剪不断的愁绪。

从人类历史中流淌而来的河不只有忧愁，还有醉生梦死、纸醉金迷，"商女不知亡国恨，隔江犹唱后庭花"。但无论怎样的愁绪和叹息，在历史的船桨划过水面后，一切终将回归平静。

河流还是那条河流，无论奔流在山川峡谷间，还是缠绕在乡村阡陌里，它们依旧在流淌，或在春夏的时候涨满了水，肆意奔腾；或在秋冬的时候收敛锋芒，回归平静。

一个冬日难得的晴天，当我沿着栈道花三四个小时游览燕子河后，我依然没有弄明白为何给它取这样一个令我艳羡的名字。我想搜罗所有的词汇，也给家乡的河流取一个名字，那条流过我的村庄，至今没有名字的小河。

家乡的河，虽默默无闻，却给我带来很多快乐。在那里，我听过最悦耳的蛙鸣；在那里，我第一次在水草中捉到小鱼；在那里，我还曾和一群小伙伴一起游泳嬉戏。遗憾的是，我从来没有想到，也没有给它取一个好听的名字。我甚至都不知道，那河水从哪里流淌而来，又流向何处。

我曾有一个大胆的想法，背上行囊，沿着家乡的河流做一次徒步考察，那河流蜿蜒到哪里，我的脚步就走到哪里，困了倦了，就躺在家乡的河流边、堤岸上睡一觉。我想自己会穿过许多村庄，听闻许许多多的故事。也许那个时候，我才能读懂家乡的河，才能给它取一个恰当的名字。

但始终没有成行。

东方山上

在东方山上，我拾起几片枫叶，把它们夹进一本书里。

周末不能走远，我就驾车去爬这座山。东方山并不算高，也没有什么让人记忆深刻的景色。但爬爬山、散散心还是不错的。

这是一座很有意思的山，站在山顶，可以望见鄂州起伏的山峦，也可以望见黄石林立的高楼大厦和冒着浓烟的厂矿企业。

听闻东方山是我来鄂州三四年后，当时有两位同学在黄石读书，他们和我聊天时无意中谈到东方山，说山上有一座宏伟的庙宇，下山的时候，山泉一路相伴，让我对那里充满了想象。于是，我便有了爬东方山的冲动。

记得第一次爬东方山是在一个春季，我和妻子从鄂州乘坐客车到汀祖，再从汀祖乘坐"麻木车"到山脚下。我们去的时候正值雨季，山泉水哗哗地奔流而下，非常壮观。我们兴奋地玩水，在泉水边拍照留影。然后，沿着一座寺庙后面蜿蜒的小路往山上攀爬。

那时候，我们都无比兴奋，我甚至想急切地爬到山顶，探寻泉水发源的地方。

从鄂州方向的一侧登上山顶，我们从另一侧沿着盘山公路走下山，还逛了黄石团城山公园。回忆起第一次登山的情形，我觉得很有意思。

如今，儿子已经10岁，经常蹦蹦跳跳地跟我们一起爬山。最近他听厌了我写的文章，问我："你写的文章为什么都带着伤感呢？为什么不写写我，不写写我们快乐的一家呢？"在山顶上，他跳来跳去，还在一处人工种植的草坪上打滚。

孩子天真的反问，让我感受到浓浓的暖意，很多美好的回忆在我的脑海里浮现出来。

我告诉他："你是在这个山顶学会走路的呢！"

那也是一个春天，他和妈妈、奶奶从老家来到鄂州。我刚到报社工作不久，周末，我约了几个同事一起去爬东方山。

我和同事轮流抱着小家伙爬山。在山顶一处小亭子，一位同事将饮料瓶子摆在小家伙面前，吸引他走过来拿。那时，他还走不太稳，走几步就要停下来，我同事看他靠近就瓶子移远一些。

当时，我带着相机，正好拍下一段视频，不知道现在还能不能找到。

下山的时候，小家伙睡着了，我抱着他累得满头大汗，心里却是满满的幸福。

那时候，同事之间的关系非常单纯。我住在一套老房子里，他们一起住在报社租的房子里。

如今大家都有家庭，也在不同的岗位上忙碌着，但不知道为什么彼此之间好像变得越来越复杂，联系越来越少。如果再要把大家组织起来登一次山，简直是不可能的事，也不会有往日的乐趣。

冬日的寒流让东方山上枫香树的叶子变得更红，有的还在树枝上招摇着，有的已经坦然落在地上。

我把捡拾的或大或小的叶子小心地夹进书页里，也把自己零零散散的思绪收藏。封底的那一首小诗，似乎在对我诉说：

是不是秋天已经到来
夏天还没有热过
春天没有开过的花
如何期待秋天会结果

一生一世在回忆
故乡在哪里
忘记了的不仅是春天
还有今生想不起来的记忆

千山万水还没有踏遍
千疮百孔还没有补齐
你望穿了秋水
我如何回到你的眼睛里

小山

如果不给小山起一个霸气的名字，可能它们就永远默默无闻了。

这段时间，我一直想写一写小山，那是我和朋友一起爬城南天龙山时产生的念头。天龙山不高，可能海拔不足百米，山上除一座庙外再没有其他景观。站在山顶，我突然望见旁边山峰上有几块耸立的岩石，虽经风吹雨打，但依旧挺立，显得很沧桑的样子。

鄂州城南有很多这样的小山，它们让我感到既熟悉又陌生。就像我所在的这座城市，我在这里已经生活了十多年，对大街小巷再熟悉不过，但有时也会感觉陌生。对于一个在平原长大的人来说，我对每一座山都充满好奇，无论它多么高大巍峨，还是平淡无奇。我曾多次攀爬过这些小山，在春天山花烂漫时，在夏天草木繁盛时，在秋天层林尽染时，甚至在冬天落雪时。小山虽小，但每一次都会给我不一样的感受。你心情好时，登上小山，心情会更加舒畅；你心情不好时，登上小山，俯瞰远处城市里的高楼大厦、车水马龙，也会慢慢看淡那些凡尘俗事。

我今年不打算回老家过年。在这段空闲的日子里，去爬爬小山，也是一件让人期待的事。前几天，我到乡下转转，无意中来到梁子湖区的一座小山。小山不太高，沿着山路步行约 10 分钟就可以到达山顶。小山名曰龙山，和城南的天龙山有着几乎同样的名字。在山顶，想起这两座小山，我突然觉得很有趣，是谁给它们取的这么霸气的名字？如果没有到过这两座小山，单听名字，人们可能会以为它们是什么名山。其实，它们都很小，在连绵的山峦中并不出众，也没有什么别样景致。

当地村民在龙山山顶养鸡，公鸡在山上长鸣，嘹亮而悠远。那是一种慰藉心灵的天籁之音，如同思念家乡时，耳畔响起的那首《故乡的原风景》。这也让我想起家乡村东的那座小土丘，在我年幼时，它是我和小伙伴们眼中的"大山"，是我们孩童时玩耍探险的乐园。

龙山虽然很小，但在山间也有溪流。这个冬天降雨少，溪流细得如同一根线，但也绵绵不断地流淌着，滋润着山下的土地。

站在龙山往北望，可以看到更多的小山，有些比龙山矮，有些和龙山一样高，那裸露的滚圆的岩石，如同健身运动员的肌肉般壮硕而优美。而那小山与小山之间，是聚居的村湾和阡陌纵横的农田。怎么形容眼前的景色呢？我站在山顶感叹不已。

也许小山并不美，但可以让你站在它的肩头，去看更美的风景。

古桥

五月，在古桥旁的溪流边，我闻到蜜一般的香味，那是久违的枣花散发的香。

这让我想起许多年前，我从寄宿的中学返回家乡时，那弥漫在整个村庄的香味。

古桥建在咸宁城区到通山县的路旁，名为刘家桥。很多年前，我途经那里，无意中发现这么一处小景点。一座石砌的古桥，一条水草荡漾的溪流，几棵枝叶茂盛的古树，几家依岸而建的餐馆。不知道是景色美，还是菜香，古桥旁边的餐馆生意非常火爆，每到吃饭时间，对岸停车场都停满从城里赶来就餐的车辆。

据说刘家桥古民居始建于明崇祯三年，是汉高祖刘邦同父异母的兄弟彭城王刘交的后裔刘元武始建的。刘家后代从乾隆年间开始，在溪流两岸陆续建了四处民居，并通过一座廊桥和一座独木桥相连。如今那座古桥依旧坚固，桥面上有些残缺的石板，在无数脚步的踩踏摩擦中变得光滑。

古桥在清道光十三年补修过，桥头石碑上镌刻着每一位捐钱的刘氏后人的名字，也记录了那段历史。

桥下的溪流依旧流淌，如同那悄然逝去的历史，无声无息。谁肩扛着锄头，牵着老牛走过那座石桥，去耕种那日月星辰？又是谁带着漫卷诗书，撑一把油纸伞走过青石小巷，走过那一座石桥，在家人的期望中追寻利禄功名？

那石桥下，在溪流边嬉戏的少女是否也在憧憬着自己的爱情，那抬过石桥的花轿里坐着谁的新娘？

在岁月里，石桥变成古桥，变成了沧桑而寂寞的老桥，只有那一棵青檀老树，依旧矗立在桥头，和它惺惺相惜。

我坐在一处石凳上，望着古桥发呆许久，才起身到旁边的古民居去走走。

这个季节，也许是降雨频繁的缘故，刘家桥的古民居里散发着霉味。石板路长了青苔，已经少有人走。古民居的大门敞开着，黢黑的窗棂、残破的瓦当、腐朽的木柱，似乎在诉说着那久远的岁月。春雨绵绵的季节，那穿过天井的雨，滴落着谁的相思？那袅袅升起的炊烟，又勾起过谁的乡愁？

我在老房里看到摆放的几口棺材，房子老了，那守候房子的人也将老去。

只有那一座桥勇敢地抗衡着岁月，也许再过几百年、几千年，它依旧会屹立在那里。它依旧不言不语，所有的故事、感叹和赞美，都付诸流水。

登岳阳楼

我很久没有好好写一篇文章了。有一段时间，我特别爱写，无论爬一座小山，走一段乡间小路，都能收获一些感悟，并梳理出一段段文字。

读万卷书，行万里路，我总觉得只有走过更多地方，见识更多风景，才能写出不一样的篇章。不知道是什么时候，我突然冒出一个想法，去看一看岳阳楼，写一写这座历史上的名楼。

岳阳离鄂州不算远，自驾的话也就两三个小时的路程，但我一直没有成行。一两个月前，我骑电动车不小心摔倒，不仅蹭破皮肉，还伤及筋骨，在家里养伤很无聊，索性趁自己还能走几步路，就驾车奔着自己的梦想出发了。

我右膝盖、右手肘的外伤还没有愈合，涂满了紫药水，腿上贴满膏药，走路一瘸一拐。我曾经很多次想登临岳阳楼，没想到会以这种"悲壮"的形式成行。

以我对历史认知的浅薄，我很难去读懂一座有着一两千年历史的名楼。读书时，背诵过范仲淹的《岳阳楼记》，但那时我并不知道岳阳楼在哪里。据说，能够背诵《岳阳楼记》可以免门票，很多年过去，我除了记得"不以物喜，不以己悲""先天下之忧而忧，后天下之乐而乐"等名句外，其他全部忘记。即使有这一个政策，我也不可能享受免票待遇。

经过那么漫长的等待，奔走那么远的路程，等到我真正游览时，却非常匆忙而无趣。我跟在一大群游客身后，小心地登楼，再小心地下楼。站在岳阳楼上眺望，看到的也仅仅是浑黄的洞庭湖水和一艘艘在航道上行驶的钢铁货轮。

在景区花钱请一位导游小伙讲解，我问他"不以物喜，不以己悲"为何意，他说就是不因为外物而改变自己的内心，回答得有些简短而敷衍。然后，又接着有一搭没一搭地讲解，让人听了觉得没意思。

其实，像我这样的俗人，没有经历过苦难，没有经受过大风大浪的洗礼，怎会对喜和忧产生深刻的感受呢？

在历史上，文人墨客在岳阳楼留下的诗文很多，这次在游览岳阳楼时，我不仅看到镌刻在紫檀木上的《岳阳楼记》，也在一处石碑上读到杜甫的《登岳阳楼》，"昔闻洞庭水，今上岳阳楼。吴楚东南坼，乾坤日夜浮。亲朋无一字，老病有孤舟。戎马关山北，凭轩涕泗流"。

也许是"茅屋为秋风所破"，那一叶孤舟载着诗人离开成都草堂沿江而下，中途停泊在夔州。此时，诗人虽然忍受着病痛的折磨，但依旧忧国忧民，笔耕不辍，"万里悲秋常作客，百年多病独登台。艰难苦恨繁霜鬓，潦倒新停浊酒杯"。

在滞留夔州两三年后，那一叶孤舟再次沿江而下，到江陵转公安，漂泊到岳阳，泊舟岳阳楼下。

我无法想象，身患疾病行动不便的杜甫是怎样艰难地登上他神往的岳阳楼！他在岳阳楼上站立了多久，面对尽收眼底的大好河山，想到家国经历的苦难，内心翻涌着怎样的感慨和忧愁，让他忍不住"凭轩涕泗流"！

那滚滚江水中漂泊的一叶孤舟，那停泊在岳阳楼下的一叶孤舟，已消失在历史的云烟中。但它永远留在他的诗文里，停泊在那段落之间的空隙里，留在我们中华民族厚重而沉痛的历史里，留在我们奔流不息的血脉里！

岳阳楼依旧，滚滚江水依旧。

再行十万公里

我站在黄土高原的一处山坡上，看黄河水从远处的峡谷奔腾而来，踏过乱石林立的河谷，激起如雪的水花，那撞击声如交响乐一般在山谷回荡。

那一刻，我心潮澎湃。我知道那滚滚而来的黄河水，在流过无数山川峡谷后，必然要抵达养育我的平原，从我家乡静静地流过，流过那一望无际的青纱帐，流过我思念中的家乡的七月。

只为看黄河这一眼，我觉得驾车奔波数千里而来很值得。

在我的办公室里张贴着一张中国地图，我总想走得更远，但又总走不远。我把每一次挤出时间外出游玩的门票小心地贴在墙上，却发现在偌大的中国，我去过的地方真的非常有限。

一位朋友对我说，他想在有生之年把还没有去过的祖国名山大川游览一遍，不给人生留下遗憾。为实现这个梦想，他开始想方设法从繁忙的工作中挤出时间，按照计划开始一段旅行。

我特别羡慕网上那些说走就走的旅行，羡慕那些人拍摄的旅游视频，他们似乎可以去自己想要去的任何地方，并且想玩多久就玩多久。我也想说走就走，但想到工作，想到生计，却不可能那般随性。

我还是非常幸运的，可以在每一个周末，驾车去一些不远的地方。春天，我走进大别山，邂逅那涨满水的溪流，遇见杜鹃花开得最美的时候。初夏时，我走进以制作青砖茶而闻名的古镇，在悠悠的小巷，厚重的石板路上，感受曾经商旅的繁华；在傍晚时分，坐在小镇的樟树下，喝一碗加白糖的凉粉，坦然地看着小蜜蜂飞落到碗边和我抢食。

每一次旅行，我都想慢慢品味，但每一次又都是步履匆匆。

在黄土高原上，我很想躺在厚重的黄土地上美美睡上一觉。我想对着那纵横的山谷，肆无忌惮地高唱一首《黄土高坡》。我想站在黄河山谷上看那变幻的星辰日月。我还想走得更远，穿过一座座关隘，走进广阔的沙漠，走进我们民族遗留在历史中的文明遗迹。

但我却步了，因为那里距离我几千里，就像我仰望着那巍峨的高山，虽然向往山顶的美景，却畏惧攀登山路的辛苦一样。

我羡慕那些背上行囊，或步行，或骑行的旅者。但我又惧怕孤独，我很想和家人一起分享旅行的快乐，也只有那样，我才能更加快乐。

三年前买的车，里程表显示已将近十万公里。我想，这当中大部分里程消耗在一次次往返家乡的路途中。人总是这样，无论走多远，无论走多久，总有一个眷恋的地方，那就是我们最初出发的地方。

这次从家乡回来，我不知道下一步要去哪里，何时才能出发。但无论怎样，我想自己还会出发。我还要再行十万公里，去感受祖国山河的壮美，去记录一路遇见的别样风景。

秦俑

上大学时，我曾读完十多册《中国通史》，但我对历史的认知依旧浅薄。参观秦始皇陵兵马俑，我第一时间就想找一位导游做讲解。

到达秦始皇帝陵博物院已是下午三四点钟，距离闭馆只有一个多小时。导游急急忙忙给我们在官网上购票，然后又急匆匆带我们入馆。

兵马俑展馆里依旧有很多游客，大家都拥挤在兵马俑坑栏杆边，让人很难靠近。然而当我真正看到那些整齐排列的秦俑时，我并没有生出一丝惊叹。

我认为游览历史遗迹时，应该做好心理准备，就是要直面那些残破的文物。在龙门石窟，我发现几乎所有石窟的雕像都被破坏过。曾经手艺高超的工匠们心怀虔诚之心一点点雕刻出来的精美佛像，大都被凿掉头颅，只有残存的卢舍那大佛还是原来的面目。游览完龙门石窟，带给我最多的是无法言喻的伤感。

那些在地下深埋两千多年的兵马俑，尽管被小心发掘出来，再被精心修复过，但仍有遗憾。许多陶俑残缺不全，有的陶俑和陶马还碎裂在黄土里，没有来得及修复，好像两军厮杀后没有清理过的战场那般惨烈。

在另一个展馆有几个单独展示的秦俑，有将军俑、军吏俑、跪射俑、骑兵俑、立射俑，都被厚重的玻璃罩着。据说，跪射俑是唯一保存最完整，没有经过修复的。他身后盔甲上的绳缀还残留着色彩，右脚鞋底疏密有致的针脚清晰可见。作为一个北方人，我想起小时候母亲给我纳的"千层底"。而那时秦军穿的鞋子，又是谁在油灯下一针一线为他们缝制？

导游像背书一样，对着麦克风讲解，但讲不了几句又带我们换地方。也许她已经习惯机械地讲解，也许她也已习惯"此处可以省略几百字"。最后再带着我们游览了三个兵马俑坑和一个购物中心后，她就匆匆离开了。

导游离开后，我又折返到展馆。我站在每一个陶俑面前，观察他们身上的每一处细节。原来那个写在历史书上横扫六国、北击匈奴，为秦始皇铸就霸业的秦军是这般模样，他们站在我面前，两千多年的历史似乎触手可及。

我在立射俑前站立许久，那是一尊没有穿盔甲的秦俑，但从他拉弓射箭的娴熟动作可以看出他是历经沙场、坚毅而勇敢的战士。这让我想起2200年前在战场上，给家人写信的黑夫和惊，他们是年轻的兄弟，也是秦军中普通的士兵。

如果不是后来出土的那两片木牍，谁也不会知道他们的名字，更不会有人知道，他们是谁的儿子，谁的兄弟，又是谁的春闺梦中人。

石钟山记

如果不去写作，拿什么对抗流逝的时光？又何以解忧呢！

2022 年，我立志要写一百篇散文。之前，我已整理出 63 篇，还差 37 篇就可以出书。但 2023 年已过去一半，我却迟迟没有动笔。我依旧喜欢写写画画，拿一支钢笔，在一本草稿纸上抄写初中生必读古诗文，抄写《古文观止》，或抄写一段让我感动的文字。名义上是练字，实际上是乱写乱画，字迹之潦草，简直惨不忍睹。苏轼的《石钟山记》，我已抄写了好几遍。今年春节前，我无意中翻看地图，发现石钟山位于九江市湖口县，离我所在的城市不远，也就两个多小时的车程。我很想去看一看，找一点灵感，写一篇游记什么的。那个时候，我时不时咳嗽，身体有点虚弱。但我还是迫不及待地出发了，带着妻子、儿子，还有我年过八旬的老母亲。

石钟山在长江和鄱阳湖交汇处，是一座很矮的小山。也许是冬天的缘故，整个景区没有什么游客，山上木叶凋谢，显得有些萧瑟。我们慢慢拾级而上，走不多远就要停下来歇息一会儿。长期在家里上网课的儿子有一种小鸟出笼的感觉，在山上撒着欢跑上跑下，很快就气喘吁吁。我们就这样小心翼翼地上山，再小心翼翼地下山。之后，我们又去了景德镇，去了九华山，每次游览过程都是这样小心翼翼。返回鄂州后，我们又回老家过春节。同学聚会，我一时兴起，喝了几杯啤酒，咳嗽居然加剧，我又不得不继续吃药。小区楼下的樱花开了又谢，如今枝叶茂盛。我坐在书桌前，不想写一个字，也不愿意看一本书。我拿着钢笔，吸满墨水，在草稿纸上写写画画，把所有的心绪，都变成歪歪扭扭、凌乱不堪的文字。

我就这样抄抄写写，度过每一个烦恼的、忧愁的、迷茫的、沉闷的或喜悦的、快乐的日子。我不想去整理自己的心绪，我也不想坐在电脑前，或提笔在稿纸上写下记录自己心情的文字。要写一百篇散文的豪言壮语已被我忘记。一位朋友醉心写作，要在2023年出一本文集，我羡慕不已。至于我什么时候能动笔写写文章，什么时候能出版一本承载自己梦想的文集，我无法回答。

但我又无法释怀，因为我曾经生活过的乡村，因为自己走过的艰难又充满希望的路，因为每一个值得我珍惜的亲人。我真希望如同照片一样定格每一个难忘的瞬间，我真希望每一个亲人都能够在我的文字里永存。

我依旧平凡如斯，如同那位在晨曦里彷徨，看着朝阳从地平线上升起，抑郁难眠，又满怀希望的乡人。他用自己所有能够想到的文字，拼凑出一首首诗。他想不到任何华丽的辞藻，也不知道如何运用文学创作的技巧，他的诗土得掉渣。但，这是他的全部，是他的抗争。也是我的全部，我的抗争。

这个初夏，我终于可以安静地坐在书桌前，喝一杯茶，梳理好所有心绪，写下自己的《石钟山记》。让曾经的苦痛和烦忧随风而去。

夜游石钟山

停笔很久，再次写作，竟不知从何写起。

上次写游记是在 2023 年春节后，再动笔，已过 2024 年元旦。元旦假期，我带儿子去鄱阳湖观鸟，在湖口再次游览石钟山，并且是夜游。

记得初次游石钟山，我和妻儿还有母亲兴致都很高，儿子在山上的亭廊里跑上跑下，气喘得厉害。那次出游给我留下很深的印象，回家就写下一篇游记。之后，我再也没有动笔写过文章。这很符合我的性格，做任何事情总是难以持久。这期间，我本可以写下很多感怀的情节，却错过了。

2023 年学期末，儿子小学毕业，老师让他主持毕业典礼。儿子在家里背诵主持词，读到"尊敬的老师，亲爱的同学们，今天我们将告别母校……"我突然泪目了，脑海里浮现出他刚刚入学的样子。那一天，我骑着电动车把他送到校门口，他从后座上跳下来，背起小书包，蹦蹦跳跳走进校门。那时，我觉得 6 年小学时光多么漫长啊，没想到，儿子这么快就要毕业了。我很想跟儿子说点什么，或写成文字读给他听，然而，我却没有。

今年深秋季节，我和朋友驱车去河南、山西，游览巍巍太行和汹涌澎湃的黄河壶口瀑布，还走进宁静古朴的寺庙，寻访那跨越千年的古迹。我心潮涌动，很想告诉每一个人，我们的山河是多么壮美，我们的历史文化是多么灿烂辉煌。我们民族的自信源自我们脚下，辽阔壮丽的山河，我们民族的自信源自那依旧焕发着光彩的艺术瑰宝。在我们民族经受苦难时，山河总是给予我们庇佑；在我们心灵遭受创伤时，先人的智慧总是慰藉着我们的心灵，鼓舞我们勇敢前行。我很想把所见所闻所感写成篇章，讴歌山河，记住辉煌，开创未来，我却没有。

之后，我们全家去了南岳衡山，登顶衡山，下山途中瞻仰了抗日忠烈祠。在忠烈祠里，我和家人向抗日英烈纪念碑三鞠躬，我强忍着眼泪。我不知道自己为什么哭，当一个国家、一个民族面临危难的时候，总会有一些人挺身而出，他们或许是稚气未脱的孩子，或许是一个还没有结婚的闺中人朝思暮念却未归来的小伙，他们用生命担负起一个时代的使命。在历史的长河中，他们的生命如同流星一样倏然消逝。我们甚至不知道他们叫什么名字，出生在哪里。我很想去每一个抗日战争遗址看看，向着穿过枪林弹雨，用热血保卫家园的无名英雄，深深鞠躬。我想向他们献上一束花，表达我的敬意，也抚慰我愧疚不安的心灵。

我希望儿子和我一起感受我们民族所经受的苦难、牺牲和反抗。我们要勇敢面对一切困难，接力去完成民族复兴的伟大使命。我们不能只为自己而活，更要在心里装下这片山河。夜游石钟山时，望着浩渺的江湖，我告诉儿子，九百多年前，苏东坡也曾带着儿子夜游石钟山。他们乘舟行至悬崖峭壁之下，探究石钟山名字的由来，苏东坡以此教诲儿子做人做事的道理。石钟山虽小，却见证了一位父亲的大爱。

　　元旦假期，儿子大部分时间在补课和写作业，其中辛苦不必多言。一代人有一代人的使命，这个使命注定并不轻松。2024 年元旦，我和儿子一起夜游石钟山，一起回首过往，一起展望未来。

落花时节又逢君

前几天，翻看手机短视频，看到有一位老师讲解诗圣杜甫的《江南逢李龟年》。这首诗作于唐太宗大历五年（770），正是这一年，一代诗圣在湘江大地溘然长逝。

今年国庆假期，我带家人到衡阳游玩，在高速路上无意中看到写有"杜甫祠"的指示牌。可能立在那里很久了，上面的字迹有点模糊。到了衡阳，次日，我和家人去衡山游玩。三山五岳中，南岳衡山也很有名气，据说山上的神仙很灵，山下几条街道，卖香火的商店非常多。假期缘故，我们排了两三个小时的队才得以乘车上山。山顶除了一处神庙，也没有什么景色。神庙一旁是一个大火炉，游客带来的香火都交给工作人员丢进火炉，熊熊火焰炙烤着人的脸，让人不敢靠近。

其实，我本可以不写登衡山时看到的情形，但如果不写，就无法衬托出我站在杜甫墓前落寞的心情。在湖南，杜甫墓有两处，一处在耒阳市，一处在平江县。耒阳杜甫墓大概是衣冠冢，在一处中学校园内，如果要去那里，从衡阳出发，大约还要一个小时车程。假期时间紧，加上考虑到进学校参观杜甫墓可能有些难度，就放弃了。我想，那所学校的学生一定非常幸福，他们与诗圣为伴，必然也能更加努力学习成才吧。

　　我选择去平江杜甫墓。怎么表达我的心情呢？我在房间里反复踱着步子，不知道该怎样叙述。我不止一次有过这样的感触，几年前在英山毕昇墓前，谁能想到在荒凉的山岗，在一块残破的墓碑后，埋葬着一个让人引以为傲的活字印刷术的发明者。我曾到洛阳龙门山的白居易墓，看到山对面的龙门石窟游人如织，却鲜有人在白居易墓前停留。小时候，每当我在书本上读到四大发明，读到"千呼万唤始出来，犹抱琵琶半遮面"，读到"会当凌绝顶，一览众山小"时，我都非常敬佩这些历史上的大人物，他们永远是我心中的明星。

　　杜甫祠的门票很便宜，售票的女士说，平时很少有人来，让我们随便逛。墓前的房子因为天气缘故，显得非常阴暗，墙壁上悬挂着杜甫的生平介绍和诗歌代表作。杜甫墓就在一排房子后面，清光绪年间重修，墓碑上刻着"唐左拾遗工部员外郎杜文贞公墓"。墓碑上有狭长的断裂痕，也可能是碑石的天然纹路。没有香烛，没有鲜花，没有祭品，我站在那里突然意识到，我应该点燃一炷香，或献上一束花，但我什么都没有准备。我想去摘一束野花，"落花时节又逢君"，这不是暮春，而是深秋，连墓碑两边的野草都枯萎了。但杜甫墓前也不是什么都没有，仔细看发现墓碑前有人摆放着两三袋小零食，一袋是"口水鸡"，另外两袋不知道是什么，估计也是辣条之类的东西。总比空空如也强，这总算让人看到一点希望。当我和大多数人都遗忘时，有人来过，"江南无所有，聊赠一枝春"，身上无所带，那就献上一包辣条。

湘江水依旧，我从衡阳去平江时，在株洲住了一晚，透过酒店的窗户正好俯瞰湘江夜景。车水马龙的跨江大桥下，两岸彩灯闪耀的高楼大厦旁，湘江水静悄悄地流淌。谁能想到，那里曾经行过一叶扁舟，谁会想过一代诗圣病卧孤舟，身如浮萍？

杜甫祠外不远处的村庄，一对新人喜结良缘，喜庆的充气拱门和红地毯从村口铺展到他们的新房。远处蜿蜒的水泥路上，一群孩子蹦蹦跳跳地走来，打我们身边走过，又开开心心地走远。

五夫里

夜幕降临，红灯笼亮起来，单调的古镇小巷有了一丝温暖的色彩。一场雨过后，湿漉漉的青石板路，变得深邃。我踱步从那里走过，心里空落落的。

大抵我只是作为一个匆匆的游客走过。那个夏季过后，我再也没有记起那个古镇。昨天晚上，和几位媒体朋友聊天，在某一个话题中，我突然想起古镇，想到关于它的历史。

和古镇的邂逅纯属偶然。去年暑假，我和妻儿一起自驾到武夷山游玩。在一家民宿住了两三天后，我们问漂亮干练的老板娘周边还有哪里好玩，她就给我们发来五夫古镇的定位。那是一个我从来没有听说过的地方，在旅行即将结束时，我们去了那里。

那天下午，我们刚到五夫镇就遭遇了暴雨，远远地看到乌云翻山越岭而来，接着传来轰隆隆的雷声。我们一家躲在汽车里不敢动，倾泻而下的雨点敲打着车窗，似乎再用一点力就可以把窗玻璃击碎。如果雨一直下，我们全家可能就驾车离开了。因为这个古镇在我们的印象中太籍籍无名。在这里，几乎看不到什么游客。没有游人如织的喧闹，反而让这个古镇变得安静。也许正因如此，朱熹才会移居此地近50年，潜心做学问。五夫镇原名五夫里，是朱熹的故乡，也是朱子理学的形成地。

暴雨初歇，我们一家打着橘红色的雨伞走进灰白色的古镇。小巷里，石板上，一大滩一大滩的积水，小巷一侧的下水道，激流涌动。在小巷里，我们邂逅了兴贤书院。书院的门敞开着，没有收费，也没有开灯，里面十分昏暗。据说，"兴贤"有"兴贤育秀，继往开来"之意，朱熹当年曾在这里讲学授徒。时间匆匆，我们没能游览朱熹故居，在古镇小巷的古董店里，我看到四块楹联摆在最显眼的地方售卖：读书起家之本，循理保家之本，和顺齐家之本，勤俭治家之本。这正是挂在朱熹故居正厅的四块楹联的内容。

后来我查资料，发现我走过的那条悠长的小巷可能是兴贤古街。和很多繁华的古街巷不同，那里的街巷只有几家商店，没什么游客，自然也没什么生意。青砖灰瓦的宅院，有的坍塌了，有的大门敞开，门前坐着头发花白的老人。我打街巷走过，越走越觉得落寞。也许它曾繁华过，也曾熙熙攘攘，川流不息。也许几百上千年来，它一直那么安静，安静得可以听到朱子步履匆匆，木屐敲击青石板的足音，可以听到紫阳楼上他的吟咏和叹息。

五夫里是一个非常美好的存在，它被群山环抱着，被溪水缠绕着。也许正是因为它的美，才能让人静下心来，去探究关于天地、生命、历史、社会的真理。如今，五夫里依旧那样美，在古镇外，我们看到大片的水田，夏天的荷花开得正艳。一大群白鹭散落在田间，我们走近，它们飞起，然后又在不远处落下。那一刻，我突然想到朱熹的《观书有感》："半亩方塘一鉴开，天光云影共徘徊。问渠那得清如许？为有源头活水来。"水田的尽头，矗立着朱熹巨石雕像，他左手持卷，右手捧心，凝望着山川、溪流、田地。

白鹭飞走，在一片丛林上的巢穴栖息，夜色悄然而至，雕像和街巷都渐渐消失不见。谁还记得，有个地方，叫五夫里。

管窑

管窑镇，在长江边，据说隔江可以望见黄石西塞山。

在这里，千年龙窑曾薪火不熄。赤西湖的胶泥被拍打、揉捏成各种形状，在烟与火的淬炼后，变成精美的陶器。我总觉得，这是一个很神奇的过程。有时候，烧制之后，陶器呈现什么样的纹理、色彩，连最有经验的匠人也猜想不到。陶器，总是给人惊喜。

管窑镇距离鄂州不远，我却不知道这个因制陶而出名的地方。几年前，《楚天都市报》鄂东站站长梁传松去那里采访。梁站长是我在时报的同事，他给我"柿外陶园"负责人何建平的电话，那里是管窑镇为数不多仍在生产陶器的地方。何建平和我一见如故，很热情地带我参观他的制陶厂，给我讲解制陶工序。为让我了解当地制陶的历史，他还带我去李家窑——当地保存比较完好的一处古窑址。人们曾在古窑窑架上发现写有"明朝洪武三年修建"的横梁，推断古窑已有600多年的历史。窑旁生长着一株重阳木，已有近千年的树龄。树旁有神庙，供奉的是李家窑率众建窑制陶的祖先，因生前烧窑烟熏火燎，烈日暴晒，皮肤黝黑，被称为黑神姥爷。几百年来，每一次烧窑前，当地人都会虔诚地祭拜。

村里老人说，李家窑20世纪90年代还在烧制陶器，人们到远处的山上砍柴烧窑。如今，陶工歇脚晾晒陶坯的大瓦房还在，可惜人去屋空。几株粗大的枫杨树已有两三百年的历史，如今仍然枝繁叶茂，但是树下却再也没有制陶匠人劳动的场面。

当地制陶的兴盛也反映在何建平身上，他的父亲何良法是当地有名的制陶工艺大师，做过制陶厂厂长。何建平并没有跟随父亲学习制陶，长大后去南方打工，后来还开设了一家电子厂。随着社会的发展，各式塑料、玻璃日用制品上市，轻便、价廉，逐渐替代陶器。人们生活条件越来越好，多吃新鲜蔬菜，少食咸菜，谁还去买腌菜的坛子？老制陶厂厂址现在还在，里面堆放着大量没有卖出去的坛坛罐罐。

旧厂房的屋顶漏了一个洞，晴朗的日子，阳光会穿透射进来，在昏暗的厂房里形成一个光柱，给人一种阴阳割昏晓的感觉。那里也成为摄影师最喜爱的地方，经常有摄影师带着模特到那里拍照。李家窑也是同样的宿命，年轻漂亮的女模特，在摄影师的指导下，倚靠在曾经燃起熊熊大火的窑炉旁，坐在窑工挥洒汗水的台阶上，肆意卖弄着风情。

很多人也想过改变。何建平从南方归来，和兄弟姐妹一起建"柿外陶园"。在父亲的指导下，招来曾经的陶艺匠人，继续生产陶艺制品。做陶的泥土是当地的黏土，草木灰做的釉，烧制出来的陶有茶叶末色的，有土黄色的，也有没有上釉的陶器，通体枣红色，细腻而喜庆。我在那里买过大碗、筷笼子、炭火炉，也买过花瓶、茶壶、茶杯等器具。那些陶器大都是老师傅手工做的，底部大都刻有制作人的名字，比如李从顺、何细明等。他们与何建平的父亲一样，都是从小学习制陶，如今他们也老了。制陶是一项很繁重的体力活，既要有一股子蛮劲，又要心细有耐性。农民伺候田地谋食，匠人生产陶器谋生，干的活不同，但都是为了生存。

看过电影《我爸没说的那件事》，我也读了原著《闻烟》，我觉得中国技艺传承存在很多矛盾。为保持传统美食冰晶糕特有的醇香，同祥顺老板柳庭深采取闻烟的办法掌握加工食材的火候，这一工序也伤害着人的身体，使他祖上几代人都活不过六十岁。他不愿悲剧在儿子身上重演，至死都没有把制作冰晶糕的完整秘方告诉儿子。这个小说里的故事，似乎也体现在何建平和父亲何良法身上。何良法从小学制陶，不知道吃了多少苦。若是有其他谋生手段能让儿女过上幸福的生活，他肯定不愿意让儿女去做陶。以前做陶的时候，除了老师傅，也会有小徒弟，如今在何建平的工厂，做陶的都是头发花白的老人。以前，他们在工厂里听风听雨听鸟鸣，听工友讲段子。如今，他们都有了智能手机，修坯的间隙，还可以翻看短视频。

湖北有三大民窑，汉川马口窑、麻城蔡家山窑、蕲春管窑，出产的陶器各具特色。如今，唯一延续制陶烟火的只有蕲春管窑。不久前，和《湖北日报》鄂州分社夏中华老师到管窑镇探访古窑。他是麻城人，竟然不知道家乡有以制作"描金刻画陶"而闻名的蔡家山窑。

管窑也曾辉煌，赤西湖畔，烧制陶器的烟火终年不息。就连聚族而居的村子都以窑命名，李家窑、芦窑、管家窑、万家窑、王家窑等村名沿用至今。集镇上、江畔湖边码头，人们手推肩挑排队运输陶器，一派繁忙。如今，繁华景象不再。

　　其实去管窑采访，可以挖掘出许许多多故事。如果写成小说、拍成电影，或许会感动很多人。只是，这故事该如何说起呢？

遇见佛光寺

我们穿过一条木叶凋零的小路，驱车赶到佛光寺时，寺院大门已经关闭。如果再迟一点来，或等到冬季，佛光寺可能很快遁入夜幕，与我们无缘相见。

在我的旅行计划里，没有佛光寺。如果不是同行的朋友加入这个景点，我可能不会与它遇见。一千多年来，在繁华过后，它就像是一个隐士，消失在山西茫茫山川中。一千多年来，它和迟暮的钟声相伴，静观着四季的变迁，世事的沧桑巨变。它千年不倒，静静地守候着这片大地，这片曾经繁华过，骄傲过，让世界瞩目的大地。侵略者断言，在我们的土地上，再也没有一处唐朝建筑，当他们想要我们忘记历史，让我们的民族甘心被殖民的时候。

它，就在那里，依旧挺立着。

1937 年，在经历千年等待之后，在它守候的大地惨遭蹂躏时，阵阵驼铃声打破了佛光寺的宁静。叩开尘封已久的大门，当梁思成、林徽因夫妇看到斗拱雄大、出檐深远的大殿和屹立在佛院的经幢时，这对年轻的夫妻竟然激动地哭了。日本学者在中国做了 20 年田野调查，都不曾发现它。因此断言中国已经没有唐朝建筑，中国人想要研究，只能到日本。当一个国家、一个民族没有了自己的文化，没有了自己的历史，这个民族在被人欺凌的时候就不会有反抗精神。

我们也就没有未来和希望。

这是另一个没有硝烟的战场，一队骡马驮着不甘心的青年学者，他们穿过无数的山岗和千疮百孔的大地，他们无怨无悔地去找，找那个曾出现在敦煌壁画中的"大佛光之寺"。而在这之前，没有人记得这个唐代的五台名刹佛光寺等在那里。

有时候，遇见真是一种缘分，在我们敲门不应，准备带着遗憾离开时，佛光寺的大门突然开启。

在我们的央求下，工作人员终于肯放我们进去。那是一次非常仓促的参观。这座唐朝木结构的大殿大门紧锁，我们仰头看大殿上的每一根木头，在殿外高大的苍松前沉思，抚摸那矗立千年的经幢。天很蓝，云很白，一缕缕的夕阳照射过来，照见千年前的光景。我们安静地站在那里，仿佛穿越千年，梦回大唐盛世。我内心无比兴奋，仿佛那里的每一根木头、每一块瓦片、每一块地砖、每一种色彩都是那样熟悉，那么让我亲近。我总觉得，有一种力量流淌在血液里，深藏在我们基因里，它让我们勇敢地直面任何苦难，让我们在这片土地上生生不息。

据说，佛光寺建于公元 857 年。我不知道京都女弟子宁公遇为何从长安远道而来，带着京都工匠选择在这里建造一座寺院。如今，人们为了记住佛寺修建者的功德，将宁公遇的塑像也供奉在佛光寺大殿内。林徽因曾说："我真想在这里也为自己塑一个雕像，让自己陪伴这位虔诚的唐代大德侍女，在这肃穆寂静中盘腿坐上一千年。"卢沟桥事变后，梁思成、林徽因携家人流亡至云南昆明，双双病倒。关于佛光寺的调查资料几经辗转，再次与他们重逢。1944年至1945年，在四川扬子江畔的一处农舍，颠沛流离的梁思成在贫病交加中，挥笔写就《记五台山佛光寺建筑》并发表。历经磨难，山河依旧。佛光寺依旧矗立在那里，展现着盛唐开放、包容、质朴、博大的气象。

2023年深秋，遇见佛光寺。我行过千里河山，它在那里等候千年。

雁门关

我去过北方最远的地方，恐怕就是雁门关了吧。那次游览，是在一个匆忙的下午，我几乎没有收获。从景区乘坐转运大巴车返回游客中心时，我望见一束束野菊花，在那个渐寒的深秋，从石头缝隙探出头来，开得正艳。

如今的雁门关只不过是一处景点，修葺一新的城楼和城墙，很难找寻历史痕迹。在我们的行程里，雁门关本来可去可不去，至少我那样认为。到了游客中心，同行的一位朋友听说雁门关还在很远处，索性放弃，独自坐在小车上休息。虽说关山路远，但在现代这个交通发达的社会，到任何一个地方都非常便捷。从游客中心到雁门关可以乘坐大巴车，到了雁门关口，还可以骑乘景区里的马匹直到核心景点。我们没有骑马，而是步行游览，两旁卖土特产和纪念品的商铺让人眼花缭乱，再往前走，远远听见咿咿呀呀的戏曲声，两位穿着古装的演员在戏台上表演，但很少有人驻足观看，他们演得也没有精神。然后，我们爬上城楼，再爬一段城墙，在一个垛口休息了一会儿，就返程了。在途经商铺时，朋友买了两尊观音像，柏树根雕的，据说很灵验。店主说再过一段时间，天气变冷，游客就少了，所以愿意降价出售。

雁门关还在那里，它被建设得比任何一个朝代都高大、雄伟、壮观，但原来的它似乎已经消失了。也许，它还在，在历史的扉页里，在那一段段沉重的文字里，在渐渐变老的牧羊人的童年记忆里。一座雁门关，半部华夏史。据说，战国时期，赵武灵王为防范匈奴，修建雁门关。2500年来，雁门关外，记录正史的战争就有200多次。"得雁门而得天下，失雁门而失中原""天下九塞，雁门为首"，可见雁门关是多么重要。雁门关外，赵国大将李牧率兵大破匈奴，一战封神。秦统一六国，大将蒙恬率30万大军，从雁门出塞，北击匈奴。汉时名将卫青、霍去病、李广都曾驰骋雁门关外，封狼居胥。唐代，老将薛仁贵镇守雁门关，震慑突厥。北宋年间，杨业率领杨家将士在雁门关血战辽军，至死不降。如今，在雁门关景区的道路两旁，还屹立着杨家将的雕塑。我不知道雁门关因何得名。据《山海经》记载："雁门山，雁出其间。"汉元帝时，王昭君出塞，走出雁门关回首故土，手握琵琶弹奏无限愁绪，连飞翔的大雁都停住翅膀。古诗云"寒云带飞雪，日暮雁门关"，当寒冷的北风吹动关外的草木，当鸣叫着的雁阵北归，有多少边关将士心生波澜。

一座关隘，见证了华夏民族悲壮而豪迈的历史，也让世界看到我们的不屈。抗日战争时期，八路军在雁门关两次设伏，痛击残暴骄横的日军，这是平型关大捷后的又一场胜利。

从雁门关回来，不久就到了冬季，雁门关的野菊花不知凋零了没有。我总觉得，那一次走进雁门关，没有真正了解雁门关，但我希望更多的人去看一看雁门关，去了解一下雁门关的历史。也许只有这样，我们才能知道我们的国家、我们的民族是怎样从历史中艰辛地走来，我们才能更好地拥抱和平，拥抱更美好的幸福生活。

山水武宁

陶渊明描绘的桃花源离我太远。以前，从农村走进城市，总觉得繁华的城市是我心目中的桃花源。如今，在城市里生活久了，又想寻一处桃花源，归隐田居。

背诵《桃花源记》，我总以为那是作者虚构的地方。后来，去过一些地方我才知道，还真有那么一片山水，如同陶渊明笔下描述得那么美。据说，陶渊明辞官归隐后，从鄱阳湖雇一小舟，溯修水而上，在一处名为武陵源的地方，他看到了心中的桃花源，并写下《桃花源记》。那个地方就是现在的武宁县。《武宁明清旧志》上，对陶渊明看到的桃花源有一段描写：小径曲折入，参差多庐舍，云中鸡犬繁，屋角桑麻亚。两岸夹桃花，一溪缘源乍，桃落复桃开，何事骋尘驾。陶渊明是东晋文学家、诗人，寻阳郡柴桑县人。他的家乡距离武宁并不远。那时的武宁还是非常神秘的。武宁地理地貌非常特别，它北面是高耸的幕阜山脉，南面则是九岭山脉，两座山脉的溪水汇集成一条修河，绵延八百里，流入鄱阳湖。高山阻隔，南北很难交通，出入武宁只能靠修河舟行。全程并非坦途，修河也有激流险滩，逆水行舟需要纤夫拉纤。山河的阻隔，成就了武宁的一方净土。晋代文学家郭璞称之："天下大乱，此地无忧。"

武宁有一处叫三贤墩的地方。据说，宋朝时，苏轼、黄庭坚和佛印和尚游赤壁后，乘舟去黄庭坚的家乡。黄庭坚的家乡在修水县双井村，位于修水的上游。三人舟行溯河而上，途经武宁时看到岸边柳暗花明，阡陌相连，于是下舟登岸，流连忘返。不知道三位贤人是否吟诗作赋。倒是宋代的王周写过一首诗，可以窥见当时的山水之美。诗曰："行过武宁县，初晴景物和。岸回惊水急，山浅见天多。细草浓蓝泼，轻烟匹练拖。晚来何处宿，一笛起渔歌。"

我以前去过武宁，只是觉得那里的山水很美，却无法用语言描述。换句话来说，我看到的山是山，看到的水是水，而文人雅士从那一片山水中，看到的是诗情画意，看山看水皆入画，听雨听雪都是诗。

其实，我真正认识武宁，是从庐山西海景区开始的。庐山西海原叫柘林水库，1958 年，修河两岸儿女肩挑手推，掘土炸岩开始修建，1975 年建成。这是全国最大的土坝水库。水库建好后，八百里修江被拦腰截住，一川秀水汇聚成碧波万顷的浩瀚大湖。记得儿子刚入幼儿园的时候，一个假期，我们全家去庐山西海游玩，曾在武宁住宿一晚。当时便觉得武宁山水秀美，我对妻子说，如果以后有钱，在武宁买房定居多好。

之后，我们很多年没有到过武宁。古时从鄂州到武宁，要么走崎岖险要的盘山古驿道，要么从长江边乘船到九江，入鄱阳湖再沿修河逆水行舟到武宁。来来回回没有十天半个月无法到达。如今，沿着贯穿南北的大广高速驾车仅用 2 个小时就可以到达武宁。近期，我和妻子先后到修河上下游的修水县和武宁县考察，也让我们更进一步认识了那里的青山绿水。2007 年 4 月 20 日，时任国务院总理的温家宝来到武宁长水村，视察林权制度改革工作，并为武宁亲笔题词——山水武宁。如今，山水武宁成了这座城市的旅游名片。在武宁，我们也去了长水村，曾经偏僻的山村修建了旅游公路，建设了林间木屋民宿，在那里看千年红豆杉林，听泉水叮咚，鸡鸣狗吠让人远离喧嚣，感受心灵的宁静。在经过一处山谷时，我们有幸看到一只白鹇从我们头顶优雅地飞过。

武宁也曾叫作豫宁，历史上的"豫宁八景"展现的不仅仅是山水之秀，还有深厚的文化底蕴。据说，武宁的县名是武则天亲自改的，意为"武则安静"。这些年，我走过许多县城。每一座县城，或县城的每一处景观，都有历史渊源。如果热爱这片土地，在每个地方都可以找到自己心中的桃花源。

庾楼

过年期间，全国各地旅游景点非常火爆。春节过后，我本打算去开封游览清明上河园，结果打开导航，发现高速严重拥堵。网上，开封的客房贵得离谱，靠近景区的普通快捷酒店住一晚竟要 1000 多元。

回来上班，和同事聊天。大家感慨，其实鄂州有很多古迹景点，只不过当地人太熟悉了，不以为意。再加上少有宣传，知道的人不多，也没什么游客。我刚来鄂州时，就听说老鄂城有"十景"，并且流传着一个很顺口的童谣，名曰："一鼓楼、二宝塔、三眼桥、四眼井、五家巷、六大坊、七星坛、八卦石、九曲亭、十字街。"其中很多景点要么遗迹难寻，要么只是孤零零地存在。鼓楼，就是这样的现状吧！

中国很多历史遗迹都是孤零零残存下来的，有名字的和没有名字的，有故事的和没有故事的。去参观它们，就如同去见一个弯腰驼背、满面褶皱的老婆婆，谁记得她曾经的青春靓丽和光彩熠熠呢？如今，除名山大川外，很多吸引游客的景点都是现代新建的，那里售卖着特产、美食和各种纪念品，门票一两百元，人们趋之若鹜。鼓楼是不需要门票的，却很少有人去参观。我来鄂州 21 年，从来没有专门游览过。我和许多普通人一样，只是打那里经过，有时会望一眼那夹在楼栋之间的城楼，有时直接低头走过。当我准备写鼓楼时，忽然有些犯难，鼓楼也有写作"古楼"的，我不知道用哪一个字更准确，索性用它的另一个名称"庾楼"做题目。

写一些历史遗迹，我不喜欢直接去描述。比如说我是如何登临庾楼，它高多少，长多少。如果这样去写，还不如站在远处，拍一张照片直观些。但真要拍出照片，估计很多人看了会摇头。庾楼，被两边破旧的住宅裹挟着，卖小电器、糖果、苍蝇板、耗子药的摊点招牌映入眼帘。这哪里是庾亮和诸贤秋夜登临赏月、吟诗作赋的地方？我不知道《世说新语》为何把他登临鼓楼赏月的情形记录下来。那时的武昌一定很美，《世说新语》仅用"秋夜气佳景清"六个字来形容。可以想象那是怎样的一个情景：皓月升起，天空澄碧，或有几朵闲云，被月光染成蛋黄般的色彩。月亮倒映在平静的洋澜湖中，水波不兴，偶尔传来几声水禽的鸣叫，打破秋夜的宁静。站在鼓楼上，湖光月色尽收眼底，使吏贤客正欲吟咏诗句，这时楼梯处传来"嗒嗒"的木屐声。

如果庾亮不来，谁也不会记得那个月夜，谁也不会记得那次吟咏欢聚。但是，如果庾亮是一个普通的官员，即使无数次登临鼓楼，也不会有人记录下来。魏晋南北朝是一个很有意思的时代，士族阶层讲究仪容举止，彰显魏晋风流。庾亮登鼓楼赏月的故事就收录在《世说新语·容止》中。古人写一个人美也非常含蓄，不去描写他的鼻子、眼睛，只用侧面的故事来凸显。晋元帝听说庾亮"美姿容、善谈论"，特意召见，赞称"风雅过于所望"。

晋明帝去世，成帝年幼，皇太后庾氏临朝，庾亮和王导等人为辅政大臣。庾氏是庾亮的妹妹。作为皇亲国戚，此时的庾亮权倾一时。辅政大臣晋帝宗室司马宗对庾亮不满，庾亮将其杀掉。小皇帝问起此事，庾亮以司马宗谋反伏诛搪塞，小皇帝只能哭一场作罢。连杀皇帝宗亲都轻而易举，想来这人有多可怕！怪不得听到庾亮的脚步声，在鼓楼上赏月的部属都惊慌不已，准备躲避。外戚嚣张跋扈，甚至推翻前朝自己登基称帝的故事在历史上并不鲜见。然而庾亮却朝着另一个方向转变。

庾亮主政期间，曾引发叛乱，他向陶侃求助。陶侃本欲杀他以谢天下。没想到"庾风姿神貌，陶一见便改观，谈宴竟日，爱重顿至"，两人竟成了无话不谈的好朋友。陶侃长期镇守武昌，他勤政爱民，曾在洋澜湖畔广植柳树，鄂州至今还有"官柳"的地名。

公元334年，陶侃去世。庾亮接替陶侃镇守武昌，都督江、荆、豫军事。镇守武昌期间，他"崇修学校，高选儒官"，"坦率行己，招集有方，政绩丕著"。此时的庾亮已不是那个冷酷无情、争权夺利的美男子了。当部属听到他的脚步声，吓得都欲躲藏时，他轻声细语地喊住大家，自己坐到马扎上，望着南湖月色和众人吟咏谈笑。月光柔和地照在城楼上，照在庾亮俊美而带有皱纹的脸上。

松风阁

很长一段时间，我一直想写一写西山，这座位于鄂州城西，立于长江之畔，海拔不过一百多米的小山。

来鄂州这么多年，西山我已经登过很多次，如今翻修了盘山公路，新辟了登山栈道，上山更加便捷。从山下停车场出发，十几分钟就可以到达山顶。以前，我经常到西山锻炼身体，沿着栈道上山，到山顶后再从另一侧盘山公路下山，前后不过半小时。在我看来，西山不过是一座可以健身的公园。所以，当刘敬堂先生鼓励我写作，并建议我可以写写西山时，我感到茫然。

那只不过是一座小山，尽管三国孙权曾定都武昌，在西山上修建宫殿，和群臣共谋大计，三分天下，但毕竟太久远了。西山已几经沧桑，山上除几座钢筋水泥构筑的宫殿楼阁外，哪有什么遗迹可寻？我很佩服刘敬堂先生，他曾写有《西山寻梅》，谈古论今，洋洋洒洒一篇好文一挥而就。尽管我在西山上上下下、来来回回苦苦求索，但始终没有在那座小山上找到写作灵感。

记得，曾有一位朋友初到鄂州，很想找寻西山上的东坡亭。苏轼被贬黄州时，经常乘舟到鄂州，在樊口买酒，带到西山上痛饮。据说西山上曾有一座东坡亭。我和朋友几经打探寻找，在西山脚下找到一个叫东坡亭的社区，却不见传说中的东坡亭。东坡先生生性豁达豪放，诗词书画名闻天下。西山寺庙的僧人仰慕苏轼大名，曾用油炸的面饼招待他，后来这种饼就被称为东坡饼。以前，我爬西山，在山上古灵泉寺旁买过东坡饼，吃起来又香又脆。后来，我在黄州还品尝过东坡肉。鄂州、黄州两个隔江相望的城市，不仅留下了东坡先生的足迹、诗文，还留下了让人回味悠长的美食。

苏东坡之后，他的学生黄庭坚也到过西山，并留下流传千古的名作《松风阁诗帖》。我很喜欢黄庭坚的诗词，读高中时，曾在一个春日读他的《春归何处》，那种面对春去无可奈何的感伤深深地留在我的记忆里。"春归何处，寂寞无行路……"如今，我仍能轻松背诵其中的词句。还有他的"桃李春风一杯酒，江湖夜雨十年灯"，读来更是让人感慨万千。

2018 年国庆节，我曾驾车到黄庭坚的故乡江西修水县。那时，他的故里正在打造旅游景区，村里修建了许多仿古建筑。我和妻儿在村民的指引下，沿着一条小路走过稻田，跨过小河沟，在村外一个僻静的田边找到黄庭坚的陵墓——山谷园。记得陵园内悬挂着一幅条幅，上面写着纪念黄庭坚诞辰的字样。

历史，就这样倏然而去，我无法想象黄庭坚是怀着怎样的心情来到鄂州，又一步步艰难地登上那座城西的小山的。在山上的亭阁里，在松风长啸、细雨绵绵中，他是怎样度过一个辗转难眠的夜晚。

苏轼被贬黄州时，曾站在黄州一座小山坡上，临江而立，怆然凝望滔滔江水写就《寒食帖》。许多年后，黄庭坚站到江对岸，挥笔写下《松风阁诗帖》。两人就是这样默契，就像他们平时唱和诗文一样。只不过，这一次成了绝唱，他们之间不仅隔着宽阔的长江，还隔着生死，隔着阴阳。

"东坡道人已沉泉，张侯何时到眼前"，写到此处，我想黄庭坚的内心在颤抖。知音已逝，好友不在，满腹心事向谁诉！岁月沧桑了画纸，却无法抹去那一笔一画的笔墨中透露的孤独和苍凉。

西山上，松涛阵阵，谁懂其音。掩卷沉思，长歌当哭。

双城记

很难找到像鄂州和黄州这样离得那么近，又让人觉得隔得很远的两座城市了。

站在鄂州的高楼上，可以拍到黄州全景；夏日里黄州市民在江堤上散步，可以隔江观赏鄂州夜景。

2003 年，我从黄州站下火车，乘坐客车第一次到鄂州。当时鄂黄长江大桥通车不过一年。而在大桥未开通前，无论是鄂州人到黄州，还是黄州人到鄂州都要乘坐轮渡，就连汽车也是来回摆渡。

那时候，鄂州和黄州都是小城，从鄂州的西山望黄州，看到的大都是低矮的房子，从黄州望鄂州也难见几座高楼。别小看这两座小城，它们都历史悠久。三国时吴王孙权曾在鄂州建都，将鄂县改名武昌，意为以武而昌。晋时陶侃曾镇守武昌，号令军营种柳，鄂州至今还有种柳的地名。庾亮镇守武昌，曾登临南楼赏月吟诗，南楼也被称为"庾楼"。如今的庾楼是后来重建的，残存在老旧的居民楼之间，已经很难让人产生登楼赏月的雅兴。

黄州的历史也很深厚，大文学家苏东坡更是给这个城市增添了文化底蕴。公元 1080 年，苏轼被贬为黄州团练副使，谪居东坡，在黄州赋闲四年之久，留下大量的诗词歌赋。黄州的赤壁公园，亦被称为"东坡赤壁"或"文赤壁"。后来，黄州又建遗爱湖公园，取名自苏东坡的《遗爱亭记》。

在苏东坡之前，唐朝杰出诗人杜牧和北宋文学家王禹偁都曾被贬黄州。

如果不去回首历史，隔江相望的这两座小城再普通不过了。鄂州虽曾有"以武而昌"之名，但提起现在的武昌，人们通常想到的是武汉市下辖的一个区，跟鄂州没什么关系。黄州呢？恐怕更多人记住的还是黄冈密卷吧。

我到黄州，当地人带着卷舌音郑重其事地说："到黄州来，了解完东坡文化，再到大东方饭店品尝正宗的东坡肉，才不枉此行。"好像我是远来的客。有时候，黄州人也会兴致勃勃地到鄂州游玩，并称赞雅惠鸭脖好吃。

苏东坡也常泛舟到鄂州游玩，到樊口买酒，然后带到西山和朋友畅饮。东坡诗《过江夜行武昌山闻黄州鼓角》写道："黄州鼓角亦多情，送我南来不辞远"，可见古时两座小城虽往来不便，但可鼓角相闻。

这两座城市就是这样，离得很近，但让人觉得彼此有距离感。每天凌晨一两点钟，驾驶三轮摩托车的黄州菜农会照常穿过车辆稀少的鄂黄长江大桥，到鄂州蟠龙大市场卖菜。

不知两城之间的轮渡是否还在通航，我已经很久没有乘坐渡船了。记得以前，每到周末，黄州的学生会挤满到鄂州的渡轮，去爬西山，游凤凰广场；鄂州的学生也会乘坐渡轮到黄州，感受不一样的江滩，逛一逛奥康步行街。在来来往往的青年男女中，总会有美丽的邂逅，四目相对，互生情愫，虽短暂几秒钟，却仿佛一生一世。然后在靠岸的汽笛声中，各奔西东。

九曲亭

苏辙的《武昌九曲亭记》，我反复读了几遍，但仅凭一篇短文，很难获取太多故事。来鄂州多年，我很少研究鄂州的历史，以至于想要写鄂州的古迹胜景，不得不翻阅资料，从头开始熟悉。

九曲亭，在鄂州西山上。我以前多次爬西山，都没注意这个亭子。有一次，我从靠近江边的登山步道上山，下山时，看到一群老爹爹、老婆婆在一亭子休息，无意中，瞥见亭中间的屏板，上面刻有苏辙写的《武昌九曲亭记》，而另一面刻着苏轼写的《武昌西山诗并引》。

据说，九曲亭是孙权所建。三国时期，孙权迁都鄂县，将其改名为武昌，意为以武而昌。历史上很长一段时间，武昌就是如今的鄂州。我作为一个来鄂州工作生活的外地人，常常不理解为何近代把武昌更名为鄂州。孙权选择鄂州建都，是非常有谋略的，鄂州这个地方在长江沿线的众多城市中，正好处于中心位置。可惜，因为部众"宁饮建业水，不食武昌鱼"，吴王又将都城迁回现今的南京。孙权建都虽短，但在鄂州却留下很多遗迹。小小的西山上，既有吴王避暑宫，也有九曲亭。

苏辙除写了《武昌九曲亭记》外，还写了另一个名篇《黄州快哉亭记》，快哉亭已不知所踪，但苏辙从长江北岸的视角，展现出他眼中的武昌美景。"西望武昌诸山，冈陵起伏，草木行列，烟消日出。渔夫樵父之舍，皆可指数。"苏轼登临快哉亭，或倚杖站立江头，也会为武昌盛景所吸引吧。所以，苏轼会选择江中风平浪静太阳升起之时，带着酒乘着渔舟，到长江南岸的武昌，携好友同游西山。

我来鄂州时，从黄州到鄂州有专门的轮渡船，其中有个渡口就在西山脚下。那时候，渡船往来频繁，几乎每一刻钟就有一趟。鄂州西山"涧谷深密"，又有"浮图精舍"，古时，苏轼、苏辙兄弟结伴乘船前来游览。如今，每到周末或节假日，黄州市民和学生乘坐轮船南渡，到西山访古探幽，或拜佛祈福。

不知道苏轼是怀着怎样的心情而来，但可以想象他一定很快乐。"黄州岂云远，但恐朋友缺"，被贬谪到黄州时，他还担心没有朋友。后来他不仅在黄州有了朋友，到鄂州来也有许多好友接待。"山中二三子，好客而喜游"，听说苏轼来，武昌的朋友都裹上头巾，开心地迎接苏学士，并相伴登山游玩。在深山密林里攀登，累了拂袖扫落叶，席地而息，小酌一杯。这是何等畅快释然！后来，苏门四学士之一的黄庭坚登临西山，也受到热情接待，《松风阁》中有"嘉二三子甚好贤可，力贫买酒醉此筵"的诗句。

苏轼在鄂州不仅有好友，还有老乡。住在武昌车湖的王氏兄弟原是蜀中人，后迁居武昌。苏轼到武昌来，王氏兄弟时常将其接到家中，杀鸡置酒相待。如今，因花湖机场建设，车湖村已经拆迁。当地有关部门立石碑保护与苏轼相关的历史遗迹。除了王氏兄弟，在樊口酿酒的潘氏兄弟也是苏轼的挚友，他们拿出最好的春酒招待苏轼。樊口有长港连接长江和梁子湖，那里盛产武昌鱼，河水清澈甘甜，曾是两岸人民的饮用水源，想必那清澈河水酿出来的酒也是醇厚悠长。所以，苏轼离开黄州，还在回味武昌的酒香，挥笔写出"忆从樊口载春酒，步上西山寻野梅"。

人生何以为乐，我想最快乐的事情，莫过于孤寂无聊时，有三五好友相伴，喝点小酒，亦醉亦醒间笑谈人生。人开心起来，连时间都会忘记，依山而眠，听松涛阵阵，风卷云舒，又有何妨！什么失意、得意，统统忘得一干二净。

命运就是这样，朝廷里少了一位高官，乡野山林里多了一个苏东坡。也让平民百姓、僧侣樵夫都可以一睹苏学士的才华风貌。

何以为乐，意适然耳！

破镜重圆

也许所有流传千古的爱情故事都是充满曲折的吧！

鄂州市博物馆古铜镜展区，专门讲述了一个"破镜重圆"的故事。1956 年，横跨鄂州连接武汉、大冶的铁路修建，建设过程中，在现今的华容镇周汤村发现两座宋代古墓。鄂城县的文化工作者进行了考古发掘，先在一个古墓中发掘出半面铜镜，几天后，又在另一座古墓里发掘出半面铜镜。刚开始，考古人员并没有在意那两面残破的古铜镜。后来，考古人员将沾满泥土的古铜镜清理干净，发现两面残镜形状相似，将它们拼凑起来，断面竟吻合在一起。铜镜背面为八瓣菱花纹路，有"湖州念二叔铜照子"字样。

在古代，铜镜不仅是为了梳妆打扮，也是爱情信物。谁也没想到，一分为二地埋藏在地下千年的古铜镜再次重圆，让每一个看到"破镜重圆"的人，可以去想象曾经美好的爱情故事。

东汉《神异经》有这样的记载，"昔有夫妇相别，破镜各执其半。后妻与人通，镜化鹊飞至夫前。后人铸镜，背为鹊形，自此始也"。可见，在汉代，铜镜就作为男女相爱的信物。

男女两情相悦，互相赠送一面铜镜，就如同现今，恋爱的男女互相赠送戒指一般，希望彼此的爱情能够天长地久。

古人表达爱情十分含蓄，一面铜镜承载了所有的爱恋和相思。年轻女子在对镜贴花黄的时候，看到的不仅仅是自己俊俏的脸，也有心上人朦朦胧胧的样子吧。据说，在一些地方出土的古铜镜背面，分别刻有"见日之光，长不相忘""长乐未央，长相思，愿毋相忘""愁思悲，愿君忠，君不说，相思愿毋绝"等内容。文字精短，情义绵长。

古代女子出嫁，铜镜也是必不可少的嫁妆之一。陪嫁的铜镜也有讲究，大都有美好的寓意，比如双凤镜、雀绕花枝镜、瑞兽鸾凤葡萄镜等。如果夫妻中，一人先去世，则将家中铜镜一分为二，一半随先逝者入葬，另一半再随后逝者入土，以此相约来生破镜重圆，生死不忘。

历史上流传的破镜重圆典故，大概出自唐朝孟棨所著的《本事诗·情感》。书中讲述的是南北朝时期的一则故事。陈后主陈叔宝的妹妹乐昌公主，不仅长得漂亮，也非常有才艺，嫁给了太子舍人徐德言。陈朝动乱时，徐德言对妻子说，陈朝如灭亡，恐将妻离子散，以妻子的美貌才华，将来一定会流落到有权有势的人家。如果将来情缘未断，希望还能相见。随后，徐德言将铜镜一分为二，夫妻两人各执一半，并相约他日相见。

陈亡后，乐昌公主嫁入越公杨素家，杨素对其宠爱有加。徐德言颠沛流离，到了京城，在约定之日，见到市场上有人高价卖半面铜镜，将两面铜镜放在一起，正好合二为一。徐德言作诗："镜与人俱去，镜归人不归。无复姮娥影，空留明月辉。"乐昌公主看到丈夫的诗，整日哭泣，不吃不喝。杨素得知后，感慨万千，将徐德言叫到家中，将其妻子送还，还给了他们一笔丰厚的路费。后来，乐昌公主和徐德言回到江南，携手终老。

故事虽然曲折，但结局如人们所期待的那般圆满。破镜重圆，姻缘也在今生再续，何等美好。真正的爱情，不仅可以同甘，也可以共苦，经受住任何磨难的考验。

武昌鱼

逛菜市场时，我买了一条武昌鱼带回家，中午做了清蒸武昌鱼。我问儿子好不好吃，一向对我厨艺颇有微词的儿子说："嗯，味道还不错！要是鱼刺少一点就更好了！"看着他一口接一口地品尝鱼肉，正为写文章发愁的我突然有了灵感，不如写一写武昌鱼。

对于我们外地人来说，武昌鱼确实是一个很特别的存在。我来鄂州之前，只吃过鲤鱼、白鲢鱼，小鲫鱼、鲇鱼等淡水鱼，过年的时候，我老家集市上也有冷冻的鲅鱼、带鱼等海鱼，但味道都谈不上鲜美，也没有留下深刻印象。我来鄂州之后，才知道有一种很特别的鱼叫武昌鱼。我那个时候非常穷，每年回家过年，会到万联超市买上两条武昌鱼，像宝贝一样放进包里，在火车上一路颠簸带回家。我父母也没见过武昌鱼，不知道该如何烹制。老家过年有吃鲤鱼的习惯，一般是把鱼挂上面糊放进锅油炸，之后再放上大料炖煮。我带回家的武昌鱼也是用这种方法烹制，大家吃了反响一般。许是这个原因，我来鄂州许多年，都没品尝过武昌鱼。

在报社当记者时，有一年，鄂州渔政局专家带着我和央视记者去杜山镇武昌鱼养殖基地采访，中午在三山湖一个饭馆吃饭，餐桌上自然少不了武昌鱼。菜都上齐后，央视记者扛着摄像机开始拍摄，前前后后一个小时才拍完，热腾腾的饭菜变凉，食之也无味。

　　我的老乡，鄂州文化名人刘敬堂先生是山东青岛人，20世纪60年代到鄂州工作。吃惯了海鱼的刘老，刚到鄂州也对武昌鱼不屑一顾，不觉得武昌鱼有多好吃。刘敬堂先生去食堂吃饭，厨师问他要不要清蒸武昌鱼，三角钱一份。那时候三角钱一份不便宜，一般人是不舍得花钱吃的。他正好领了稿费，就买了一份，权当犒劳一下自己。那一份清蒸武昌鱼到底有多好吃，刘老没有详细描述，他说从那以后，改变了他对淡水鱼的看法，对武昌鱼有了一种很浓的兴趣。如今，刘老常常回忆起这件事。为此，他还专门写了一篇文章，并且收录到他的散文集里，那篇文章的名字就叫作《我食武昌鱼》。我写这篇文章时，专门从书架上找来刘老的书。网上关于武昌鱼的记录很少，刘老的文章里却有很多关于武昌鱼的资料，一下子就把我的思路打开了。

　　武昌鱼又称鲂鱼或鳊鱼，是生长在鄂州梁子湖的特有鱼类，但不是所有的鲂鱼和鳊鱼都叫武昌鱼。通用的说法是凡鳞白而腹无黑膜，头圆、体厚、口宽，两侧呈菱形，肉质肥嫩、背鳍短、尾柄高者，才是正宗武昌鱼。这是一个很费劲的辨别方法，在我看来，武昌鱼和鳊鱼几乎一模一样。要辨别它们，和辨别两个长得一模一样的双胞胎兄弟难度差不多。当然也有人说，鳊鱼有13根大刺，武昌鱼有13根半大刺。可谁吃鱼这么较真，一根根数鱼刺来辨别是不是武昌鱼啊？就连常年卖鱼的鱼贩估计也分不清鳊鱼和武昌鱼吧！

　　历史上有童谣："宁饮建业水，不食武昌鱼。"可能武昌鱼的叫法就是这么传开的。孙权曾定都鄂城，并取"以武而昌"之意，将都城命名为武昌城。当时，东吴强行从建业迁人口到武昌。据说，从建业迁居到武昌的移民中有上层大户人家，也有冶炼、造船、营造、纺织等方面的能工巧匠。中国人是安土重迁的，和历史上每一次人口迁徙一样，原居住地的人们肯定一百个不愿意，所以就有了这首童谣吧。孙权只在武昌短暂建都，不久又把都城迁回建业。后来，东吴末帝孙皓又把都城迁回武昌，左丞相陆凯上书劝阻，再次引用"宁饮建业水，不食武昌鱼"的童谣。次年，孙皓还都建业。一条武昌鱼整得东吴皇帝心神不宁，真是世所罕见。

我想对于这么一条特别的鱼，历代的文人墨客一定有诗文记载吧。据说，北周庾信有诗句："还思建业水，又食武昌鱼。"唐代岑参曾作："秋来倍忆武昌鱼，梦魂只在巴陵道。"苏东坡被贬谪到黄州，时常渡江到武昌，估计品尝武昌鱼也会留下诗句。果不其然，他写了一首诗，名为《鳊鱼》："晓日照江水，游鱼似玉瓶。谁言解缩项，贪饵每遭烹。杜老当年意，临流忆孟生。吾今又悲子，辍筋涕纵横。"据说"解缩项"指的是武昌鱼。但吃鱼吃到自己泪流满面，也只有苏东坡了吧。

1956年，毛泽东从长沙到武汉，在长江畅游之后，正好品尝了一道清蒸武昌鱼。他乘兴填词《水调歌头·游泳》："才饮长沙水，又食武昌鱼。万里长江横渡，极目楚天舒。不管风吹浪打，胜似闲庭信步，今日得宽余。子在川上曰：逝者如斯夫！风樯动，龟蛇静，起宏图。一桥飞架南北，天堑变通途。更立西江石壁，截断巫山云雨，高峡出平湖。神女应无恙，当惊世界殊。"

一代伟人的诗词很快在大江南北亿万人民之间传诵，恐怕无人不知武昌鱼。鄂州市曾组建了一个武昌鱼集团，并成功上市。如今，但凡有外地朋友到鄂州来，我一般会准备风干武昌鱼作为礼物。

前几年，鄂州市有关部门推出城市宣传语：湖北简称鄂，鄂州欢迎您。很多人看不明白啥意思。我觉得还不如来一句"武昌鱼的故乡——鄂州欢迎您"妥帖些，你觉得呢？

第六章　　心路寻踪

读书小记

用"三天打鱼两天晒网"来形容我读书的状态最合适不过。

谈到读书，你可能以为我是博古通今，对中国历史文化颇有一番研究的大学者吧。恰恰相反，我是一个学识浅薄的人。回首过去，很多经典名著或畅销书籍都与我无缘。

一方面，是环境所致，我生在农村，家里穷，确实没有钱购买除课本以外的书。在村里，向乡邻借农具很方便，但若借书看，那真是太困难了。另一方面，可能是我读书不用功吧，读书的年龄，把时光都用来玩，上树捕蝉、下河摸鱼的事没少干。

以前想读书而没有书读，如今藏书满屋，却又懒得读。因此，我难免成了一个毫无学问、孤陋寡闻的俗人。

幸好，在我读过的少得可怜的书籍中，我还能对那么几本书有一点印象。《中国通史》就是其中之一。

我读书的那所学校，各种设施条件都很差，图书馆不仅面积小，藏书也少。或许是南方多雨的原因，每一次走进图书馆，一股霉味就会扑鼻而来。书架上的书摆放得零零散散，并且大都是旧书。

在图书馆最显眼的位置，摆放着很多本倪萍的《日子》，那鲜红的书面很惹人眼。每次我去图书馆找书，目光总会在那本书上停留几秒。

在赵本山、宋丹丹的小品《昨天今天明天》中，白云对黑土吹嘘要出本书，"人家倪萍都出本书叫《日子》，我这本书叫《月子》"。黑土说他也要写本书，叫《伺候月子》。可惜，我始终没有读过倪萍的《日子》，更没有读白云的《月子》。

就是在那样一个图书馆，白寿彝先生主编的全套22册《中国通史》被整整齐齐地摆放在书架底层。我弓着腰，侧着头才发现它们。之后很长一段时间，我都在借阅《中国通史》。22册书，记述的历史朝代不同，厚度也不一样。

这么多年过去，我仍对那套《中国通史》念念不忘。我一直想买一套，可找过几家书店都没有销售。后来，我买过简写版的《中国通史》，上下五千年的历史被浓缩在一两本书上，读来让人感觉苍白而无趣。

这些年，读书渐少，自己也变得浅薄而庸俗，所以格外怀念那段可以游走在图书馆选书，躺在寝室床上或伏在书桌上读书的日子。

其实，我也很想写一写熟悉的历史，告诉那些和我一样无聊的人，还有那些觉得外国的月亮比中国圆的人，我们中华民族的历史是多么厚重而灿烂，是多么值得了解和品味。

历史也能给我们以指引，让我们在兴衰更替中得到启迪和智慧。我想写一写李存勖，在五代十国，他是"举天下豪杰莫能与之争"的英雄人物。其父李克用临终交给他三支箭，要他完成三个遗愿。李存勖将箭供奉在太庙，每次出征从太庙取一支箭，凯旋后，将箭送入太庙。最后打败所有仇敌，成就霸业。

对于当时在学校萎靡不振的我来说，这是一个非常励志的故事。可惜，李存勖称帝仅三年，就因宠信伶人众叛亲离，最后被叛军一箭射中，身死国灭。

这样富有戏剧性的人物真让人唏嘘不已！正如欧阳修作《五代史·伶官传序》时感慨"忧劳可以兴国，逸豫可以亡身""夫祸患常积于忽微，而智勇多困于所溺"。

前不久，我网购了4册《中国通史》。那是旧书，厚厚的书页里散发着岁月沉积的味道，面对曾经阅读过的文字，回忆起曾经徘徊在图书馆，犹豫不知该读哪本书的自己，我的内心竟然升腾起满满的幸福感。

我甚至很想读一读倪萍的《日子》了。

一本旧杂志

网购的杂志终于收到，2001 年出版的《辽宁青年》，原定价每本 2 元，我花了 68 元钱买回 8 本。没想到过了这么多年，这些过期的杂志反而升值了。早知如此，我以前买的那些杂志真不该丢掉。

最近，我一直绞尽脑汁回忆读过的书，《辽宁青年》便从我脑海里蹦了出来。20 多年过去了，我竟然还记得这本杂志，可见曾经的我多么喜欢阅读它。

2001 年，我正在读高三，那时，食堂中午的菜 5 毛钱一份，也有 1 元的荤菜，里面有那么一两片猪肉，但总不舍得买。就是在那种条件下，我每个月还要省出几元钱，购买一两本《辽宁青年》。

学校门口西侧有一个文具店，兼卖杂志、报纸，我最爽快的消费就是等到新一期的《辽宁青年》出版，拿 2 元钱交给文具店老板，从他手里接过一本《辽宁青年》。

我不知道是什么吸引着我去购买那本杂志。从现在的角度看，那时候的《辽宁青年》是非常独特的，不仅内容设置丰富，可读性强，更难能可贵的是，它还敢于揭露一些社会问题。

印象中，《辽宁青年》还刊发过一位患癌青年的笔记，并且一直连载到他去世前。笔记的内容我不记得了，但这件事让我印象深刻，也让当时的我第一次感受到生命的脆弱。

不知为什么，我后来没有再读《辽宁青年》。记得那时候，有一位资深编辑写了一篇告别文章，说要离开《辽宁青年》到国外去。至于那位编辑在国外发展如何，不得而知。

我复读的那一年，也偶尔买一些报刊看，但我选择了《语文报》《半月谈》，《辽宁青年》就这样淡出了我的视线。我觉得阅读杂志能开阔人的视野，也能得到一些人生启迪。记得我在一本杂志上读过一篇文章，说为人处世要学会变通，不能太过固执，并列举了几则故事来印证。还有一本杂志上的图片，展示的是一个外国小孩，他怀里抱着两个大酒瓶子，穿着破旧的衣服，露出天真的笑容，给人一种精神上的鼓舞。

《辽宁青年》被青年读者誉为"引导人生的小百科全书""一所没有围墙的人生大学"，影响了几代中国青年成长。不知这本杂志如今是否还在出版，毕竟书报摊和书店里已经难觅它的踪影。现在，连书报摊也少见了。

在网络如此发达的时代，谁还会期待一本小小的杂志呢！人们多沉湎于刷短视频，谁还会安安静静去读一本书，看一本杂志？

当我收到快递包裹，从牛皮纸信封中抽出那几本旧杂志时，我的心情并没有如我想象的那般喜悦。就如同20年没有见的老同学相聚，似乎有许多感慨，有很多话要说，但见面时，又有些尴尬，不知道说什么好。20年前，我带着美好的渴望去买那本杂志，去读里面的每一段文字。20年后，那些杂志的扉页已经发黄，而我也浸染了岁月的风霜。

我的诗篇

有时候，心有所感，未必能用文字表达出来。

一

曾经有一段时间，我喜欢写诗来抒情，但品读自己写的诗，总觉得那么浅薄。2009年底，结婚前后，我写过几首小诗。第一首是《梦中的婚礼》：

　　许多年前，我们都还是怀着梦的孩子
　　第一次把青春的萌动，交给了三月，交给了
月光，交给了摇曳的麦子
　　你轻盈地走来，带着花一般的笑容，芬芳了
我的心扉
　　羞涩的爱情，仿若家乡天空绯红的云朵
　　所有的记忆，留在六月，留在时间的河畔
　　留在你温暖的一声问候，留在我心中你依旧
清晰的脸庞
　　别离的日子，我是一棵没有思想的芦苇
　　在无数个孤单的日子，摇落思念和悲伤
　　曲折的往事，让我更加珍惜未来

梦里的新娘，我们都在期待着那一刻的到来

我贫瘠的文字，不能带给你太多的财富

我只能好好陪你，看朝霞，看夕阳

我不能给你一个豪华的婚礼

但我知道，在那熟悉的田野

一万株麦子在为我们祝福

小鸟也飞临我们窗前，衔来一个清新的黎明

2003 年，我和妻子相识，2006 年她到鄂州来。其间，我们的爱情经历太多挫折，我甚至已经打算和她一生不再相见，没想到我们又在这个小城相聚。从 2006 年 7 月到 2010 年初结婚，我们又度过了三年相依为命的日子。她的相伴，让我的人生不再孤单，也让我可以为事业放手一搏。其间，我先后买了一部数码相机、一辆山地自行车、一台笔记本电脑，几乎每买完一件物品，都花光我们的积蓄。面对生活和未来，我们似乎无惧无畏。后来，快过年了，妻子和我商量办一个结婚仪式，我才想起来我们该结婚了。我没有房子、车子，更不能给她一个豪华的婚礼。我只能用一首诗来表达我的心情。我们相识在三月，在月光下约会，然后等着她乘坐火车从家乡来。回忆过去，有太多的幸福瞬间。如果我是小鸟，就应该放声地歌唱；如果我是诗人，一定要写出最深情的诗句。但我写得太过浅薄，这种浅薄来源于我的不珍惜，我思想上的背叛。

二

在举办婚礼后，我又写了短诗《多情的沙滩》：

> 多情的沙滩，留在冬日晴朗的午后
> 那是别离的路上，唯一让我们心动的风景
> 摆渡满江的离愁，那是我和家人最后的欢聚
> 多情的沙滩，留下我们狂欢的脚印
> 留下我们的欢歌和笑语
> 多情的沙滩，留在那个冬日晴朗的午后
> 多年以后，也许我和母亲都会做同样一个梦
> 思念的距离，从此不再漫长

双方亲友参加我们的婚礼，只住两三天就返回家乡。因为我们没有宽敞的房子接待他们，住的宾馆每晚几十元，条件相当差。现在想来依然非常愧疚。在这短暂的相聚中，我们也有许多美好的回忆。从鄂州江边乘坐轮渡到黄州，冬日的长江北岸裸露出很长的一段干净细软的沙滩，我们在那里开心地合影拍照，坐在厚实的沙堆上感受长江的美妙。每个人都绽放笑容，似乎忘记了难舍的别离，忘记了我们的心酸。这段江滩我们走了许久，似乎想要时间静止，但最终还是别离。之后的几天里，我和妻子的内心都很失落。那时候，我们已经买了一台笔记本电脑，夜里我静坐在桌前，很想写出一些文字来记录我的心情，记录下那一段难忘的江滩，那掺杂着喜悦和愁绪的别离时刻。我写了几句话，然后删除，再

写，再删除。我好像坐了许久，都没能写出让我满意的句子。那是一个很窘迫的时刻。苏东坡面对长江，写出"乱石穿空，惊涛拍岸，卷起千堆雪。江山如画，一时多少豪杰"。而我面对长江，只能写"啊，长江很宽、很大"。于是，很长一段时间，我对自己曾经的不学无术非常自责。也是从那之后，我很少写诗，也渐渐不再写诗。

一边流浪，一边前行

一

我总是想，那个最爱他的人即使离开了很久，也会在某一时刻想起曾经的海誓山盟，想起他曾经写给她的诗吧！

有才兄已经很多年没有跟我联系。前几天突然给我打电话说要到鄂州办事，邀我出来聚聚。到鄂州时，已经是晚上七八点钟，在一家餐馆，我们点了两道菜，叫服务员拿了四瓶啤酒喝起来。

几年不见，他也发福了，和我一样小肚子鼓起来。曾经，我们都瘦过，一样都是穷学生。那时，他常常穿着一件紧巴巴的旧 T 恤，而我穿的 T 恤是同学穿过的。在一个脏兮兮的餐馆，我平时只舍得吃两元的素炒面。那时，估计是我吃饭时带着两本文学书，有才兄就凑过来，跟我谈文学，谈诗歌。我们就这样相识了。

他写的诗不错，那时候我也试着写诗，但总写不出他的味道。他的诗里总有秋天摇曳着的芦苇，带着一丝悲凉和忧伤。

再次见他，我不知道他还写不写诗。我说，好兄弟不管过多少年，还是一见如故。我想大发感慨，但彼此内心似乎起不了波澜，人到中年经历的事情太多，可能都有些麻木了吧。于是我们有一句没一句地闲聊，彼此举杯喝点啤酒。

我知道他这些年过得不太顺利。他曾经娶了一个温柔体贴又爱他的妻子，并且生育了双胞胎女儿。后来他离婚了。

我怕提起往事，让他伤心，刚开始只是谈谈他的工作和女儿。后来，酒喝多了，我还是忍不住问他，为什么离婚。以前他的妻子多么爱他，每天黏着他，总是含情脉脉地看着他。我的某个看法和有才兄相左，她总是站出来反驳我。在她眼里，老公说的一切都是对的。

二

"都是因为自己穷呗！母亲因山体滑坡被埋去世。之后自己去打工也没有挣到钱。"有才兄轻描淡写地说。

离婚后，妻子改嫁，他和妻子一人带一个孩子。从那以后，他再也没有见过前妻，彼此也没有联系。

他说过了这么多年，自己已经平静下来，但谈到离婚的事，他依旧愤愤不平。妻子提出离婚，他不同意，妻子便和家人到法院起诉离婚。他想不通妻子为什么不能和他患难与共。

现在他已辞职，从深圳回老家两个月，在驾校学车，他说拿到驾照再去深圳找工作。令人想不到的是，整天文绉绉的他现在竟然成为技术男。他说自己以前都不会换灯泡，现在安装电梯、设计音乐喷泉都非常熟练。

当我们从餐馆出来已经很晚。他在莲花山附近找了一家100元一晚的宾馆住下来。我本来要回家，但总觉得还有很多话要跟他说。

我说你多关心下自己的孩子，也要想想前妻的不易。后来说着说着，我都觉得自己好笑，好像说的梦话一般。有才兄说，他现在只能照顾好自己。他把自己的微信名改为"皈依空门"。我给他讲既然皈依空门，就应该放下怨气，内心重归平静。

他说自己不信佛。

有才兄的话给我泼了一盆冷水。没有经历妻离子散的人或许永远体会不到那种痛苦。我是站着说话不腰疼。

我突然问有才兄，还写不写诗。他说写啊，并且把怀念母亲的诗从朋友圈里找出来给我看。在他的诗里，母亲种桑、种茶，把他们姐弟养大，培养成大学生，但辛苦一辈子，没有品尝过一杯茶的甜蜜。

他的诗写得那么有感觉，发在自己朋友圈，却进行了屏蔽，不让别人看到。

三

那天晚上，我在宾馆里和有才兄告别。我突然有一丝感伤，很想坐到电脑前写一写他的故事。

他说自己的愿望是将来在南方买一套房、一辆车，把孩子接到身边。因为很多人都离开乡村在城市买了房，即使没有买房的人也很少回乡村。尽管在他的诗里，乡村还是那么美，还有让人相守相望的爱情。

我对失恋的人说，你去仰望星空，你去爬爬山，站在山顶俯瞰世俗人间。不知道我哪里来的那么多花言巧语。

我们毕竟不是神仙，再美的诗歌都抵不过世间的柴米油盐。有才兄说自己打工虽然挣钱不多，但也经常往家里寄钱，可妻子总是在村里的小店赊欠着油米钱。离婚时，妻子向他哭诉："你知道我在你家过的什么日子吗？"

虽然离婚后他们彼此没有联系，但我从有才兄的话语中，感觉到他前妻改嫁后过得并不好。

我对有才兄说，你还要去爱她，去感激她。哪怕不让她知道。

我相信那么爱他的人，无论多么恨他，也会在某一个时刻想起他，想起他写给她的那首诗。

第二天，我们在雅惠饭馆吃了饭，喝了点酒。他抢着买单，我争不过他。然后彼此道别。他把新写的一首诗发给我看。

胃，啤酒，清粥
刻在社会里坚硬的躯壳
托起来时路上欣喜的腮红
你猜，他真实的想法
再来两瓶，狂言下肚
在迷醉里酣睡
亦敌亦友

眼，高楼，太阳
总有一股清流

在大地的胸膛升起
朝霞后面，你看不见
三月的烽火薪传
谁不都是在路上
一边流浪，一边前行

巴河岸边

本来想走得更远一些，去爬爬山，看看山顶的杜鹃花，却没有成行，但我并不遗憾。

春末夏初，处处都是迷人的景色。

河边，有成片盛开的紫云英花，远远望去好像彩色地毯一样。在小小的花丛中，小蜜蜂不停地穿梭采蜜，想用相机拍下它们灵动的身影真不是一件容易的事情。

一群水牛像是一群土匪，野蛮地霸占着每一块丰茂的草地，把躲在里面谈情的小鸟惊飞。五月就这样来了，无须跟任何人打招呼，也不需要谁欢迎谁。

河边的老柳，不知道在岁月里站立了多久，你看到它枝繁叶茂的一面，却不知道它的躯干已腐朽得空空如也。它把伤痕隐藏在背后，把一簇簇嫩绿的叶子拱向高空，一如它最初破土而出的样子。

有的老柳树已经倒下，以一种悲壮的方式，和无数个日夜星辰告别，在艺术家眼里，它成为一座丰碑。

麦子快要熟了。小时候折一根麦穗，用手将鲜嫩的麦粒从壳里搓出来，一把塞进嘴里，那麦粒的汁液带着香甜，滋润了我的整个童年。

从前，人们总是非常有仪式感地去对待每一个即将到来的收获季节，让光滑的石磙碾过悠悠的岁月。

麦子熟了，布谷鸟又要在家乡叫个不停，久远的故事和逝去的光阴都不会回来。不知道是谁在每一个黎明醒来，孤独地发出一声叹息。

乡村里，曾经力大无穷的青年，已经老得迈不动步子；在油菜田里照相的女孩，已经找不到和她合影的同伴。我曾经把她写进一首诗里，却没能给她带来一丝惊喜。

在每一个夜不能寐的时刻，我都心潮澎湃，像一个在战场上无所畏惧的勇士。我曾经在半夜醒来，买了一张火车票，想去一直向往的地方；我曾经一夜不眠，听小鸟在黎明前嘹亮的叫声；我也曾在黑夜里徘徊，想要说出自己在光阴里的故事，却又无奈写不出一个字。

有人说八零后活得越来越丧，我竟然虔诚地信了。于是，我开始试着与自己和解，和每一个让我别扭的人和解。我学会了沉默，学会了把想开口说的话咽到肚子里。

我终于学会安静。学会欣赏人生路上每一处细微的风景。我从来没有像今天这样，为了拍紫云英细小的花朵，伏在地上累得满头大汗。我以前甚至不认识紫云英。

今年，我第一次发现在路边有那么多蔷薇花，它们的花朵那么美，它们开放得那么热烈。以前它们在哪？我竟然没有一点印象。

人生是一场没有返程票的旅程。不知不觉中，我们成为最有故事的人。未来，或快乐，或悲壮，或豪迈，我都要前行。

"谁道人生无再少？门前流水尚能西！"眼前的巴河水，恰好是往西流的。

小雪

不知不觉又到了冬季，我咧嘴笑了笑，眼里流出了泪。

本来以为秋雨还长，朋友在喝米酒吃吊锅时吟诵"晚来天欲雪，能饮一杯无"，我心里还在想，秋雨绵绵的季节，哪里来的雪。没想到第二天就是二十四节气中的小雪，气温陡然下降。现在，我已经穿上了厚厚的羽绒服。

去爬山，看到秋叶落一地，乔木也都变得光秃秃的，潭水清澈如同碧玉翡翠，我很想写一写这南方冬日的景色。结果踌躇了两天始终无从落笔。这里虽然降了温，但依旧阴雨绵绵，没有雪，让我这个从北方来的人找不到一点冬日的感觉。

于是，我又想起家乡的冬日。夜里，你安静地进入梦乡，雪就悄然飘落下来。清晨，你穿上棉衣推开门，一个雪白的童话世界就在你眼前了。那雪遮盖了我家的房屋，把我家光秃秃的槐树装扮成冰雕的玉树。家乡蜿蜒的小路也不见踪影，整个田野都是白茫茫一片。

虽是农闲，村里人照常早早起床，扫雪、做早饭。当袅袅炊烟从每家房顶的烟囱升腾，公鸡的长鸣、小羊的咩咩、小狗的狂吠让宁静的村庄又热闹起来。村里的老人喜欢穿着木屐从厚厚的积雪中走过，那咯吱咯吱的声响至今还回荡在我的脑海。如今，村里已经没有人穿那种笨重的木屐，那位穿着木屐走过我童年的乡邻也早已去世。

和我一起爬山的朋友说，冬天很想去北方看雪。我却觉得雪没什么好看，从小长大，我见过太多的雪。很多人以为北方的雪必定是鹅毛大雪，其实有时下的雪却如碎银一般。在我眼里，雪有很多情感，很多故事。

我见过祥和的雪。除夕晚上，夜幕降临，鞭炮声四起，人们挂起的灯笼把房檐上的雪映成红色。雪乡人虔诚地敬拜神灵，雪乡的空气中弥漫着古朴的香味。

我见过欢乐的雪。在每一个雪天，和儿时伙伴努力堆起的雪人，是我们人生中最粗糙的艺术品，却让我无比开心和怀念。雪也给成年人带来乐趣。谁家的女婿节后到丈人家走亲戚，脖子里不小心就会被抛进一个雪球，惹得周围一群人哈哈大笑起来。

我见过忧郁的雪。曾经我读书迷茫时，独自走过满是积雪的田野，在厚厚的雪上抒写自己的愁绪。我的手被冻得通红，然后又突然热腾起来。那文字早已和雪一起融化，融进家乡的泥土，长出一个又一个我向往的春天。

其实，我不是一个充满哀愁的人。但有时候，你正聊着天，会有人突然说一句"冬天来了，这一年又要过去"。于是，我开始随波逐流地感叹时光易逝，随波逐流地忧伤起来。本来想找一本书安慰一下自己，却随手从书桌上掀开沈复的《浮生六记》。

初读这本书，是在家乡一个漫长的冬夜，我边读边流泪，没想到天下还有这样感人的故事。那故事里的人都很普通，如果不是把忧伤写成文字，再刻骨铭心的故事在历史的长河里，也泛不起一点点涟漪。

　　每个人都有爱与恨，但不是每个人的喜怒哀愁都会变成流传千古的文字。历经沧海桑田，也不是每一棵树、每一块木头都会变成坚硬的化石。

　　山林间，溪流旁，五彩缤纷的叶子落下，渐渐褪去所有的色彩，变成和泥土一样的颜色。朋友说，早来半个月就好了，那时候的落叶一定很美。

　　冬天的山林弥漫着浓雾，水珠挂满枝头，又露出新芽。

　　小雪已至，这里依旧没有下雪。在一场醉吟一场梦后，我们义无反顾地走进城市。

画竹子的人

　　每个人都想活成自己想要的模样吧，但现实往往不尽如人意。

　　今年，我第一次没有回老家过春节，也没有以往急切返回家乡的感觉。这十多年来，每到春节，我们总是带着对故乡的眷恋匆匆忙忙回乡，又在每一个春节过后，随着火车站的人流以及高速公路上的车流返回现在的城市。

　　往返中，我由孤身一人，到成家立业，再到有妻有子。也由漂泊不定，到在外安家落户。在这变化中，我似乎也变了，漂泊感淡了，离别的愁苦也淡了。在我最初拎着行李离开家乡时，我又何曾想过现在的一切。然而对于无数个和我一样离开家乡寻找出路的人来说，我似乎又是一个幸运者。我现在至少不用四处漂泊，或年复一年去感受与家人离别的愁苦。

　　曾经很长一段时间，我不知道为什么要离开家乡。我读高中的时候，平时说话轻声细语的语文老师很少见地在课堂上给我们读他的一篇文章。他写自己送哥哥外出打工的情形。虽然过去将近 20 年，我依旧记得他读那篇文章的样子。他用双手捧着笔记本，那本子和他的眼镜靠得很近。他是一个不善于朗读的人，却想尽力把自己的情感读出来。他的哥哥一定是一个很好的人，以至于当哥哥扛着行李远走他乡打工时，会深深地触动弟弟的心灵，让他感慨万千，写下那篇文章。也许读给我们听了，他的内心才会感到释然。

也许那个时候，在那片土地上才刚刚流行外出打工。我们每个人都裹挟在社会发展的大潮里。读过书的人可以写一篇文章，没有读过书的人，也许只能沉默地难受一阵子，然后渐渐适应亲人离开后的生活。

如今，这种外出已经成为常态，过年团聚、年后分别已成为我们生活的一部分，让看惯聚散分离的人内心掀不起半点波澜。谁还会为这事感叹呢，谁还会为亲人的别离写上一篇文章呢？一切都顺其自然了吧。如同我平静的内心一样。

有一天，我突然想到那位画竹子的年轻人，觉得他是一个很了不起的人。那时候，他时常出现在我农村中学的校园，现场作画卖给学生。他把画摆放在学校的过道上，只要几元钱一幅。那时我们不懂艺术，很少有人买他的画。直到中学毕业，我都没买过他的画。

也许他真的喜欢画画，不想裹在人流里去挤火车，到他乡和钢筋水泥打交道。他想用卖画的一点微薄收入，去支撑自己的梦想，让自己可以和亲人朝夕相伴。而农村，除了校园，哪里会给一个画竹子的人半点希望呢？

20多年过去了，如今，那位画竹子的青年已经变得如何苍老呢？若能回到过去，我很想从自己拮据的生活费里挤出几元钱，购买他一幅画。可惜，我读书的那所农村中学早已不在了。

在随波逐流的人群中，我想总会有那么一两个人，固执地坚守着自己内心的方向，哪怕遍体鳞伤。

大雁往北飞

这个三月，鄂州天气变化莫测，前几天，最高气温直逼 30 摄氏度，明明才开春，就已入夏，我甚至开始穿短袖。没想到，一场寒雨袭来，气温骤降，仿佛又回到潮湿阴冷的冬季，我不得不把叠好放进柜子里的羽绒服拿出来穿上。

冷雨一连下了好几天，不知道多少花朵在风吹雨打中飘零，多少花瓣落在地上融进泥土，让人觉得这个春天，花儿不曾开过。春天太短暂了，我还没有真正走近这个春天，还没来得及欣赏美好春景，它就走远了。

前几天，天气晴好，早上推开窗，我能闻到各种花的香味，还能听到很有穿透力的鸟鸣声。不知道那是斑鸠还是杜鹃，或别的什么鸟发出的叫声，好像每到春天，它们的叫声都会响彻家乡的天空。在春天所有婉转悠扬的鸟雀鸣叫声中，它最响亮。

我曾经在家乡的油菜花田里用相机摄像，油菜花随风摇曳，那"咕咕、咕咕"的鸟鸣声此起彼伏，成了那段画面里最好的背景音乐。所以当我在鄂州的清晨，推开窗听到那熟悉的声音时，我感到非常亲切、感动。就像我听到布谷鸟的叫声，会联想到家乡的五月，那一望无垠的麦田；想到那挂满枝头的红杏，以及那宽敞平坦任我撒欢的麦场一样。

我很想知道是什么鸟，在这个春天如此忘情地歌唱，很想写一首诗或一篇散文来梳理我凌乱的思绪。我把钢笔吸满墨水，把新买来的稿纸铺在书桌上。我在夜里苦熬，在稿纸上乱写乱画，却写不出一个像样的句子。我心里无法安静，什么都写不出来，但我又不甘心睡去。

我终于体会到作为一个中年人的压力和矛盾。在这个美好的春天，我竟然变得如此惆怅。从一个中年人的眼里去品味春天，总带着那么一点愁绪，那不是年少时为赋新词强说的愁，而是不知不觉涌上心头实实在在的感受。多么怀念那逝去的青春，那时候触目所及，无论春秋冬夏，都是清澈而纯洁的。

如果把中年比作四季，那我处在哪个季节呢？那逝去的青春不会像这短暂的春天一样转瞬即逝，一去不复返了吧！曾经，我很想写一下中年的自己，标题就叫《四十不惑》。以前，我从没有想过我到了这个年龄会是什么样子，而我现在也记不清以前的自己是什么样子。我总觉得自己还是老样子，心里还觉得自己很年轻，但我的头发却一点点变白了。人到中年，我发现自己不是变得智慧，而是变得漠然，甚至想选择躺平，让时光淡忘了我。本该四十不惑的时候却变得更迷惑，我该说什么好呢？标题写在稿纸最上头，却没有了下文。

我终于麻木地睡去。睡梦中，我仰望天空，看到大雁往北飞，它们排着"人"字形队伍。我慌乱地数着它们，好像它们转瞬间就要飞远。

我内心焦急，醒来才发现是一场梦。也许，那雁群早已往北飞，在某一个夜晚或白天的时候，飞过我所在的小城，飞过我睡着的楼房。我看不到它们的飞翔踪迹。

　　大雁往北飞，带着春天的温暖和希望，它们会飞过我的家乡吗？飞过我那破旧的庭院，飞过我年迈父母的头顶吗？哦，春天来了，家乡的油菜花又将开放，鸟儿又将放声歌唱。

一棵秋天的树

我不知道，是怎样从这个夏天熬过来的。每天超过 40 摄氏度的高温，接连不断的高温预警，让我感到麻木。

这个夏天，有很长一段时间我都没有外出，我不想去爬山，也懒得到郊外走走，不是我怕热，而是触目都是被烈日晒枯的树木，内心焦急不安！露台的几盆植物，也被晒得枯萎，即使我一遍又一遍地浇水，最后仍有一棵茶树枯死了。曾经我那么讨厌梅雨季节，如今我从来没有那么急切地盼望着下一场雨。

但，整个夏天，雨都没有如期而至。我非常怀念家乡的夏天，那时候可以在树荫下乘凉，听鸟啼蝉鸣。还可以在夏夜看满天繁星，听声声蛙鼓。在童年记忆里，夏天总是那么美好。

这一段时间，我常对人感叹，这是我离开家乡最久的一次，以前我大约半年才回乡一次。但这次我快一年时间没有回家乡。我记不清家乡的夏天是什么样子了。

我感觉自己变得麻木，像一棵被骄阳晒枯的小草。人的精神枯萎，各种病痛也来了。其间，我有过一次食物中毒的经历。我在医院痛得死去活来，等待着做这样那样的检查，然后继续忍受着痛苦，等待结果。我躺在病床上好像一棵被骄阳晒得快要枯萎的树。

人到了中年，感慨颇多。古人曾感慨，人生不过一瞬，而我现在正在这一瞬中消磨光阴。我们似乎总以为时光很长，不知不觉中老之将至。如果垂垂老矣，一事无成，一声长叹又如何能排解内心的悔恨？

我把捡来的一片树叶放在书桌上，希望自己能有更多感悟。每个秋天，它们总是以一种优雅的方式脱离枝干，在空中飘舞，然后给大地铺上一层悲壮的色彩。

我骑着电动车驶向城郊，在一处宁静的山坡上恰好邂逅了那么几片树叶。那是一棵年老的桑树，黄色的叶子落满山上的路，许是人迹罕至，它们保持着零落在地的样子。午后的阳光穿过稀疏的枝丫，照在片片落叶上，那金色的光芒和树叶的颜色融在一起。我很想找一个时间，在这棵桑树下，安静地坐上一天，或在树下看一本书。有人说成年人的解压方式早已不是吃喝，而是独处，不说话，不交际，累了就出去走走……

晚上刷视频，看别人拍摄的家乡四季，一条泥巴小路，两边的树木在四季发芽、生长、枯荣、凋零，每一帧画面我都非常熟悉。我夜不能寐，很想开始一次旅行，向着家乡的方向，走过你的故乡，他的故乡。

傍晚，我在小区一楼办公室独坐，突然又听见阵阵熟悉的叫声。我奔到门外，从林立的高楼空隙中，看到"人"字形雁阵，那是一个由数十只大雁组成的飞行梯队，我还没来得及数清它们的数量，它们已经消失在我的视线里。我情不自禁地张开双手举过头顶，想用这种方式表达什么，却不知道到底要表达什么，闭上眼睛，泪水夺眶而出。

赶时间的人

一大早，我踱步到办公室，手里拿着两本书，一本是《赶时间的人：一个外卖员的诗》，一本是我的文集，自己印刷的。短短十几分钟路程，我内心一直不是滋味，为什么一个没有什么学历的外卖员能够成为一个诗人，出版自己的诗集，而我的文学梦想不知道什么时候却戛然而止了呢。当年我为自己的文集取名《遗失的麦子》，没想到，如今我不仅遗失了麦子，还遗失了所有的梦想。

这些年我有一个很不好的习惯，买书不看书，有时候也写几篇文章，但总觉得没写好。一个不看书的人如何写文章给别人看呢？在武汉一家连锁书店里，我看到《赶时间的人：一个外卖员的诗》，内心被震撼了。作者王计兵也是从村里走出来的人，他和我一样都曾怀着文学梦，想用笔来抒写自己的故事，或憧憬自己想要的生活。不同的是，他坚持着，我却轻易放弃。王计兵在工地上当过开翻斗车的农民工，做过小贩，当过外卖员，但无论他做什么，都没有放弃心中的文学梦，一直在做一个思考的人，一个不断整理情感的人，一个用笔和命运抗争的人。"从空气里赶出风，从风里赶出刀子，从骨头里赶出火，从火里赶出水。赶时间的人没有四季，只有一站和下一站，世界是一个地名，王庄村也是。每天我都能遇到，一个个飞奔的外卖员，用双脚捶击大地，在这个人间不断地淬火。"这便是他的诗，只有对生活刻骨铭心的领悟，才能让他的文字变得如此清爽而苦涩。

也许苦难是对一个人最好的鞭策。当年，我写下迷茫和挣扎，装进《遗失的麦子》里。好友林柳彬给我作了跋，当时他是鄂州市文联《江南风》杂志的编辑，我经常向他投稿。他待人热情，文笔也非常好，经常给我指点。他在跋中说我是一个知足而单纯的人，但绝不会因为知足而止步不前。感谢他的认可和鼓励，距离他写下这些文字至今已有13年，可惜这么多年，我的思想和情感并没有日益丰富。我觉得自己反而变得浮躁、浅薄、麻木起来。尽管物质上富足，但在这个纷扰的世界里，我却变得无比平庸、懒惰、低级趣味。无论回首过往，还是环顾周身，我都拿不出一件引以为傲的东西。

如果用一个词来形容自己，麻木不仁再合适不过。我甚至对亲情、爱情都麻木了，以至于在某一个夜晚，我辗转反侧无法入睡，然后坐起来责问自己丢掉了什么。我也偶尔写点文章，只是文章里很少有我的乡情乡音。三姐从老家来看我，我带她去一家新开的民宿吃西餐，当服务员把果汁、提拉米苏，还有牛排摆放在她面前时，她竟然感动得流泪。我觉得习以为常的东西，姐姐却觉得非常奢侈。在菜场买菜，姐姐为两毛钱和摊贩讨价还价，我觉得她失了我的面子。回想起来，我似乎找到了自己麻木的根源。如果说一个人不看书而去写书是一个讽刺的话，那么一个脱离现实，总觉得自己了不起，一切都理所应当的人才更可怕。

当平庸把人熬成满头白发，当一切梦想成为空谈，当步履蹒跚，眨眼都费劲时，我想自己只能喘着粗气长叹。做一个赶时间的人，追寻自己最初的梦想，或许现在出发，为时不晚。

杜鹃花开

我是在鄂州第一次感受居家隔离的状态。

2020 年那场疫情中，鄂州曾封控长达三个月，而那时我恰好回老家，不在鄂州。那一年临近年关，我早早地制订了旅游计划，本来打算自驾去敦煌游玩，后来想着冬天那里天寒地冻，就选择去东南沿海城市。谋划了很久，我对那次自驾游特别期待，等儿子放寒假，我们就迫不及待地出发了。

我们先是到婺源，从婺源到千岛湖，从千岛湖到绍兴，从绍兴到舟山群岛，从舟山群岛到乌镇，从乌镇到南京。本打算在历史文化底蕴深厚的南京好好游览一番，没想到，很快就传来"武汉封城"的消息。我们从湖北来的，驾驶的小车也是湖北牌照，晚上到达南京入住宾馆，第二天一早民警就到宾馆找我们调查登记。我们匆忙吃完早餐，就驾车离开南京赶往老家。

尽管在老家那段日子也要居家隔离，还要忍受莫名的歧视，但因为在农村，我偶尔还可以走进冬季茫茫的田野，感受一下自由自在的气息。和现在相比，同样是在家隔离，我的心情却不一样。那时候我们是重点防控对象，加上对突然而来的疫情缺乏认识，我内心无比茫然。在老家，我一个多月没有离开家半步，总是窝在床上，就像一只冬眠的动物，等待着春天的来临。现在再遇到这种情况，我内心就非常坦然了。我们待在家里，配合做核酸检测，做好日常防护，再加上物资比较充足，内心自然不慌。

一切都会变好，这是我经历这场疫情时最大的感受。即使在2020年抗击疫情最艰难的时刻，我依旧这么想。那时候，我躺在床上辗转反侧难以入睡时，走在冰雪覆盖的荒野小路时，或在老家房顶对着夕阳发呆时，脑海里总会浮现出一幅春天的画卷。我想，无论等待是多么痛苦和漫长，春天总会来临。那时小溪会涨满水，哗啦啦在山间流淌，溪流边，山坡上，杜鹃花正热烈开放……

那不是长在城市路边花坛或公园，由人工种植的杜鹃花。城市里的杜鹃花虽然也能开出艳丽的花朵，但枝条被人修剪得整整齐齐，又沾染了城市的喧嚣和灰尘，难免让人觉得俗气。杜鹃花本来就属于山林，就像鱼儿属于河流、湖泊，而不属于禁锢它们的鱼缸一样。山林里的杜鹃花在变幻的云雾里沾染灵气，如同神话里修行的仙女，有着超凡脱俗的美。每年春天，我都要到山林去邂逅盛开的杜鹃花。在老家居家隔离时，我曾绝望地想，今年再也看不到杜鹃花了。但我是幸运的，没想到那年，在山林里，我还是遇见了最美的杜鹃花。那座山海拔七八百米，有一条盘山公路从山顶绕过，周末，我和家人游玩，驾车经过山顶那段山路，恰好看到杜鹃花枝从绿意融融的山林里探出头来，粉色、红色的花朵在路边招展着，开得正艳。可能是山上气温较低的缘故吧，或者为了等待和我们的相遇，它们推迟了花期。真没有想到还能和它们相遇在那个艰难的春天，它们给了我希望和勇气。

今年这个季节，城市里的杜鹃花早已盛开。前几日，我和儿子绕着洋澜湖骑行的时候，在湿地公园看到几簇红色的杜鹃花，我拍了几张照片发到朋友圈，打趣地配了一句话："人间四月天，洋澜湖畔看杜鹃。"过不了多久，山上的杜鹃花也会盛开，我要抽一段时间和家人去观赏，没想到会出现疫情，我们只能按照防控要求居家隔离。

从开始隔离到现在已经过去一周时间，小区里，原本盛开的樱花，在一场风雨之后也已经全部零落。我从樱花树下走过，竟然发现那原本粉色的花瓣都变成泥土的颜色，和枯枝败叶纠缠在一起。或许，那山林的杜鹃花也要谢了。但我相信，它们盛开过，且依旧那么美丽。

浮生如梦

当一个人伤感的时候，也许文字是心灵最好的慰藉。

我很长一段时间没有写作了，可能因为生活平平淡淡，也许因为自己太过于麻木，不管什么样的所见所闻都在内心掀不起一点波澜。本来要出一本文集，好不容易拼凑到 12 万 6000 字就停止，距离我的目标 13 万字仅差 4000 字，但很长一段时间毫无进展，并且很有可能因为这 4000 字，我实现不了出一本文集的梦想。

其实，我一直不知道为什么写作，写作让我迷茫。而我也是因为迷茫才选择写作。对学业迷茫时，我逃课睡懒觉，醒来读黄庭坚的"春归何处，寂寞无行路"。看着窗外的大好春光，内心无比寂寞惆怅。

在最迷茫的时候，我写了傍晚盛开的夜来香，并且伏在简陋的桌子上准备写一部小说，但我终究没写出一篇让自己满意的作品。

"桃李春风一杯酒，江湖夜雨十年灯。"再读黄庭坚，是十多年后。这让我想起曾经那个不知道春归何处的自己，以及自己迷茫的青春。而如今的我，也如同他的这些诗句，满带岁月的沧桑。

曾经我努力去写未来，而如今我努力地回味过去。尽管这中间有很多的记忆已经模糊。似乎在岁月长河里，我们熟悉的一切都在变化。有一段时间，网络小视频总是晒一些曾经的毕业照，然后配上歌曲："怀念啊，我们的青春啊……"每每看到这些，我心里总是一惊，原来那段青春岁月已经离我那么久，那么长。于是，内心无法平静的我，总想去写点什么，一个人在深夜里静静地码字，去和岁月对抗。

我感觉好像一切都没什么变化。我还是我，家乡还是老样子，我还是一如既往地每年回一次老家，见见熟悉的人。但有些人还是走了。当我写下《小猫》这篇文章时，我突然发现那些曾经在乡村里熟识的人竟渐渐地消失了。他们静静地离去，不给人太多的留念。在一场喧嚣的葬礼过后，一切回归平静。

我们总是在感伤中起笔，又在感伤中落笔。也许，无论岁月过去多久，只有文字才能长久。

"林断山明竹隐墙，乱蝉衰草小池塘。翻空白鸟时时见，照水红蕖细细香。村舍外，古城旁，杖藜徐步转斜阳。殷勤昨夜三更雨，又得浮生一日凉。"

浮生如梦，冷暖自知。

珍惜光阴

人最宝贵的是生命，生命对于每个人只有一次，人的一生应该这样度过：当他回首往事的时候，不会因为虚度年华而悔恨，也不会因为碌碌无为而羞愧。

上初中时，读《钢铁是怎样炼成的》，我被这句话感动得热血沸腾。

蓦然回首，我的人生已过大半。过完春节，年龄又增加一岁。孩童时，总为能够长大一岁而高兴。如今，似乎已经麻木，也不去想自己多少岁。在家里吃饭时，对座的妻子突然望着我说："怎么过个年，你的头发又白了许多！"据说人烦恼易多生白发，我平时心胸还算宽阔，少有烦恼，不知为何两鬓白发越来越多。妻子劝我以后多吃点黑芝麻，或索性到理发店"焗头发"，染成黑色。我一笑了之。

过年时，同学聚会，仿佛大家都还年少。谈及家庭，不少同学的孩子都读了大学，或上了高中。过几年，孩子们也都陆续结婚成家，我们这一代人也真真切切成了爷爷辈的人，不服老不行。

在即将离开家乡时，我曾背着相机，走进田野。乡亲问我干吗去，我说去拍家乡的照片，留作纪念。冬天的田野一片萧瑟，能有什么景致可拍呢！小路还是那条小路，但我总觉得既陌生又熟悉。过往的景象在记忆里也变得模糊。走在小路上，我会突然莫名感动。我有时候也非常困惑，不知道曾经为什么离开，又为什么千里归来。冬日里，当太阳要落入田野的时候，我的村庄和村庄外稀疏的树林，以及筑在枝头上的喜鹊窝都会镀上一层玫瑰色彩。那是一个很美的意境，但每次我都来不及陶醉，那夕阳便悄然消失。

　　黑夜来临，一种难言的惆怅和孤独会把我困扰。小时候的伙伴已不是曾经的样子，多年不见，即使偶尔碰面，也只是打声招呼而已，感觉没有可聊的话题。一篇文章中说，人的写作都是在回忆自己的过去。明知道再也不能回去，却依旧努力地回忆。我少年曾在离家很远的乡镇读书两年，那也是我吃苦最多的两年。不知道为什么，每次回家过年，我总想去那里看看。今年春节的一天夜里，我独自驾车去转了一圈。学校已不是原来的样子，连名字都改了。那些熟悉的街道依然破旧不堪。曾经熟悉的同学，我已记不得名字，想要联系都联系不上。我驾车离开时，感到光阴流逝的无情，莫名流泪。有人说，怀念过去，只不过是在时间长河里刻舟求剑。这句话多么形象地警醒着我们这一代人，为了前程远离家乡，也因为留在家乡太多的记忆，纠结一生。

　　很长一段时间，我一直不开心，觉得人生失去了方向。今年过年和老友聊天，喝点小酒，我突然大发感慨，少年未立志，浑浑噩噩虚度半生。读书时不勤苦，到如今想要读书，沉不下心，读了也大都记不住。以写作为业，却不精通，也不能坚持。本来打算收集自己写的散文出本书，结果这么多年，连一百篇都凑不齐。

　　网上查阅资料，无意中翻看到东晋名将陶侃惜阴的故事。陶侃平时不饮酒，不赌博，并有收复中原之志。他发现身边部属有聚赌取乐、饮酒误事的，就命令将酒器和赌具沉入江中。陶侃说："大禹圣者，乃惜寸阴，至于众人，当惜分阴，岂可逸游荒醉，生无益于时，死无闻于后，是自弃也。"陶侃镇守武昌，真正做到了生有益于当时，死闻于后世。那时的武昌也就是今天我生活的鄂州，在同一地方，陶侃建功立业，名垂千古，我却碌碌无为，真是羞愧难当。

第 100 篇

    2020 年的春天姗姗来迟。我从老家返回鄂州，已经许多年不写散文的我，和妻儿到黄州踏春后，回来就写了一篇散文《巴河岸边》。从那以后，我陆陆续续写了十几篇散文，并找了一个主持人配音。有时候，我躺在床上，或驾车外出游玩，听自己写的文章会很感动。

    从那以后，我萌发了出版一本散文集的想法。既然要出一本书，最起码要有书的样子，我搜集以前写的散文和新近写的文章，才发现能拿出手的总共不过四五十篇，字数也就五六万字。最初到鄂州的几年，因为每年在两地来回奔波，总有漂泊之感，难免会有思乡之情，大部分文章是围绕这个主题而写，但写得非常少。写出来的文章，篇幅也非常短，更没有什么深度可言。所以当我萌生出书的想法后，我发现真正要出一本好书简直比登天还难。无奈之下，我把写过的散文和采访刊发过的通讯报道拼凑起来，找人排版，在打印店里印制了几十本书。我给书起名《巴河岸边》，还请刘敬堂老先生作序，权当给自己的心理安慰吧。那些书我送一些给好友后，大部分束之高阁。我觉得那些文章太浅薄，问题也非常多。

    之后，我偶尔也写一些文章。我告诉自己应该制定一个目标，比如写够 100 篇散文，出一本真正的散文集。我从《巴河岸边》文集里选了三四十篇还算满意的散文，后来又写了一些，大概积累到60多篇的时候，我突然停工。可能自己工作忙，心静不下来去写作，还有一个原因是觉得没有什么内容可写。之后整整一年时间，我都没有写作，有时候放弃真的很容易，时间也在不知不觉中流逝。我以前有个同事，曾突发豪言壮语，要写500篇文章在自己的微信公众号上和大家分享。她文笔细腻，往往一篇文章几千字，生活的琐事也能写得很精彩。后来不知道为什么也突然停笔，公众号的文章已经好几年没有更新过。

坚持去做一件事真的很难。有时候我无意中翻看到自己的杂文集《巴河岸边》，会想到被搁置下来的那个计划。有一次，我因食物中毒住院，出院时，医生根据我的检查结果，又诊断我甲状腺功能减退，并给我开了药。我问医生有何病症，医生要我查查百度。我查询得知，这种病有一个很重要的症状就是记忆力减退。我觉得对抗这种病症的方法除了每日吃药外，还要赶紧把自己的生活记录下来，免得将来对自己的过往一问三不知，那也是件很恐怖的事情。

于是，我再一次开工，迫不及待地写曾经的往事，写我的童年，写曾经遇到的难忘的人。我渐渐觉得写作不仅仅是记录过去，也可以让自己沉淀下来，去思考接下来的路如何走好。以前我总觉得写作的人是为了名利，但等到自己深入其中后，才明白读书写作是给自己的心灵安一扇窗，让自己经受苦乐酸甜后依旧怀揣梦想，让自己的生命往更美好的方向行走。许是这个原因，一个没有读过多少书的外卖员也可以写出别样的诗句，并发行自己的诗集。最近，鄂州深巷里一位炸油条卖馒头的店主也火了，别人看他不过是一个街头小贩，他却在破旧的早餐店里写出"将寒冷丢进灶膛里煮成蒸汽，将黑夜倒进锅里熬成黎明"。据说，近五年来，他写了 30 多万字的诗歌、散文，网友把他的文章打印出来结集成册，取名《我的人间烟火》。

写作其实也是一种享受，说尽心中无限事，让人感觉非常畅快，这种快乐和地位、金钱无关。我庆幸自己终于写到第 100 篇。我完成了自己的小目标，也开始了人生路上的另一个起点。

跋

庚子疫情暴发后的几年间，全球各个角落的普通人大都走得不易。

所谓"走"，可以指拼搏不息的生命状态。有时候，走累了，索性停一停，回顾过往，观照当下，展望未来，若能寄情文字找到些许慰藉，也不失为一种幸运。

继果的这部散文集正是在这样的心境中整理完成的，既有旧作，也有新篇。然而，他"让曾经的苦痛和烦忧随风而去"，坚定给出了乐观向上的基调："走着走着花就开了。"

这令我想到了著名诗人北岛的诗句："希望从来就有，即使是在最沉重的时刻，我仍为他留下明媚的一角，这本身就有意义，甚至是全部的意义。"

"走"在现代汉语中，相当于古代汉语的"步"。如今已迈入 21 世纪的第三个十年，继果笔下的"走"显然更加多样化，有徒步，有自驾，还有各种交通工具的借助。但这些"走"出来的文字并非简单的旅行记录，继果对人生的思考和体悟不时闪烁其中。

"谁的路尽是坦途呢？历史不就是这样走来的吗？"（《登泰山记》）"人生短暂，弄清楚自己从哪里来，又将到哪里去，不在世间随波逐流已经难能可贵。"（《夜遇古镇》）"未来，或快乐，或悲壮，或豪迈，我都要前行。"

（《巴河岸边》）……

疫情，让整个世界运转的节奏慢了下来，或多或少增加了许多人前行的难度，却也给了我们更多的时间去反思、反省及反刍。

很多时候，命运的安排真的难遂人愿，而是时代在扮演推手的角色。我们既有幸享受时代的红利，也难免要承受时代所带来的伤痛。时代如洪流，命运似扁舟。时代的一粒灰，我们头上的一座山，个人命运在时代面前往往不堪一击。

即便如此，我们仍然选择坚强，依然需要扼住命运之喉，顶住压力，冒着风险，去寻路，去探路，去铺路。正如徐小凤在《每一步》中唱的："道路段段美好，总是血与汗营造。"

情怀于继果，从来都是创作灵感迸发之源。他希望这100篇散文结集出版是自己人生的又一个起点，我在此深深祝福。

《湖北日报》高级记者 戴劲松

2024 年初夏